가장 싫어하는 나라　日本　제일 배우고 싶은 나라

일본을 답하다

일본을 담하다

지은이 · 신봉승
발행인 · 김윤태
발행처 · 도서출판 선
편　집 · 오경애

등록번호 · 15-201
등록일자 · 1995. 3. 27

초판 1쇄 발행 · 2007. 12. 6
초판 2쇄 발행 · 2008. 8. 15

주　소 · 서울시 종로구 낙원동 58-1 종로오피스텔 314호
전　화 · 02-762-3335
전　송 · 02-762-3371
E-mail · sunytk@hanmail.net

값 15,000원
ISBN 978-89-86509-87-8 03810

가장 싫어하는 나라　日本　제일 배우고 싶은 나라

일본을 답하다

신 봉 승 지음

멀고도 멀리 있는 일본이라는 나라

어떤 여론조사에서 한국인이 가장 싫어하는 나라는 일본이며, 제일 배워야 할 나라도 일본이라는 결과가 나왔다. 얼핏 들으면 이율배반적으로 들리지만 한국인의 일본관을 가장 극명하게 드러 낸 결과가 아닐 수 없다. 그러면서도 일본국이나 일본인을 칭찬하면 그 자리에서 친일파로 매도당하기 십상인 것이 우리의 현실이고, 적어도 일본국이나 일본인에 대해서만은 비판적인 입장을 견지해야만 지식인의 대열에 설 수가 있었던 우리네 잘못된 풍속은 지금도 유효하다.

일본은 우리와 가장 가까이에 있는 나라지만, 관행이나 생각은 우리가 상상할 수 없을 정도로 판이하게 다른 나라다. 언젠가 가수 조영남이 야스쿠니신사를 참배參拜하였다는 기사가 일본의 우익매체인 산케이신문產經新聞에 실렸다하여 마녀사냥식의 소동이 있었다. 여기서 유념할 점은 일본의 경우 야스쿠니 신사뿐만이 아니라, 그런 신성시 되는 곳에 다녀오면 누구에게나 '참배'가 될 뿐, 우리처럼 구경한다는 뜻인 참관參觀이라는 말은 좀처럼 쓰지 않는다. 이 엄연한 관행의 차를 무시한 채 조영남이 관여하는 방송프로그램의 진행까지 박탈하는 어처구니없는 일이 일어나도 당연히 그래야 하는 것으로 생각하는 것이 우리의 일그러진 일본관이다.

일본을 보다 정확하게 알기 위해서는 그들의 역사와 문화를 살피는 길이 최선이지만, 그것이 글자로만 읽는 것이 아니고 현장을 살피면서 확인할 수가 있다면 그보다 더 바람직한 일은 없다.

이 책의 주된 내용은 주식회사 '썬 웨이' 여행사가 〈신봉승 선생과 함께 하는 일본국 역사탐방〉이라는 기획 프로그램을 수십 차례 운영하면서 동행한 여러 계층의 지식인들에게 현장을 확인하면서 해설하고 설명하였던 내용들을 묶어 '일본을 답하다'로 정리하였다. 물론 '밟았다'는 뜻의 답踏과 '대답한다'는 答이 모두 포함된다. 오랜 기간 동안 그 일을 주관한 이철구 상무의 열정이 새삼 고맙기만 하다.

그리고 귀한 사진들까지 곁들이면서 유용하게 쓰일 책으로 엮어 준 도서출판 '선'의 김윤태 사장과 편집진에도 마음으로부터 감사드린다.

2007년 11월

초당서실에서

艸堂 辛 奉 承

차 례

I

일본 땅에 뿌리 내린 조선인들의 숨결

1. 왜구의 섬, 대마도

내 살아서 돌아 올 수가 있다면

대마도만은 바닷길로 가고 싶었다.

고향산천은 어떤 모습으로 멀어져 갔을까. 100여 년 전 면암 최익현勉菴崔益鉉(1833-1906)선생은 살아서는 다시 밟아 볼 수 없는 고향산천과 눈물로 하직하며 왜국 땅 대마도로 끌려갔다. 백발이 성성한 73세의 노구로 뱃전에 기대앉아 다시는 돌아올 수 없는 고국산천이 까마득히 멀어지다가 마침내 한 점 점으로 사라지는 부산포를 바라보며 통한의 눈물을 쏟았을 것으로 짐작된다.

대마도로 가야하는 것은 면암 최익현 선생의 마지막 행적을 더듬어보기 위해서다. 나도 면암 선생처럼 뱃전에 기대서서 까마득히 멀어지는 부산항을 바라보면서 그 때 면암 선생이 느꼈던 처연한 생각…, 전부일 수는 없어

73세의 노구로 일본 군인들에 의해 왜국땅 대마도로 잡혀가는 최익현

MBC-TV 창사40주년 특집드라마 「너희가 나라를 아느냐」에서 면암 최익현 역을 열연한 탤런트 이순재

도 손톱만큼이라도 그 분의 심정을 가늠해 보고 싶어서다.

우리 근대사에서 면암 선생만한 지식인이 있었던가. 면암 선생은 행동을 수반한 지식인이었기에 오늘을 사는 우리들에게는 소중한 귀감이 된다. 나는 그분의 생애를 드라마로 쓰고 싶은 욕망을 버리지 못했다. 그런 내 뜻이 알려지면서 MBC-TV에서 그분의 우국충정을 개국 40주년 기념 특집 드라마로 제작하겠다는 제안이 왔다. 내가 제시한 타이틀은 「너희가 나라를 아느냐!」라는 조금은 자극적이고 직설적이었지만, 문화방송에서는 내 뜻을 흔쾌히 받아주었다.

조선반도와 일본국 규슈 섬 사이를 갈라놓은 바다를 현해탄玄海灘이라고 한다. '현해탄' 이라는 말은 곧잘 한일관계를 상징하기도 하고, 어떤 정치인은 현해탄을 일러 일의대수一衣帶水라 하여 일본과의 친근감을 표시하기도 하지만, 그건 정말로 괜한 소리다. 현해탄은 글자 그대로 검은 물결이 출렁대는 험한 바다다. 그 검고 험한 물결 때문에 한국과 일본은 숱한 곤욕을 치르면서 살아오지 않았던가.

마침내 2002년 8월 10일.

나는 부산항을 한 아름에 안고 있는 국제여객부두에서 273톤의 초고속 여객선 '씨 플라워 호'에 올랐다. 비바람이 거세게 몰아치는 검은 바다는 7미터의 높은 파도를 출렁이게 하는 이름 그대로 현해탄이었다. 초현대식 페리 여 객선인 '씨 플라워 호'도 물결치는 현해탄에서는 한낱 가랑잎에 불과했다.

나는 면암 최익현 선생이 겪었던 그 처연한 심정을 경험해 보고 싶노라고 선장에게 청했다. 선장은 단호한 어조로 거절 했다.

"그건…, 목숨을 잃게 될 지도 모르는 위험천만한 일입니다."

나는 비장감 넘치는 어조로 다시 강청했다. 나의 강청이 점차 애원으로 변해가자 마침내 선장은 조건부로 허락했다. 한 사람의 선원이 내 팔을 끼겠다는 조건이다. 마다할 수 없는 것이 내 처지다.

나는 선원 청년에게 팔짱을 끼인 채 선체의 후미로 나섰다. 스크류에서 뿜어내는 하얀 포말이 비바람에 섞이며 온 몸을 때려 온다. 순식간에 옷이 젖는데도 나는 면암 최익현 선생의 처연했던 심중에 접근해 보려고 애썼다. 조금씩 멀어지는 부산항에서 눈을 뗄 수가 없다. 경험이 미숙하면 착각을 불러오고, 그 착각이 마침내 일을 그르치게 되는 근원임을 나는 선명하게 확인할 수 있었다. 초고속 여객선으로 달리는데도 부산항은 좀처럼 시야에 사라지지 않는다. 한 시간을 비바람에 시달리며 서 있었는데도 부산항은 시야에서 뚜렷이 남아 있을 뿐이다.

아, 100여 년 전 면암 최익현선생은 형편없는 배를 탔을 것이기에 아스라이 멀어지는 고국산천을 하루 종일 지켜보았을 것이 분명하다. 면암 선생이 그토록 지키고자 했던 조선이라는 나라와 조선의 강토는 왜적의 손에 쑥밭이 되어가는데, 자신은 그 왜적에게 잡힌 몸이 되어 대마도로 끌려가고 있다.

"내 살아서 돌아 올 수가 있다면…, 다시는 떠나지 않으리라!"

애써 면암 최익현 선생의 심중을 그려본다. 그러나 이때 이미 면암 최익

부산과 대마도를 오가는 273t급 초고속 여객선 「씨 플라워」호

현선생은 대마도에 도착하는 대로 단식하면서 죽음을 맞기로 작심하고 있었다. 그 비장한 시선에 심어지는 고국산천의 마지막 모습…, 가도 가도 사라지지 않는 고국산천의 모습은 통한일 수밖에 없었을 것이리라.

동양의 고대사를 적어놓은 『삼국지』의 「위지魏誌」 '왜인전倭人傳' 에 적힌 대마도에 관한 기록을 살펴본다.

–대마국. 위치한 곳은 절도絕島로 방方 400리가량이다. 토지는 산이 험하고 깊은 숲이 많으며 도로는 금록禽鹿의 길과 같다. 천여 호千餘戶가 있는데 양전良田은 없고, 해물海物을 먹고 자활自活하며 배를 타고 다니면서 남북으로 장사를 한다.

기막힌 구절이 아닐 수 없다. 지금도 대마도의 길이 좁아서 관광객이 넘쳐나도 45인 승 버스는 아예 다닐 수가 없다. 뿐만이 아니라 땅이 척박하여 주민들이 살기 힘들었다는 옛 문장은 오늘을 살아가는 우리에게도 역사 기록의 존엄성을 일깨워준다.

대마도의 크기는 남북 길이가 82킬로미터, 동서의 폭이 18킬로미터의 좁고 긴 땅콩 모양이지만, 양전이 없었던 탓으로 식량의 자급률이 2개월 분밖에 되지를 않는다. 바로 이 조건에서 대마도의 운명이 결정된다. 먹고 살기 위해서는 조선왕조에 아첨하고 매달려서라도 곡식을 얻어 와야 했고, 그 또한 여의치 않으면 토색질에 나설 수밖에 없다. 가까이는 조선반도의 삼남지방 해안을 쑥밭으로 만들면서 곡식을 약탈해야 하고, 멀리는 중국의 남쪽 해안지방까지 토색질에 나선다. 왜구倭寇라는 말은 그래서 생겨난 말이고, 조선왕조에서도 대마도의 백성들을 어여삐 어루만져 주면서도 왜구의 소굴로 보았다.

고려의 무장 이성계가 용장의 이름을 날리게 된 것은 삼남지방에 출몰하는 왜구를 소탕한 공로로 얻어진 명예다. 그러므로 후일 조선왕조를 창업한 이성계는 반드시 대마도를 정벌 · 소탕하여 왜구의 소굴을 없애고자 하였고, 마침내 그 아들인 태종 이방원이 대마도를 완전히 소탕하고 도주 도도웅와로부터 항복을 받아냈다. 그 때 태종은 대마도가 조선국 계림鷄林에 부속된 땅임을 명시하는 효유문까지 내렸다.

이즈하라의 풍경

난무亂舞와도 같았던 비바람을 헤치면서 2시간 30분 동안이나 항해를 하고서야 대마도에서 제일 큰 도시인 이즈하라嚴原항으로 들어선다. 새까맣게 흐린 하늘인데도 갈매기 떼가 먼저 우리 일행을 반긴다.

"환영합니다! 이즈하라!"

곳곳에 세워진 안내판의 글자가 모두 한글이어서 우리는 반갑고 흐뭇하고 또 어리둥절함을 맛보면서 낯선 땅 대마도 이즈하라의 거리를 걷는다. 어디서인가 귀에 익은 멜로디도 들려온다. 나의 살던 고향은 꽃피는 산골…로 시작되는 '고향의 봄' 이다. 더 놀라운 것은 얼마 전까지는 새벽종이

대마도에서 제일 큰 도시「이즈하라」항 전경

울렸네…로 시작되는 '새마을의 노래'를 들려주었단다.

조선왕조와 대마도의 관계는 조선통신사의 내왕만으로도 소원해질 수가 없다. 일종의 문화사절단인 조선통신사는 일본 땅 본토로 들어가기 전에 반드시 대마도에서 머물게 된다. 도쿠가와 바쿠후德川幕府에서 이들을 영접하는 사신이 올 때까지 기다려야 하기 때문이다. 그런 탓인가 다리의 난간이나 보도 블록, 심지어 전신주라도 빈자리가 있으면 모두 조선통신사를 상징하는 그림이나 표어들을 도자기로 구어서 장식하고 있다. 거리의 분위기만 다를 뿐, 이국땅이라는 생각이 들 겨를이 없다. 사람들은 왜 이다지도 친절한가.

하긴 그렇다. 대마도의 최북단에 '가라미사키韓崎'라는 곳이 있다. '가라미사키'라는 말은 '한국을 바라보는 곶串'이라는 뜻이다. 이곳 가라미사키에서 부산까지의 거리는 겨우 49.5킬로미터, 맑은 날이면 부산항이 바라보인다고들 한다. 본국 땅인 규슈의 후쿠오카福岡까지의 거리는 124킬로미터나 떨어져 있어 실제로는 본토보다 더 가까운 곳이 한국이다. 그러니까 일본제국의 식민지 시절에는 대마도의 급한 환자는 모두 부산으로 가서 치료를 받았다는 것이 조금도 과장일 수가 없나.

슈젠지修善寺에서 흘린 눈물

하늘도 내 마음을 헤아리는가. 후둑 후둑 빗방울이 떨어진다.

'가라미사키' 에서 한국의 부산까지의 거리는 49.5km. 맑은 날에는 부산의 야경이 눈 앞에 펼쳐진다.(앞의 빨간 선은 배가 지나가는 불빛)

우리 일행은 지금 면암 최익현 선생의 시신이 모셔졌던 슈젠지로 가고 있다. 좁은 골목길을 들어서면서부터 눈시울이 뜨거워진다. 그리고 가슴이 두근거리면서 발걸음이 무거워지는 것을 확연히 느낀다.

아, 정토종淨土宗 슈젠지. 경내로 오르는 돌담에 낀 엷은 이끼도 비에 젖어 촉촉하다. 나는 우산을 접고 돌계단을 오른다. 경내에 들어서자 바로 오른 쪽에 면암 최익현선생의 순국비가 보였다.

大韓人 崔益鉉先生 殉國碑.

나는 면암 최익현 선생의 순국비 앞에서 몸을 움직이지 못했다. 평생을 흠모하고 존경해 온 면암 최익현 선생의 영혼과 마주 선 경건함이 시야를 흐리게 했기 때문이다. 비에 젖는 내 모습이 안타까와서일까 누군가가 내게 우산을 받쳐준다. 나는 조용히 그 우산을 밀어내면서 비에 젖어 싸늘한 순국비를 어루만져 본다. 면암 최익현선생의 비장했던 마지막 모습을 눈에 본 듯이 입에 담기 위해서는 그리 할 수밖에 없었다. 목소리도 비를 맞으면 젖어드는 모양이다. 아무리 맑은 목소리를 내려 해도 축축하게 젖어드는 목소리를 어찌할 길이 없다.

슈젠지에 서 있는 면암 최익현 선생의 순국비를 어루만지는 필자.

면암 최익현선생은 1905년 일본인들에 의해 굴욕적인 '을사늑약'이 체결되자 일흔

세 살의 노구를 이끌고 가출을 단행한다. 몸소 의병을 일으켜 싸우기 위해서다. 이 사실 하나만으로도 면암 선생은 행동을 수반한 지식인으로 손색이 없다. 면암 최익현선생은 배우고 익힌 바를 몸소 실천知行하는 것을 선비의 참 덕목으로 삼았던 조선 선비의 대명사와도 같은 존재다. 그러므로 사람들은 면암 선생과 함께 살았다 하여 천하동생天下同生이요, 선생이 세상을 떠났다 하여 천하동사天下同死라고 했을 만큼 그분의 인품은 빛난다.

조선통감부는 면암 최익현 선생의 의병군을 토벌하기 위해 남원진위대 소속의 조선군을 앞장세웠다. 동족을 향해서는 총을 쏘지 않을 것이라고 믿었기 때문이다. 조선통감 이토 히로부미의 예측은 적중한다. 면암 최익현선생은 의병활동을 포기하고 스스로 조선 정부군에 투항한다. 졸속으로 진행된 군사재판에서 '대마도유배'가 결정되자, 선생은 비장한 최후를 결심한다.

사랑하는 제자 열세 사람과 함께 대마도로 끌려가던 날, 부산포 초량의 흙을 버선발 안에 깔았다. 대마도에 도착하더라도 일본 땅을 밟지 않으리라는 비장함이다. 그리고 물 한 동이를 준비하게 했다. 굶어서 죽으리라고 다짐하였기 때문이다.

면암 최익현 선생의 대마도에서의 유배생활은 초연 바로 그것이었다. 사랑하는 제자들의 애끓는 만류도 무릅쓴 채 단식으로 일관하는 스승의 모습, 그러면서 남긴 마지막 절명시絕命詩에는 선생의 준엄했던 삶이 그대로

분노로 이글거리는 가운데 절망스러운 조국의 운명을 가득 채워 놓은 듯한 표정의 면암 최익현선생 초상

묻어난다.

起瞻北斗拜瓊樓
白首蠻衫憤涕流
萬死不貪秦富貴
一生長讀魯春秋

일찍 일어나 북두를 우러르고
임금님 계신 곳에 절하면
흰머리 오랑캐의 옷자락에
분한 눈물 쏟아져 흐른다네.
만 번을 죽는다 해도
어찌 부귀를 탐하랴.
평생을 읽은 글이
노나라의 춘추라네.

〈평생을 읽은 글이 노나라의 춘추라네〉에 담겨진 준엄함이 우리를 숙연하게 한다. '역사를 읽었기에 신하노릇, 제자노릇, 아비노릇, 스승노릇, 어느 하나도 소홀하지 않았다' 는 뜻이 아닌가.

면암 최익현선생은 1907년 1월 1일(양력) 새벽 3시에 적지인 대마도에서 눈을 감는다. 단식으로 인한 순사였다. 향년 74세, 면암 최익현 선생의 시신은 고국으로 돌아갈 때까지 사흘 동안 여기 슈젠지에 누워계셨다.

나는 면암 최익현선생의 면전에 서 있다고 착각할 만큼 많은 눈물을 흘렸다.

조선통신사의 숙소 서산사西山寺

왜승倭僧 현소玄蘇는 우리에게도 제법 알려진 사람이다. 임진년의 왜란을 전후하여 조선 땅을 제집 드나들 듯 했던 사람…, 때로는 대마도에서 보내는 사신을 안내하기도 하고, 또 때로는 스스로 사신임을 자처하기도 하고, 어느 때는 간자間者이기도 했던 왜승 현소는 요즘 식으로 말하면 왜국 안에서 가장 조선을 잘 아는 승려인 셈이다.

선조 23년(1590) 3월 6일. 황윤길을 정사로, 김성일을 부사로, 허성을 서장관으로 하는 조선통신사 일행이 일본으로 떠났다. 임진왜란이 발발하기 1년 전의 일이다. 이들은 도요토미 히데요시가 보내는 영접사가 올 때까지 대마도에 머물 수밖에 없었고, 머무는 동안에는 왜승 현소의 접대를 받게 되는 것은 자연스럽기 그지없다.

조선통신사 일행이 대마도에 머무는 동안에는 왜승 현소가 기거하는 서산사西山寺를 숙소로 사용하였고, 공식행사나 연회가 있을 때는 국분사國分寺로 옮겨서 대마도주 종의지의 접대를 받았다. 학봉 김성일鶴峯 金誠一(1538-1593) 선생의 문집에 왜승 현소에게 차음次韻한 시詩가 여러 편 보이는 것으로 보아 학봉 선생도 대마도에 머무는 동안 왜승 현소와 자주 교유하였음을 미루어 짐작할 수 있다.

우리 일행은 왜승 현소의 거처이자 조선통신사가 숙소로 사용하였던 서산사로 향한다. 이즈하라 시내의 중심가에서 약간 북쪽으로 올라간 지점에 서산사가 있었는데 좁은 대마도 땅이라 눈 깜짝할 사이에 도착한다. 경내로 들어서던 우리는 소스라치게 놀랐다. 학봉 김성일 선생의 시비가 서 있었기 때문이다.

'서산사' 초입에 우뚝한 학봉 김성일 선생 시비 앞에서의 필자

朝鮮國通信使使鶴峰金誠一先生詩碑.

물론 나중에 안 일이지만, 이 시비는 학봉 선생의 후예들이 건립하였으나, 그렇다고 하더라도 서산사 측의 후의가 없이는 불가능하다. 비석 뒷면에 새겨진 시를 읽어보면 당시의 일들이 선명하게 떠오른다.

한 자리에 머리 맞댄 두 나라 사신	一堂簪盍兩邦臣
지역은 다르지만 의리는 균일하네.	區域雖殊義則均
술자리 화락하여 즐거운 뜻 흡족하니	尊俎雍容歡意足
타인들은 묻지 마라 주인인가 손님인가.	傍人莫問主兼賓

학봉 김성일 선생이 조선 땅을 넘나들었던 왜승 현소의 행적을 모를 까

조선 통신사를 접대했던 국분사는 산문만 남아서 옛일을 전해주고 있다

닮이 없다. 그러나 아름답지 않은가. 조선 조정의 고관이 일개 왜승에게 이같이 도량 넓은 정표를 시에 담아서 전하다니. 대마도에도 서산사에도 조선의 마음이 아름답게 간직되어 있음을 확인하면서 우리 일행은 말썽 많았던 국분사로 발길을 돌린다.

세월 탓인가. 국분사의 도량은 간곳이 없고 낡은 산문山門만이 남아있는데, 조선통신사를 접대하던 곳임을 알리는 표석만이 우리를 반긴다. 조선통신사가 대마도에 머물면서 겪었던 곤욕은 이만저만이 아니었다. 그들이 조선 땅에 들어왔을 때는 온갖 공손과 아첨으로 일관하였다. 비록 가장된 공손이라 하더라도 그 결과에 따라 예우가 달라지기 때문이다. 예우가 달라진다는 것은 얻어갈 것이 많다는 것과 맥을 같이한다. 그러나 조선통신사가 대마도에 머물게 되면 19대 도주 종의지宗義智의 태도가 돌변하곤 하였다.

학봉 김성일 선생은 조선통신사에 대한 도주 종의지의 불공함을 호되게 나무랐다. 이에 당황한 종의지가 국분사에서 조선통신사를 위한 큰 연회를 베풀기로 했는데, 왜승 현소는 중당에 앉아 있었고, 도주 종의지는 이 날도

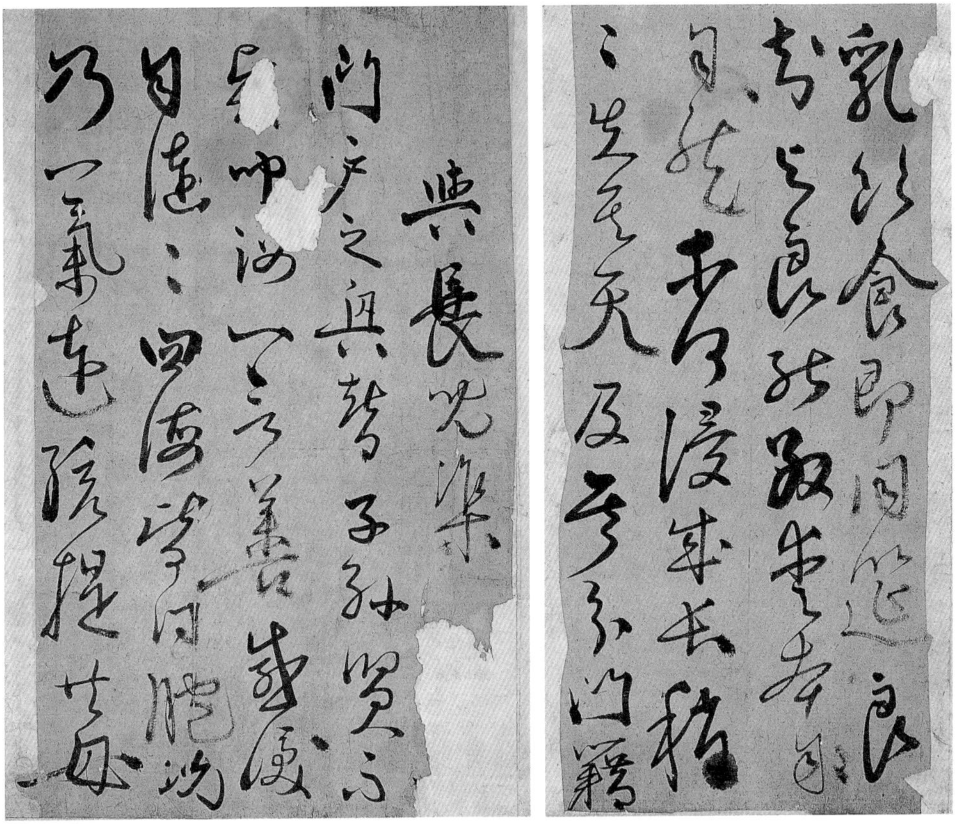

학봉 김성일(1538-1593)선생의 필적

정해진 시간보다 늦게 나타나면서도 가마를 탄 채 연회장으로 들어서는 등 왜인들의 오만불손은 끊이지 않았다. 마침내 학봉 김성일 선생은 격노했다.

"난 돌아가겠다!"

정사 황윤길도 말렸고, 서장관 허성도 만류했으나, 학봉 김성일 선생은 왜인들의 무례와 오만은 용서할 수 없다면서 자리를 박차고 나갔다. 놀란 종의지가 조선 역관 진세운에게 부사가 자리를 뜬 까닭을 물었다. 역관 진세운은 '부사께서 병이 나신 모양이라고' 어물쩍 둘러댔다. 뒤늦게서야 이 사실을 알게 된 학봉 김성일 선생은 왜인들이 지켜보는 앞에서 역관 진세운의 볼기를 쳐서 호되게 다스렸다. 일이 이런 지경으로 꼬여가자 비로소 왜인들은 종의지가 무지하여 가마에서 내리지 않았음을 공식 사과하고, 수하 한 사람의 목을 치는 것으로 사태를 수습하였다.

임진왜란이 발발하기 1년 전에 대마도 국분사의 연회장에서 있었던 조선 통신사와 대마도 도주 종의지 간의 이 갈등은 앞으로 닥쳐올 환란을 예고한 것이나 다름이 없다. 그 후 임진 · 정유년의 왜란을 겪으면서 조선왕조가 당한 고초가 얼마나 컸던가.

그로부터 4백여 년의 세월이 흐르고 나서 그때와 다름이 없는 서산사 경내에 학봉 김성일 선생의 시비가 서 있고, 그 후예들이 찾아와 고개를 숙이는 일도 일본땅을 밟아踏야 얻어지는 역사의 그루터기가 아니고 무엇이랴.

일본인들의 시중을 받은 조선통신사의 행렬도

아름다운 오후나에御船江

이즈하라 항을 품고 있는 언덕을 넘어 우치야마內山쪽으로 향해 10여 분을 달리면…, 좁은 이즈하라 시내에서 십여 분은 상당히 긴 이동거리지만 또 다른 파도와 바닷바람이 불어오는 축항 한쪽에 새하얀 대리석으로 단장된 선박 모양의 안내 표지석과 만나게 된다.

–오후나에御船江.

포구에 호박돌을 켜켜이 쌓아 올려서 거센 파도를 막으며 배를 안전하게 정박할 수 있게 만들어진 구조물은 어찌 보면 요새와 같기도 하지만, 일종의 도크Dock로 보는 것이 무난할 것 같다. 물론 도크 하나에 배 한 척씩을 넣게 설계되었다지만, 여러 척을 동시에 정박하게 할 수 있는 만만치 않은 시설이어서 보는 사람을 놀라게 한다. 어찌 보면 우주 정거장 미르호를 닮은 것 같기도 하다.

사람이 살기조차도 척박한 좁은 대마도에 왜 이처럼 아름답고 정교한 정박시설을 만들어 놓은 것일까? 대마도를 출항지로 하는 어선들을 대기하게 하는 시설일까, 아니면 토색질을 하고 돌아 온 왜구들의 선박을 숨겨두는 곳일까. 그렇게 보기엔 너무도 정성스럽게 가꾸어진 시설이다.

세찬 물결을 피하기 위해서는 오목하게 파인 육지와 연결되어야 하고, 바람을 막기 위해서는 주변에 숲이 우거져야 한다. 정교하게 쌓아올린 돌 축대도 아름답지만 그 주변을 에워싼 숲이 또한 절경을 꾸며놓는다.

조선통신사가 타고 온 선박을 정박하게 하고 또 수리했던 '오후나에' 시설

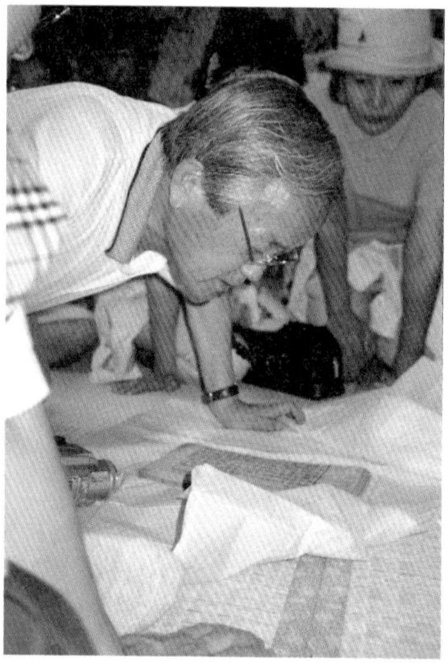

대마도 타이헤이지에 보관된 고문서를 살피는 필자

안내판에 쓰인 글을 읽고서야 고개가 끄덕여진다.

–선박의 대규모 정박시설인 이 '오후나에'는 조선통신사의 배를 안전하게 정박하게 하고, 또 수리하게 했던 시설이다.

임진왜란이 발발한 1592년까지 크고 작은 조선통신사가 일본에 파견되었고, 전쟁이 끝나고 새롭게 일본국을 통일한 도쿠가와 이에야스가 주도하는 막부에서도 가장 먼저 시도한 것이 조선통신사를 초청하는 일이었다. 전후 처리를 상의하기 위해 일본에 파견된 사명대사에게 도쿠가와 이에야스는 조선통신사의 파견을 간곡하고도 정중하게 청했다. 이후 조선 조정은 무려 12회에 걸쳐 조선통신사를 파견했다는 기록이 보일 정도다.

그렇다면 조선통신사와 같은 일본국의 통신사는 몇 번이나 조선 땅에 왔던가. 단 한 번도 온 일이 없다. 조선에서 5, 6백명 규모의 통신사를 일본에 보냈다면 당연히 일본에서도 조선을 답방하는 형식의 통신사가 다녀가야 한다. 그런 게 상호주의라는 것이지만, 불행하게도 조선과 일본의 관계는 그런 상호주의라는 것이 존재하지 않았다. 대답은 아주 간단하다. 조선에 보여줄 만한 일본의 문물이 없었기 때문이다.

비운의 덕혜옹주

대마도에는 덕혜옹주德惠翁主의 비극도 그대로 고스란히 간직되어 있다.

1910년, 일본제국이 조선을 강제 합병하면서 조선왕실의 왕자들을 인질로 데려가기 시작했고, 간악하게도 일본 여성과 강제결혼을 시켰다. 영왕 이은 英王 李垠이 그 대표적인 희생자이다. 왕자들을 모두 인질로 잡아간 일본제국은 마침내 나이어린 덕혜옹주까지 강제연행하였다.

덕혜옹주는 1912년, 고종황제와 복녕당 양씨와의 사이에서 태어난 조선왕조의 마지막 옹주다. 고종황제는 늦게 얻은 고명딸 덕혜를 무척도 귀애했다. 얼마나 덕혜를 사랑했으면 고종황제의 침소로 쓰던 함녕전에 덕혜옹주를 위한 '유치원'을 만들었을까. 뿐만이 아니라 덕혜의 생모인 양 귀인에게는 후한 녹봉까지 주었다.

덕혜옹주가 여덟 살이 되었을 때, 고종황제는 시종이었던 김황진의 조카와 서둘러 약혼을 하게 한다. 어머니인 귀인 양씨의 무릎에 싸여 어리광을 부리던 어린 아이였지만, 일본인들이 옹주마저 볼모로 데려가려는 낌새가 보이기에 부랴부랴 혼약을 서둘렀음을 알 수 있다.

1919년, 고종황제가 일인들의 사주를 받은 전의에게 독살되자, 덕혜옹주는 열두 살 어린 나이로 일본국에 강제연행 된다. 어린 덕혜옹주는 외로움을 견디지 못해 정신질환을 앓게 되었고, 열일곱 살이 되던 해 생모 양 씨마저 세상을 떠나자 덕혜옹주의 병세는 더욱 악화된다. 일본제국은 간특하고 잔인했다. 병고에 시달리는 덕혜옹주를 대마도 도주의 후예인 백작 소 다케유키宗武志와 강제결혼하게 한다.

오랜 세월 동안 조선 조정에 의지했던 대마도 도주로서는 조선의 왕실과 사돈 간이 되는 것은 영광이고도 남았다. 그리하여 그 결혼식을 위해 금석산성을 완전히 보수할 정도로 성심을 다해 결혼준비에 임했다.

반쇼인万松院의 덕혜옹주 결혼기념탑

반쇼인은 380년 동안 대마도를 다스렸던 종씨가宗氏家의 묘원墓苑사찰이다. 가나자와의 마에타가묘前田家廟, 아소의 모리가묘毛利家廟와 더불어 일본 삼대가묘의 하나로 꼽힐 정도로 이름난 곳이다. 일본의 모모야마 양식의 산문 등이 남아 있어, 역사를 좋아하는 사람들에게는 한 번쯤 밟아보고 싶은 답사지로도 많이 알려져 있기도 하다.

반쇼인에 있는 '덕혜옹주 결혼봉축기념비' 앞에서 당시의 역사를 설명하는 필자

반쇼인으로 들어서자 쓰시마의 역대 번주藩主들의 묘석이 줄지어 서있다. 아무리 크고 웅장하더라도 우리에게는 한 가문의 공동묘역일 뿐이다. 그러나 곧 뜨거워진 가슴이 터져버릴 것만 같은 광경이 눈에 들어온다.

–덕혜옹주 결혼봉축기념비.

외로이 서 있는 덕혜옹주의 결혼기념비. 고국에서 온 사람

왼쪽부터 고종의 둘째아들 의친왕, 순종, 셋째아들 영친왕, 고종황제, 순종의 비 순정효황후 윤씨, 의친왕의 비 덕인당 김씨, 의친왕의 아들 이건, 앞쪽이 고종의 외동딸 덕혜옹주

들 앞에서 눈물을 흘리고 있음인가, 비에 젖은 돌비석이 덕혜옹주의 절절한 사연을 드러내 보이고 있다.

덕혜옹주, 소용돌이치던 구한말의 한일 관계사 속에서 왕실가족이라 하여 인질로 희생된 어린 옹주. 그 고뇌로 인해 덕혜옹주는 극심한 정신질환을 앓고 있는데도, 일본정부는 그녀와 대마도 번주의 아들과 정략결혼을 강행했다. 그 강제결혼으로 인해 옹주의 병세는 더욱 악화되어갈 수밖에 없었다.

소 다케유키와 강제결혼한 덕혜옹주의 병세는 정신분열증으로까지 악화된다. 소 다케유키와의 사이에 마사에正惠라는 딸이 태어났어도 덕혜옹주의 병세는 더하기만 했다. 결국 이 결혼은 또 한 번의 강제이혼으로 파행을 맞았고, 꽃처럼 아름다웠던 옹주는 정신병원의 철창 안에서 남은 세월을 보내게 된다.

조국이 광복되고 대한민국의 정부가 수립된다. 마침내 1962년, 덕혜옹주는 병든 몸을 이끌고 꿈에 그리던 창덕궁 낙선재로 돌아왔으나, 심한 실어증으로 사람조차도 알아보지 못한다. 옹주의 맘속에 새겨진 상처는 깊어질 수밖에 없다. 조각도로 파낸 목판화의 그것처럼 세월이 지날수록 덕혜옹주의 골은 더욱 깊어지기만 했다. 그러던 어느 날 일본에서 노년의 신사 한 사람이 찾아왔다. 소 다케유키 바로 그 사람이었다. 몸은 굳어져서 움직이지 못하고, 의식이 분명하지 않아서 사람을 알아보지도 못하는 덕혜옹주에게

학창시절 덕혜옹주의 모습

1931년 10월, 결혼 직후의 덕혜옹주 부부

덕혜옹주가 병든 몸으로 참담한
노후를 보낸 낙선재

그의 존재는 살아있는 자의 폭력일 것이 분명하다. 덕혜옹주를 모시고 있던 낙선재의 비서관은 소 다케유키를 그대로 돌아가게 하였다.

창덕궁 낙선재에는 영왕(이은)의 아내였던 이방자 여사도 돌아와 있었다. 한 사람은 조선왕실의 마지막 옹주, 또 한 사람은 일본국 귀족의 여인이지만 두 사람에게 주어진 운명의 교감은 아프기만 하였다. 참담한 노후를 보내던 옹주는 1989년 4월 21일 독감으로 세상을 떠났다. 향년 77세였다.

한국 왕족과의 결혼기념비를 세워둘 필요가 없다면서 한 때 이 비석은 반쇼인 내부에 팽개쳐져 있었다고 전해지기도 한다. 그러나 이 사실을 알게 된 한국인들이 이즈하라 행정당국에 강력하게 건의하여 지금의 자리에 기념비를 다시 세우고 표지석까지 설치하도록 하였다고 전해진다.

그 기념비문에 '두 분의 힘들었던 생애를 되돌아보면서 양 국민의 진정한 화해와 영원한 평화를 희망한다' 는 구절이 보인다. 글쎄다. 힘들어하는 아내를 보는 남편의 마음도 물론 아팠겠지만, 애시당초 남의 뜻으로 결혼을 했고 또한 남의 뜻으로 헤어졌던 덕혜옹주에게는 비문에 쓰인 '두 분' 이라는 말조차도 껄끄럽게 느껴질 것이 분명하다.

한국과 일본 간의 불행한 관계는 일본 안 도처에 그 흔적들이 남아서 우리들의 가슴을 찢어발기듯 아프게 하지만, 그 치유하는 방법이 도무지 찾아지지 않는다. 21세기가 다양성을 존중하는 시대라는데, 왜 일본 사람들은 한국의 고유한 풍속과 문화를 존중하지 않는 것일까. 존중은 고사하고 소중하게 여기지 못하는 연유는 무엇일까. 이 물음에 대한 동행한 사람들의 대답은 '속이 좁은 탓' 이라는 반응이었다.

후둑후둑 다시 빗발이 뿌리기 시작할 때 우리는 반쇼인을 나섰다.

:: 여정여담 1

이종무 장군의 대마도 정벌

한국과 일본 사이에 가로놓여 있는 대한해협을 현해탄이라 하지만 그 폭이 넓지 않아서 양국의 정치인들은 곧잘 일의대수라는 말로 두 나라가 가까운 사이임을 강조하곤 한다. 그 현해탄의 한가운데에 대마도라는 두 개의 섬이 위치해 있다. 대마도와 한국과의 관계는 멀리 삼국시대로까지 거슬러 올라간다. 해적떼나 다름이 없는 왜구의 본거지이기 때문이다.

대마도는 땅이 척박하여 생산물이 귀했다. 그러므로 대마도의 주민들은 한반도의 남서해안을 노략질해야만 목숨을 부지할 수가 있었다. 따라서 신라시대는 물론이요, 고려시대의 위정자들은 왜구의 퇴치에 골머리를 썩혀야 했다. 왜구들은 때로 내륙 깊숙이까지 들어와서 분탕질을 할 때도 있었다. 인명의 손상은 말할 것도 없었고 심하면 한 마을이 쑥밭이 되는 경우도 허다하였다.

조선왕조를 창업한 태조 이성계는 고려시대를 살면서는 왜구를 소탕하는 명장이었다. 왜구들은 이성계란 이름만 들어도 싸우기는 고사하고 도주하기에 바빴다는 기록이 있을 정도다. 그런 이성계가 조선왕조를 창업하고 임금의 자리에 올랐으니 왜구의 소굴인 대마도를 그냥 둘 까닭이 없다.

1396년(태조 5) 12월 3일.

태조 이성계는 대마도의 정벌을 명했다. 이 일을 왕조실록은 병자동정丙子東征이라 적었으나, 이성계는 끝내 뜻을 이루지 못했다.

태조 이성계의 내심을 누구보다도 잘 알고 있었던 태종 이방원은 재위 18년 만에 왕위를 세종에게 물려주고 자신은 상왕이 된다. 그러면서도 병권만은 손아귀에 쥔 채 내놓지를 않았다. 얼핏 보아 국방의 중요성만은 자신이 관장해야겠다는 뜻이겠지만 실제에 있어서는 대마도 정벌이라는 부왕의 유지를 받들기 위해서였다.

1419년(세종 1) 5월 14일.

태종 이방원은 드디어 대마도의 정벌을 명한다. 원정군의 총사령관격인 삼군도체찰사에는 명장 이종무李從茂를 제수했다. 원정군의 규모만도 당시로서는 어마어마하였다. 크고 작은 병선이 227척, 병력은 1만 7천 285명이었다. 면밀하게 수립된 작전계획에 따라 선단과 병력은 거제도의 견내량見乃梁에 집결하였다.

6월 17일.

병사들을 태운 선단은 대마도를 향해 출진하였으나 폭풍우를 만나 거제도로 다시 돌아올 수밖에 없었다. 사령관 이종무는 날이 개기를 하늘에 빌고 또 빌었으나 비바람은 멈추지 않았다.

마침내 이틀 후인 6월 19일.

폭풍우는 씻은 듯 갰다. 사시巳時(오전 10시)에 이르러 이종무는 선단과 병사들을 정비하고 다시 거제도를 떠났다. 이때의 대마도 정벌을 을해동정乙亥東征이라고도 하고, 을해동왜역乙亥東倭役이라고도 한다.

이종무는 정탐상륙을 위해 우선 10척의 배를 대마도 연안으로 접근시켰는데 뜻밖의 사태가 일어난다. 대마도의 도민들이 조선선단을 보자 손을 흔들면서 달려나왔기 때문이다. 그들은 섬을 나갔던 왜구들이 돌아오는 것으로 착각을 했던 까닭이다.

"아이들과 부녀자는 살상하지 말라!"

절제사 박실朴實이 소리치자 대마도의 도민들은 그때서야 혼비백산하며 도주하기에 바빴다. 마침내 왜구의 소굴이었던 대마도는 조선의 원정군에게 점령되었다. 뒤늦게야 이같은 소식에 접한 대마도 도주 도도웅와都都熊瓦는 반격을 명했으나 이미 때가 늦어 있었다.

조선원정군은 이때 왜구의 배 129척 중에서 쓸 만한 것 20여 척만 남기고 모두 불태웠고, 저들의 가옥 1천 939동을 불태웠으며, 목을 친 왜구의 수만도 114명, 생포 21명의 전과를 올렸다. 그러나 도주 도도웅와는 패잔병들을 거느리고 게릴라전으로 대응했다. 비록 산발적인 전투였으나 박실의 장졸 180여 명이 전사하는 엄청난 피해도 있었다.

그리고 7월 1일.

대마도 도주 도도웅와는 이종무 장군 앞에 꿇어 엎드려 항복을 했다. 비로소 대마도는 완전하게 소탕 · 정벌되었다. 도주의 항복을 받은 이종무 장군은 병사와 선단을 이끌고 거제도로 개선하니 그날이 7월 3일이었다.

뜻을 이룬 태종 이방원은 병조판서 조말생趙末生을 불러 대마도가 조선의 땅임을 분명히 하는 서찰을 적어 대마도 도주에게 전하게 하였다.

–대마도는 경상도의 계림鷄林에 속해 있으니, 본디 우리나라 땅이라는 것이 문적에 실려 있음을 상고해 볼 수 있다. 다만 그 땅이 심히 작고 또 바다 가운데 있어서 왕래함이 막혀 백성들이 쓰지 않게 되었을 뿐이다. …(중략)…내가 대통을 이은 이래로 부왕의 뜻을 이어 저들을 측은한 마음으로 사랑할 것이니라. 이제 대마도란 섬에도 역시 하늘에서 내린 윤리와 도덕의 성품이 있을 것이니 어찌 시세를 알고 의리에 통하여 깨닫는 사람이 없겠는가. 대마도 수호 도도웅와는 스스로 새로운 삶의 길을 열어 멸망의 화를 면하게 하고 나의 생민生民을 사랑하는 뜻에 맞도록 하라.

자그만치 600여 년 전에 쓰인 이 글을 읽으면서 허허한 심정에 빠지는 연유가 무엇인가. 지금의 일본이 심심하면 독도를 저희들 멋대로 지은 다케시마竹島라고 부르면서 소유권을 주장하고 나서는 것을 지켜보고 있노라면 불현듯 이 글을 읽어주고 싶은 생각이 들 때가 있다.

역사를 읽으면서는 가정이 성립되지 않는다는 사실을 누누이 강조하고 있지만, 대마도를 완전히 정벌하고, 도주 도도웅와의 항복까지 받았으면서도 주둔병력 한 사람 남기지 않고 그야말로 완전철병하는 이종무 장군의 평화사랑은 답답하기도 하고, 대범하기도 하여 절로 웃어보는 것도 역사를 읽는 즐거움이겠지만…, 그때 대마도에 병력을 주둔하게 하고 성군 세종의 성은을 내리게 하였다면, 지금쯤 대마도의 운명이 어찌 되었을지를 상상해 보는 것도 또한 역사를 읽는 즐거움이 아니겠는가.

∷ 여정여담 2

조선통신사의 여정

조선통신사의 의미를 한마디로 규정하기는 어렵다. 물론 조선왕조가 교린정책의 하나로 일본에 파견한 외교사절인 것은 분명하지만, 정치적 의미뿐만 아니라 문화 · 경제활동은 물론 때로는 그 전수까지를 수반하면서 일본사회에 막중한 영향을 미친 문화사절단이라면 어떨까 싶다.

조선왕조가 창업된 1392년, 왜구의 단속을 요청하기 위해 승려 강규가 일본에 파견된 일이 있었고, 1443년(세종 5) 3회째 조선통신사의 정사인 변효문의 서장관은 신숙주였다. 그때 신숙주가 교오토에 머물면서 쓴 「해동제국기海東諸國記」는 일본 뿐만이 아니라 유구국(오키나와의 전신)의 지리, 풍속, 방언까지를 세세히 기록한 것으로 오늘날에 이르러서까지 일본을 연구하는 귀중한 전적으로 전해지고 있다.

특히 신숙주가 세상을 떠나면서 국왕인 성종에게 '원컨대 조선과 일본이 화를 입는 일을 없게 하소서.' 라고 진언한 것을 보면 그의 선견지명까지 읽을 수가 있다.

1592년(선조 25)에 김성일, 황윤길 등이 통신사의 정 · 부사로 일본에 다녀왔으면서도 그들의 복명이 서로 달라서 조선왕조는 전대미문의 침략전쟁에 시 달리기도 했다. 그 임진 · 정유년의 왜란이 있은 후, 일본국의 천하를 통일한 도쿠가와 이에야스德川家康는 조선과의 평화교류를 부르짖으며 국교의 회복을 간청해왔다.

조선은 그들의 진의를 알아보기 위해 1604년 8월에 탐적사探敵使라는 이름으로 사명대사를 왜국에 파견하였다. 사명대사의 활동은 전후처리의 문제를 단숨에 진척시키는 쾌거를 마련했다.

1605년 2월, 교토의 후시미성伏見城에 머물던 도쿠가와 이에야스, 히데다타 부자는 조선침략을 도모하였던 도요토미 히데요시豊臣秀吉처럼 오만하고 고압적인 자세를 취하지 않았다. 이때의 일을 「조선통교대기」는 아주 세세히 적어놓고 있다.

–나는 임진왜란 때 관동關東에 있었고, 우리 부대는 전혀 관련이 없다. 따라서 조선과의 사이에 원망이 없다. 화和가 통하기를 바란다.

도쿠가와 이에야스가 수교를 재개하겠다는 결단을 보이자, 사명대사는 일본 땅에 잡혀가 있던 1,390여 명의 조선인 포로를 데리고 귀국하면서 조선통신사의 길이 다시 열리게 되었다.

1607년, 조선왕조는 일본 측의 적극적인 요청에 응하여 여우길呂右吉을 정사로 하여 510여 명으로 구성된 조선통신사를 다시 보내는 것을 시작으로 1811년에 이르기까지 모두 열두 번의 통신사를 일본에 보내게 된다.

도쿠가와 이에야스와 담판한 사명대사의 초상

조선통신사라는 공식적인 명칭에서 '통신' 이라는 말은 글자가 의미하는 것과는 달리 '신의를 교환' 한다는 외교상의 수사이지만, 통신사는 문화사절의 역할도 겸하였던 까닭으로 여러 분야의 다재한 사람들로 구성된다. 학자, 문인들 뿐만이 아니라, 의사, 화가, 곡마단 같은 남사당馬上才패를 비롯한 전문 취사반, 심지어 가축을 도살하는 갖바치까지 포함되었다.

또 조선왕조는 부산에서 오사카까지의 800킬로미터의 대항해를 위해 매회 막대한 비용을 들여 기선(객선)과 토선(화물선)을 새로 건조하였다. 그중 큰 배 2척에는 정사와 부사가, 중간 배에는 서장관이 탔으며, 또 다른 중간 배 1척과 작은 배 2척에는 왜국의 쇼군가將軍家와 통과하는 지역의 다이묘大名(지방을 다스리는 장군)들에게 줄 선물과 여행에 필요한 물자를 실었다는 기록이 보인다.

준비를 마치고 출항할 때는 부산의 영가대永嘉臺에서 통신사의 정 · 부사와 서장관이 헌관이 되어 장중한 기풍제祈風祭을 올려서 항해의 안전을 빌고서야 출항을 하였고, 가는 데만 대개 4개월의 노정이 필요했다.

조선통신사의 왕래가 국가적인 큰 행사였다는 사실은 근래 일본각지에서 발굴된 일기, 병풍, 에마키繪卷(두루마리 그림)등에 남아서 전해지고 있으며, 그 한 예로 에도江戶(지금의 동경)에 입성하는 조선통신사의 모습을 규슈의 나가사키에 와있었던 네덜란드의 상관장商館長 니콜라스 쿠케바케르는 자신의 일기(1월 4일자)에 다음과 같이 적고 있다.

-일행이 다다른 길은 정결하게 청소되어 있고 깨끗한 모래가 깔려 있는데, 구경꾼들이 창으로 머리를 내밀거나 담배연기를 밖으로 뿜어내도 아니 된다. 조선통신사가 방일하는 날은 휴일이 되었고 축제분위기가 타올랐다. 행렬의 선두에 무용, 피리, 북의 연주가 시작되고 모든 종류의 악기가 연주되었다. 기마 젊은이에 이어 정사, 부사 등이 들어오고, 400여 군관이 뒤를 잇는데 그들은 '최고의 사절 호위'이다. 그리고 좀 지나면 약 200명의 무사가 철포, 창을 가지고 한사람씩 순서대로 일본식으로 지나간다. 이러한 행렬이 모두 지나가는데 약 5시간이 걸렸다.

조선통신사의 내왕이 문화교류였던 흔적은 도쿠가와 막부가 자리 잡고 있는 에도를 비롯하여 인접한 각 번藩(장군가에서 다스리는 영토)에서의 영접 행사의 모습에서는 물론, 현존하는 일본의 서민문화에서도 그 흔적을 쉽게 발견하게 된다.

이는 폐쇄적인 문화 환경이었던 일본에게는 조선통신사를 맞아들이는 그 자체가 새로운 문물과 접할 수 있는 기회였고, 학자나 문인들을 비롯한 지식인들에게는 학문을 비롯한 문화전반을 전수받을 수 있는 절호의 기회가 되었음이 분명하다.

통신사의 일원이었던 신유환도 그의 「해유록海遊錄」에 다음과 같이 적었다.

-시문과 회화를 구하려고 모든 수단을 동원해 숙소에 몰리는 일본의 학자, 쵸닌町人(일반서민)들로 인해 제술관, 서기, 화원들은 식사를 할 짬조차도 없었다.

일본국의 거리를 지나가는 조선 통신사 행렬

조선통신사는 일본의 막부가 조선과의 우호만을 증진하는 것이 아니라, 화려한 외교사절의 행렬을 비롯하여 조선의 선진문물을 일반 민중들에게는 보여주는 것만으로도 막부의 위엄을 세우는 명분으로 삼았음도 알 수가 있다.

:: 여정여담 3

평생을 읽은 책이 노나라의 춘추라네

정부는 있어도 다스림이 없는 대한제국이었다. 국토는 있어도 임자가 없는 대한제국이었다. 모든 정령政令은 조선통감부에서 발령되었고, 대한제국의 정부와 대신들은 그것을 실행하는 도구로 전락되었다면 꼭두각시나 다름이 없다.

뜻이 있는 사람들은 치욕감으로 몸을 떨다가 마침내 항일투쟁전선에 몸을 던지게 되었다. 그것이 나라가 위급지경에 이르렀을 때 지식인이 취할 태도라고 그들은 믿고 있었기 때문이다.

충청도 정산定山 본댁에 연금되어 있던 면암 최익현은 73세의 노구를 이끌고 가묘家廟에 하직을 고하고, 동지의 규합에 나섰다. 전라도 태인에 이른 최익현은 문도 임병찬林炳瓚을 거느리고 무성서원의 80여 명의 유림들과 함께 '서고조약'을 선언하고 행동으로 옮겼다. 불과 보름 동안에 그의 문하로 몰려든 의병의 수는 무려 8백여 명으로 늘어났다. 그들은 일거에 정읍, 순창 등지를 유린하였다. 다급해진 조선통감부에서는 남원진위대와 전주진위대를 급파하여 최익현의 체포와 의병군의 섬멸을 명했다.

일찍이 조선통감 이토오 히로부미伊藤博文도,

–'조선군 10만은 두렵지 않으나, 진실로 최익현 한 사람은 두렵다' 라고 피력할 정도였으니까, 서둘 수밖에 없었다.

1906년 6월 12일, 최익현의 의병군과 정부군의 교전이 있었다. 최익현은 자신의 의병군을 토벌하기 위해 동원된 병력이 조선군 진위대임을 확인하고는 지체 없이 의병군에게 해산을 명하였다.

–우리가 거병한 것은 왜병을 물리치자는 것이었지, 동족의 가슴에 총을 쏘기 위한 것이 아니질 않더냐!

면암 최익현의 의지는 결연했다. 그는 정부군에게 군사軍使를 보내 '동족끼리의 살생은 이로울 게 없다' 는 설득을 시도했으나 아무 효과가 없자, 스스로 정부군에 투항하였다. 임병찬을 비롯한 13명의 참모들도 통한을 삼키며 스승의 뒤를 따랐다.

막상 최익현을 구금한 일본군사령부도 난감하기만 했다. 최익현의 방면을 요구하는 유림들을 다독일 만한 명분도 없었고, 만에 하나라도 조선의 유림들이 떼를 지어 몰려와서 최익현의 석방을 요구하며 난동을 부린다면 유혈참극을 부를 수도 있을 것이 아니겠는가.

교활한 조선통감부는 마침내 약식 군사재판을 치르고, 그 판결에 따른다는 형식을 빌어 최익현의 신병을 일본 땅 대마도에 유폐키로 하였다.

8월 17일, 최익현과 임병찬 등 일행은 이날 부산포에 당도하였고 저녁 무렵에 초량을 출발하였다. 면암 최익현은 대마도로 가는 뱃전에 서서 멀어

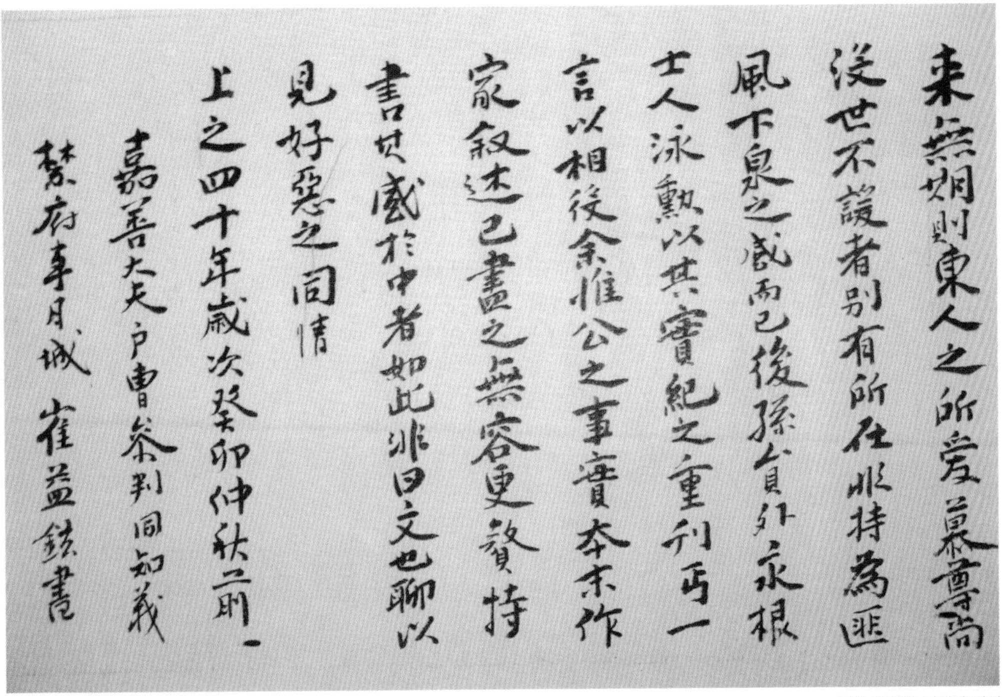

면암 최익현 선생의 필적
〈사암실기발(思菴實紀跋)
문 중〉 지본묵서.
23x148 金志怡所藏

지는 고국산천을 바라보았다. 살아서는 다시보지 못할 고국산천임을 그는 알고 있었다.

8월 18일 진시辰時(7시), 면암 최익현은 임병찬 등과 함께 원한의 땅 대마도의 이즈하라에 도착하였다. 이 뱃길은 예로부터 풍랑이 심하였는데 이날만은 평온하였다고 일본 측 사료에 적혀 있을 만큼 최익현의 이송은 큰 관심사였다.

이즈하라의 일본군 수비대는 착검한 헌병들을 동원하여 최익현을 그들

위수영 경비대의 임시 관저로 사용하고 있던 잠업교사 蠶業教師의 집에 구금하면서 일본군 경비대장이 불손한 태도로 말했다.

–여러분은 일본의 음식을 먹게 되었으니 마땅히 일본의 명령을 따라야 한다.

면암 최익현은 가가대소하며 대답하였다.

–지금 이미 이 지경에 이르러 너희들의 음식을 먹고 너희들의 명령에 따르지 않는 것도 의義가 아니니, 지금부터는 단식하고 먹지 않을 것이다!

그제야 임병찬을 비롯한 그의 고제들은 물 한 동이를 마련한 스승의 높은 뜻을 알게 되었다.

11월 17일(음력) 새벽에 면암 최익현은 순국하였다. 그의 시신은 이즈하라의 수선사修善寺에 임시로 안치되었다. 대마도의 수비대장이 문상을 하겠다고 하자 임병찬 등 면암 최익현의 제자들은 완강하게 거부하였다. 이에 수비대장은 시신의 운구에 협력하지 않겠다고 회유, 협박하여 간신히 문상하고 2백 원의 부의금을 냈다. 이 부의금은 시선이 부산포에 안착하면서 되돌려 주었다.

면암 최익현의 유해는 일본군 헌병대의 방해를 무릅쓰고 부산에서 충청도 정산까지 보름 동안에 걸쳐 운구된다. 초종 기간 내내 비가 오다가 장례식 당일에는 쌍무지개가 떴다는 덕담이 전해지고 있다.

2. 가라쓰唐津 그리고 아리타有田

여행을 떠나고자 하면 마음이 먼저 설렌다. 행선지가 정해지면 밤잠을 설칠 때도 있다. 세계의 모든 곳이 여행자에게는 아름다운 땅이고, 매력 있는 고장일 것이지만 찾아가는 사람들과 인연이 깊은 곳이라면 설렘도 더 커지게 마련이다.

일본국 규슈九州만큼 우리에게 설렘을 더하게 하는 고장은 그리 흔치가 않다. 우선 산천부터가 그렇다. 미야자키宮崎 현의 서쪽 고원에 위치한 기리시마霧島 국립공원에서는 펄펄 끓는 온천물이 솟아오르는데, 그곳의 제일 높은 산 이름을 한국악韓國岳이라고 써놓고 '가라쿠니노다케'라고 읽는다. 글자만 살펴도 어쩐지 낯선 땅이 아니라는 생각이 든다. 게다가 한국만의 텃새인 까치가 날아다니는데, 규슈 사람들은 까치를 그대로 '까치 가라스'라고 부른다. 우리말로 직역하면 '까치 까마귀'가 되는 셈이다.

아름다운 소도시 가라쓰의 전경

문화는 또 어떤가. 가라쓰야키唐津燒, 아리타야키有田燒, 이마리야키伊万里燒, 사쓰마야키薩摩燒 등 일본이 세계에 자랑하는 규슈의 도자기는 모두 임진 · 정유년의 왜란 때 강제로 끌려간 조선인 포로(도공)들에 의해 구어지기 시작하였다.

게다가 한국 사람을 대하는 규슈 사람들의 심성은 형제나 다름이 없을 만큼 친절하고 다정하다. 그럴 수밖에 없다. 임진 · 정유년의 왜란으로 일본 땅으로 끌려간 조선인 포로의 수는 무려 10여 만, 그 중에서 포르투갈이나 네덜란드에 노예로 팔려간 사람이 대충 5만 명 이상일 것이라는 기록이 있다. 지금도 이태리에는 '꼬레'라는 마을이 있다는데, 물론 그때 팔려간 조선인들이 살던 곳으로 추정된다.

결국 일본 땅에 남게 된 5만여 명의 조선인 남녀가 지난 4백여 년 동안 일본인과 피를 섞으면서 살았다면…, 비록 일본인으로 살았다고 하더라도 거의 모든 사람들이 조선인의 핏줄과 무관하지 않을 것이라고 믿어진다.

가고시마 대학鹿兒島大學의 교육학부 부장인 요쓰모토四本교수는 흥분한 목소리로 내 견해를 정정해 주었다.

"신 선생, 거의 모두가 아니라, 전붑니다. 규슈인 전체가 조선인의 피를 받았을 것이라고 확신합니다."

또 요쓰모토 교수는 임진 · 정유년의 왜란 때, 조선 땅에서 저지른 왜병들의 잔인무도한 살생과 약탈을 용서할 수 없는 폭거라고 목청을 높이기까지 하였다.

모두가 규슈 땅에서나 체험할 수 있는 얘기다.

사가佐賀 NHK의 양식

규슈 섬의 북단에 있는 가라쓰 시唐津市, 어딘지 친근하고 낯설지 않다는 생각을 들게 한다. 우리나라에도 이름이 똑같은 '당진'이 있어서인가. 친근감이 드는 이름임에는 분명하지만, 바로 여기가 임진왜란의 총 지휘부가 있었던 곳이다. 그 진세이마치鎮西町에 위치한 나고야 성名護屋城은 왜국의 관백 도요토미 히데요시豊臣秀吉가 오직 조선침략(임진왜란)을 지휘하고 독전하기 위해 새롭게 축성한 거점이다. 그러나 이 나고야 성을 입에 담자면 반드시 부연설명이 따라야 한다. 일본국 본토의 중부지방에 똑같은 나고야 성名古屋城이 있기 때문이다. 소리로는 똑 같은 '나고야'지만 가운데 글자가 서로 다른 것으로 구분된다.

내가 임진년 침략전쟁의 본거지였던 진세이마치를 처음 여행하게 된 것은 이 지역의 방송사인 사가 NHK에서 임진왜란 4백주년에 즈음한 심포지엄을 개최하면서 한국 측 연사로 초청해 주었기 때문이다.

후쿠오카 국제공항에 내려 국내선 청사의 구내로 옮겨가면 가라쓰로 가는 전철을 탈 수가 있다. 후쿠오카에서 가라쓰까지는 53.5킬로미터, 전철로 50분 남짓 걸리는 곳이다.

지정해 준 숙소는 바닷가 절경의 아름다움을 간직한 '시 사이드 호텔'.

여장을 풀자 곧 심포지엄의 준비로 들어갈 정도로 바쁜 일정이 기다리고 있었다. 일본 측 연사가 세 사람인데 비해 한국 측은 나 한 사람이었기에 힘겨운 토론을 하게 될 것이라는 불길한 예감을 말끔하게 씻어준 사람이 일본인 역사학자 기타지마 만지北島万次 교수였다. 그의 명함에는 다카사키게이자이高崎經濟 대학 교수라고 찍혀 있었고, 그를 소개한 사람은 일한관계가 전공이라고 부연해 주었다.

사가 NHK의 TV 심포지움에 참가한 연사들. 왼쪽부터 시노타 마사히로(영화감독) 기타지마 만지(사학자), 이케타리요코(작화가), 필자

필자의 일본어판 소설 '왜란' 상권의 표지

그는 내 손을 움켜잡으면서 상기된 목소리로 말했다.

"반갑습니다. 신 선생의 소설 「왜란倭亂」을 읽고 배운 것이 많았는데, 우연하게도 신선생의 드라마 「임진왜란」의 고증을 맡기도 했거든요."

여기에는 약간의 부연설명이 필요하다.

기타지마 만지 교수가 말하는 「왜란」이라는 소설은 동경에서 간행(1987)된 나의 일본어판 소설 「왜란」을 말하는 것이고, 그가 고증을 하였다는 드라마 「임진왜란」은 MBC-TV에서 방영한 「조선왕조 5백년」 시리즈에 포함된 임란부분을 6시간으로 압축하여 NHK의 위성방송을 통해 연속 6일간 방송된 것을 말한다.

"한국에서는 옷깃만 스쳐도 인연이라는 말이 있는데…, 진작 만났어야 옳지를 않았습니까."

"과연, 정말 그렇습니다."

우리는 서로가 입에 담기에 무척 까다롭고 델리킷한 조선침략의 실체를 텔레비전의 카메라 앞에서 토론해야 하는 어려운 처지에 있었지만, 이미 일본 측 역사학자와 말을 트고 있었으므로 큰 부담을 던 셈이다.

사회를 겸하여 일본 측 연사로 참석한 인상 좋은 시노타 마사히로篠田正浩(영화감독)의 해박한 지식과 달변으로 녹화는 시작되었다. 참가자 중의 홍

일점은 만화 「베르사유의 장미」를 창작, 작화하여 출판사상 기록적인 판매고를 올렸을 뿐만이 아니라, 방송, 만화영화, 연극, 뮤지컬 등으로 각색되어 일본열도를 떠들썩하게 하였던 여성 작화가인 이케다 리요코池田理代子였다.

사적인 자리에서는 매우 상냥하고 멋쟁이 여성이었으나, 막상 TV카메라가 돌아가자 일본인다운 견해를 쏟아놓기 시작한다. 그녀는 세계사적인 맥락에서 보면 16세기는 대항해시대大航海時代에 해당되는 시기며, 그러므로 국외로의 진출은 일반적인 추세로 볼 수가 있다. 따라서 도요토미 히데요시도 그런 맥락에서 조선 진출을 감행했을 것이라고 강변하였다.

정정을 하거나 내용을 분명히 해두어야 할 사안이기에 나는 녹화가 진행되는 사항에서 그녀의 발언을 도중에서 끊어야 하는 실례를 저지를 수밖에 없었다.

"…우선 분명히 해야 할 것은, 16세기의 대항해시대를 거론하기 위해서는 세계가 아주 거대한 몇 개의 문명권으로 나누어져 있었다는 점이 전제되어야 합니다. 그 거대한 문명권에 접한 나라는 봉건성으로 묶여 있기가 십상이어서 의견의 개진이나 행동이 자유롭지를 못했습니다. 중국이라는 거대 문명권의 영향 하에서 천여 년 동안이나 시달려 온 조선이 그렇습니다. 그러나 일본의 경우는 다릅니다. 일본은 유럽의 문화권으로부터는 말할 나위도 없었고, 명나라나 청나라의 영향력에도 시달려 보지를 않았지 않습니까. 바로 여기에 도요토미 히데요시의 오만방자한 침략야욕이 싹트게 되는 것이고, 그것이 바로 조선침략으로 이어지지 않았습니까. 또 전국제패의 후속수단이 마땅치 않은 국내사정을 극복하기 위해 이른바 조선침략이라는 망상에 젖을 수밖에 없었지요. 그것이 바로 명나라로 가는 길을 빌리자假道入明는 생떼로 포장되었질 않았습니까."

이렇게 되면 토론에 활기가 돌아야 마땅하다. 기타지마 만지 교수를 비롯한 일본 측 연사들은 나의 논지에 전폭적인 지지를 아끼지 않으면서도 한국에는 이순신의 동상이 너무 많고, 서울대학에서는 일본어를 제2외국어로 채택하지 않는다는 등의 비아냥거림도 숨기지 않았다.

그러나 전체적으로는 침략자의 오만을 비판하고 피침략자의 고통을 구체적으로 살펴보는 내용이 거침없이 토로되는 등 이같이 격렬한 내용이 TV카메라 앞에서 토론되고, 또 그것이 아무런 제약없이 방송될 수 있었던 것도 한국과 규슈라는 특수한 관계가 빚어내는 아름다운 결과라고 나는 지금도 확신하고 있다.

심포지엄이 열리고 있는 장소가 바로 고타구지廣澤寺의 법당으로 연결되는 넓은 마루방이다. 창밖으로는 온 마당을 뒤덮은 소철蘇鐵잎으로 무성하다.

"저 소철에도 기막힌 역사가 있습니다."

사회를 보았던 시노타 마사히로의 설명은 흥미로우면서도 임진왜란을 뒤돌아보게 하는 계기를 만들어 주었다.

관백 도요토미 히데요시가 조선침략의 거점인 가라쓰 성에 머물게 되자 오사카에 있는 후궁 한 사람이 따라온다. 그녀의 이름이 바로 히로자와노 쓰보네廣澤局란다. 여러 번의 다이묘大名들이나 조선으로 건너갔던 장수들은 토요토미 히데요시의 애첩에게 잘 보이기 위한 경쟁을 해야 한다. 그래야 혜택이 돌아오기 때문이다.

조선으로 출병하였던 가토 기요마사加藤清正도 가라쓰로 돌아올 때 조선 소철을 한 포기 진상하였다. 히로자와노 쓰보네는 그 소철을 거처의 마당에 심어놓고 애지중지 키웠다. 도요토미 시데요시가 세상을 떠나자 히로자와노 쓰보네는 머리를 깎고 중이 된다. 그녀가 살았던 거처가 바로 고타구지이고, 그때 심었던 조선 소철이 자라서 지금은 직경 27미터의 뿌리를 거느리고 울창하다 할 만큼 힘차게 뻗어나고 있다.

규슈를 여행하는 많은 한국인들이 골프나 온천 투어에 시간과 돈을 투자하면서도 이 같은 유서 깊은 역사의 현장을 외면하는 것은 아쉽기 그지없는 노릇이다.

도요토미 히데요시의 가라쓰 성

가라쓰 시唐津市 진세이마치鎮西町의 언덕 위에 서 있는 「나고야성박물관」에는 한국을 사랑하는 규슈 사람들의 아름다운 심성이 고스란히 잠겨 있

名護屋城跡
Nagoya Castle Ruins
나고야성터
名護屋城博物館
Nagoya Castle Museum
나고야성박물관
나고야성 박물관의 외경

다. 모든 전시물에 대한 안내와 설명문은 일어와 한국어를 함께 쓰고 있으며, 박물관 중앙 홀에는 크고 정교하게 만들어진 거북선과 판옥선의 모형을 전시하여 임진왜란을 설명하고 있음은 물론, 유학자 강항 선생의 일본 안에서의 업적 등 하나라도 더 많은 한일관계사에 얽힌 정보를 전하기 위한 노력이 구석구석에 배어있다.

도요토미 히데요시가 조선침략의 야욕을 불태웠던 본거지인 가라쓰 성 옛터에 정성을 다해 조선문화를 전시하고 있는 이 지역 사람들의 마음씨를 뭐라고 표현할 길이 없다. 규슈 사람들이어서 그런 것일까. 꼭 그래서일 것은 아니겠지만, 한일 관계의 흐름을 바르게 하려는 말 없는 노고에 감격할 따름이다. 게다가 이 박물관에는 한국인 직원이 한 사람 있다. 한국과 관련된 박물관이기에 한국인 직원이 한 사람 있어야 한다는 신념의 일환이라는 설명에는 가라쓰라는 지명에서 느껴지는 친근감과 규슈 사람들의 따뜻한 마음씨가 포근하게 겹쳐서 살아난다.

박물관을 나서면 바로 눈앞에 거창하고 요란했던 가라쓰 성 터의 거대한 돌담石築이 눈에 들어온다. 비스듬한 언덕길을 올라 아름드리 나무숲을 지나면 현해탄의 물결이 눈에 잡힐 듯한 절경이 전개된다. 1시 방향의 수평선 쪽으로 아득하게 일기 섬壹岐島이 보인다. 전쟁광 도요토미 히데요시는 이 언덕에 자신의 거처인 본 성本丸을 지었다. 건물 꼭대기에 있는 덴슈天守閣가 4, 5층 높이에 있었다면 대마도가 내려다 보였을 것이 분명하다.

나고야 성터에서 바라보이는 일기섬

조선정벌을 위해 떠나가는 군선 3천여 척이 자신의 발밑에 있는 가라쓰 항구를 떠나 일기 섬은 물론 멀리 대마도까지 이어진 것을 내려다보면서 원숭이 상판인 전쟁광 도요토미 히데요시의 얼굴에는 회심의 미소가 떠올랐을 것이리라. 이 같은 상전의 심기에 아첨하기 위해 전국의 대명 1백 20여 명이 이 언덕에 크고 작은 성을 경쟁하듯 쌓았다면 어찌 되는가. 이 문장에는 조금의 과장이 들어 있질 않다. 지금도 나고야 성터에 오르면 1백 20여명의 대명들이 지은 성터가 이끼 낀 축대로 남아서 보존되고 있음을 확인할 수가 있다.

지금으로부터 4백여 년 전, 전국일본戰國日本을 무력으로 통일한 도요토미 히데요시는 멀리 인도와 중국 땅을 넘보겠다는 야욕을 우선 조선침략에 맞추었다. 물론 마시못해 수하에 든 여러 번의 번주藩主(지역을 다스리는 대명)들에게 경제적인 번창을 제약하여 강압적으로 다스리겠다는 또 다른 계책도 내포되어 있었다.

도요토미 히데요시는 대명들을 이끌고 교토로 달려가 형식뿐인 임금에

나고야성 박물관에 전시된 거북선과 판옥선

게 조선출병을 고하고 몸소 규슈 땅인 이곳 히젠국 나고야肥前國 名護屋로 달려왔다. 물론 각 대명들에게는 병선을 건조하고 병사를 동원할 것을 명한 다음이었다.

인마의 내왕조차도 뜸하던 나고야에 도착한 히데요시는 자신의 이름에 걸맞는 나고야 성의 축성을 명했다. 전국에서 몰려든 무사와 장인들 그리고 노역에 동원된 백성들을 합하여 불과 반 년 사이에 나고야는 인구 20여 만의 거대한 도시로 변모하고 말았으니 그야말로 상전벽해가 아니고 무엇인가.

현해탄의 거친 물결 속에 두둥실 떠있는 섬들이 한눈에 내려다보이는 언덕 위에 크고 거창하게 세워진 나고야 성의 꼭대기 천수각에서 비단 요를 깔고 앉아 아득히 바라보이는 일기 섬과 대마도로 향해 떠나가는 조선 침략의 선단을 내려다보면서 자신의 광기와 야욕에 흡족한 웃음을 흘렸을 것이 분명하다.

왜국을 다스리는 총체적인 우두머리이자 대장군인 다이코太閤 히데요시가 오사카 성으로 돌아가지 아니하고 나고야 성에 머무르게 되자 그에게 충실하고 아첨해야 하는 각 지의 대명들도 서로 경쟁을 하듯 나고야 성의 담 밑에 성을 쌓기에 이르니 그 수가 무려 120여 채, 그야말로 보잘 것 없었던 히젠 국 나고야는 정치와 전쟁의 중심지가 되었을 것이라는 사실은 역사를 공부하지 않은 사람들도 이 언덕에 서서 출렁거리는 현해탄을 바라

임진년의 왜란을 총지휘하였던 도요토미 히데요시의 초상

보면 느낌으로 알 수가 있게 된다.

일본의 여러 기록들을 살펴보면 도요토미 히데요시의 외모를 거론한 대목이 많지만, 특히 '사람으로 보려하면 원숭이 상판이요, 원숭이로 보려하니 사람이더라' 라는 구절이 나를 사로잡곤 했다. 출신이 미천해서 그리 못생긴 것이 아닌 터이기에 말이다. 실제로 도요토미 히데요시 자신도 못생긴 외모에 대한 콤플렉스가 있었던 게 분명하다.

포르투갈 선교사인 루이스 프로이스Luis Frois는 자신이 쓴 대저 〈일본사〉에 도요토미 히데요시와 만났을 때의 광경을 적고 있다.

"모두가 보는 바와 같이 나는 보기 흉한 얼굴을 하고 있고, 오체도 빈약하기 그지없지만…, 일본에 있어서의 나의 성공을 잊어서는 안 된다."

바로 이 같은 오만과 콤플렉스가 합쳐지면서 조선침략이라는 엄청난 과오를 저지르게 된다. 역사를 적는 사람들은 전황을 적는 데만 급급하였던 탓으로 백성들의 고초를 외면하는 결과를 초래하기도 한다. 장장 7년여에 걸친 임진, 정유년의 왜란으로 조선백성들은 7년 동안이나 농사를 망치면서 연명을 하자니 그 고초가 오죽했겠는가. 또 밤마다 왜병들에게 시달려야 하는 조선의 부녀자들이 죽은 듯 편하게 눈을 감았을 리가 없다.

일기 섬을 지나 대마도 쪽으로 떨어지는 붉은 낙조는 현해탄의 물결까지를 빨갛게 물들인다. 우리 일행 중의 시인 한 분이 내 곁으로 다가서며 조용히 입을 연다.

"풍신수길이 전쟁광이라는 사실을 이 언덕에 서고서야 실감하게 됩니다."

그렇다. 역사의 현장은 살펴보고 밟아보아야 그 진상에 접근할 수가 있다. 그래서 우리 일행은 느끼면서 걸었다.

일본 도자기의 시조 이삼평李參平

한국 사람과 일본 사람이 마주앉아 한 · 일 간의 역사를 입에 담게 되면 델리킷해지는 긴장감을 맛보게 된다. 그런 감정 때문에 더러는 할 말을 다 하지 못하는 수도 있고, 또 더러는 서로가 모두 어색해진 감정으로 헤어질 때도 있다. 서로 판이하게 다른 관습이 작용하기 때문이다.

일본 말에는 '혼네本音'와 '다테마에建前'라는 아주 상반된 표현이 있다. 혼네는 '본심이 담긴 말'이라는 뜻이고, 다테마에는 '겉치레…, 항용 하는 말'이라면 어떨지 모르겠다. 한 가지 말을 놓고 진심이냐, 아니냐를 따지는 경우는 더러 있지만, 애초부터 말의 쓰임을 이같이 갈라놓고 쓰는 것은 아무래도 좀 께름칙하다는 생각이 든다. 그렇다고 매번 그 말이 '혼네'인지 '다테마에'인지를 확인하면서 대화를 진행할 수도 없는 노릇이기 때문이다.

나는 아주 절친한 일본친구와 대화를 할 때면 '그 말 혼네로 들어도 되겠느냐?'라고 아주 직설적으로 물어 볼 때도 있고, 아니면 '그거 다테마에

도조 이삼평의 상

지?' 라는 식으로 항변성 확인을 할 때도 있다. 물론 허물이 없는 사이에만 가능한 것이지 자칫 잘못되는 날이면 큰 실례를 범하게 될 것이 분명하다.

그런 델리킷한 감정이 도사리고 있다고 하더라도 일본의 도자기 문화를 말할 때마다 한국 사람들의 속내는 득의만만해진다. 일본도자기의 시초가 임진왜란 때 일본 땅으로 끌려간 조선인 전쟁포로들에 의해 이루어졌기 때문이고, 이에 대해서만은 어떤 일본사람도 이의를 제기하지 않기 때문이다.

일본의 사료에는 정유재란丁酉再亂을 '도자기전쟁' 이라고 기록한 곳이 보인다. 다른 말로 바꾸면 그들의 두 번째 조선침략인 정유재란이 조선인 도공들을 일본 땅으로 끌어가기 위한 전쟁이라는 뜻이지만, 실상은 꼭 도공만을 지칭한 것이 아니라 '기술자' 를 데려오라는 도요토미 히데요시의 주인장朱印狀이 있었던 것은 사실이다.

일본이 세계에 자랑하는 도자기 사쓰마야키薩摩燒는 번주 시마스 요시히로島津義弘에게 끌려간 박평의朴平意, 김해金海, 심당길沈當吉(심수관의 선조) 등에 의해 구워지기 시작하였고, 살아서 숨을 쉰다는 명품 하기야키萩燒 역시 이작광李勺光, 이경李敬 등에 의해 개발되었으며, 다카도리야키高取燒는 도공 얏산八山 가의 사람들에 의해 처음으로 가마가 열렸음은 그 후손들이 살아서 입증하고 있다.

사에야마 신사의 경내에 있는 청화백자로 된 석등은 완성도 높은 미적 감각을 자랑한다.

저 유명한 아리타야키有田燒도 조선인 도공 이삼평李參平에 의해 구워지기 시작하였다. 아리타야키의 본고장인 사가현 아리타시有田市는 한적한 시골 도시면서도 온 거리가 도자기 가게로 즐비하고, 가게 안에는 형형색색의 도예 작품들을 전시하여 지나는 길손들의 시선을 빨아들인다. 또 도자기 고장의 자부심과 저력을 바탕으로 해마다 도자기 축제를 개최하여 수많은 관광객을 불러 모으는 등 도자기 고장의 명성을 떨치고 있다.

시가지 중심가에서 약간 벗어난 산자락에 도자기의 신을 모셨다는 사에야마 신사陶山神社가 있다. 입구에 선 도리이鳥居까지 청화백자로 구워서 세웠고, 경내의 여러 곳에는 도자기로 만들어진 기물들이 즐비하다. 그중에서도 청화백자로 구워진 석등은 아름답고 정교하기 그지없다. 석등 전체를 한 번에 구운 것이 아니고, 각 부분별로 나누어서 구웠을 것인데도 정교하기 이를 데 없는 구조와 색감으로 완성미를 뽐내고 있다.

신사의 본당을 우측에 끼고 경사진 오솔길을 한참 동안 오르면서 약간 숨 가쁨을 느낄 무렵이면 높고 경사진 돌계단 위에 우뚝 솟은 돌 비석을 바라보게 된다.

– 도조 이삼평비 陶祖李參平碑.

나는 남쪽나라의 푸른 하늘을 향해 치솟은 '도조 이삼평비' 를 쳐다보는 순간 눈시울이 시큰하게 젖어드는 감회에 젖곤 한다. '도조' 가 무슨 뜻인가. '도자기의 시조' 라는 뜻이 분명하다면 많은 일본 사람들이 일본의 도자기가 이삼평에 의해 만들어지기 시작하였음을 기리고 있음이 아니겠는가.

이 비석이 세워진 것이 1917년이면 소위 한일합방조약이 강제 체결된 지 7년째가 되는 해다. 조선의 역사를 인정하지 아니하고, 조선 사람에 대한 호감도가 낮은 일본 사람들이 이 정도의 비석을 세워서 대대손손 이삼평을 섬겨왔다면 가슴 벅찬 노릇이라고 적어도 흉이 되지 않는다.

그러면서도 '도조 이삼평비' 에 적힌 비문을 읽노라면 우리를 착잡하게 하는 대목을 접하게 된다.

임진왜란때 일본 땅으로 끌려온 도공 이삼평을 '도자기의 시조'로 기리는 '도조 이삼평비'

– …도조 이삼평공은 분로쿠文祿(1593) 2년 호코豊公(풍신수길)의 정한전征韓戰에서 아군을 위해 진력한 몇 안 되는 분으로, 번주 나베시마 공이 개선할 때 휴행携行하여 귀화시킨 것이다.

휴행이란 강제연행이 아닌 대동帶同(함께 왔다)했다는 뜻이다.

이 구절을 문제 삼은 한국의 「이삼평도공비문정정위원회」는 이삼평이 일본 땅에 간 것은 '대동'이 아니라 '납치'며, '연행'이라고 주장하면서 아리타시 상공회의소에 비문을 고쳐주기를 요청한 일이 있었다. 애당초 이런 일을 일본인들이 들어줄 것이라고 생각하는 것도 잘못이려니와 그런 일에 매달린 것도 칭찬을 들을 일은 못 된다. 결과는 뻔한 것이어서 결국 흐지부지되고 말았다.

물론 비문이 그렇게 씌어지게 된 근거가 아주 없는 것은 아니다. 1806년(일본연호 文化 2년)에 작성된 것으로 보이는 일본국 큐슈의 다쿠가多久家의 고문서에 이삼평이 왜국으로 오게 된 경위를 적은 글이 있다.

– 나베시마 군이 산중에서 길을 잃었을 때, 먼 곳에 집 한 채가 있는 것을 발견하고 그 집에 살고 있는 세 사람의 조선인에게 길을 안내하라는 엄명을 내렸다. 그 중의 한 사람인 스물 대여섯 살 된 남자 이삼평이라는 자가 이때부터 계속해서 안내역이 되어, 군량미 징발에서 우차의 동원에 이르기까지 아군의 편의를 제공해 주었다. 게이초慶長 3년(1598) 12월 나베시마 나오시게鍋島直茂공이 귀국하면서 막료인 다쿠 야스아리多久安順에게 명하여 이삼평을 대동帶同하게 하였다.

만약 그를 많은 재물로 포상하고 조선에 두고 오게 되면, 일본군을 원조한 자로 어떤 위해危害가 가해질지 모르는 처지였다. 이렇게 되어 이삼평은 다큐의 군사들과 같은 배로 일본으로 오게 된 것이다.

中島浩氣 著「肥前陶瓷史考」에서

이 인용문을 믿느냐, 믿지 않느냐는 별개로 치더라도 정유재란 때 많은 조선인 도공들이 일본 땅으로 끌려 온 것은 엄연한 사실이다. 또 그들 조선인 도공들에 의해 일본국의 도자기 문화가 싹텄고, 그들 포로들의 후예들이 만들어낸 도자기가 세계적인 명성을 얻게 된 것을 인정하지 않는 일본인은 없다.

한두 사람도 아닌 수천 명의 조선인 도공들이 전쟁포로로 끌려와서 일본의 도자기문화를 일으킨 것은 세계가 모두 인정하고 있는 판국에 이삼평을 연행이 아닌 '대동'으로 썼다하여 굳이 그것을 납치나 연행으로 고치라고 항변할 까닭이 무에 있는가.

이미 지난 오랜 세월동안 아리타의 사람들이 이삼평을 도자기의 선조임을 탑을 세워서까지 받들고 있는 것은 그가 강제연행 된 것이 아니라 '대동'이기 때문이 아니기에 더욱 그렇다.

:: 여정여담 4

400년 전, 조선인 포로들 – 얼마나 잡혀 갔는가

일본 땅을 여행하면서 한국인에 대한 규슈 사람들의 각별한 친절에 놀라게 되는 경우를 나는 여러 번 경험하였다. 그럴 수밖에 없다. 규슈는 멀리 가야시대伽倻時代 이전부터 조선과 일본을 연결하는 통로였기 때문이다. 그런 연유로 규슈 지역에는 한국과 관련된 문화들이 많다. 규슈에서는 까치를 '까치 가라스' 라고 부른다. 까치는 일본 표준말에 '가사사기かささぎ' 로 되어 있지만, 굳이 한국어의 '까치' 를 따서 '까치까마귀' 라는 뜻으로 부르고 있다. 또 통나무를 잘라서 만든 의자를 '앉을 통' 이라고 할 정도다.

지금부터 4백여 년 전에 있었던 소위 임진 · 정유년의 왜란 때 조선인 도공들을 중심으로 수많은 기술 인력이 일본땅으로 강제연행 되었다. 물론 거기에는 병사들과 일반인 남녀들도 포함되어 있었지만, 문제는 그 인원수다.

대체 몇 사람이나 잡혀갔던 것일까. 10만여 명의 조선인들이 끌려와서 그중의 5만여 명이 나가사키 항長崎港을 통해 포르투갈이나 네덜란드에 노예로 팔려나갔다는 설이 있는가 하면, 로마 교외에 있는 '꼬레' 라는 마을도 그때 팔려나간 조선인들이 살기 시작한 곳이라는 설도 있다.

조선인 포로와 관련된 여러 고문서와 조선인 포로들이 살고 있는 지역을 탐방하여 조사한 나이토 슌스케內藤雋輔가 쓴 〈임진왜란에 의한 조선인 포로 연구〉에 따르면 족히 2만에서 3만 명에 이를 것이라고 추정하고 있다. 이 중에서 강화교섭으로 송환된 포로를 7천 5백 명 정도로 보지만, 수용소를 탈출했거나 개별적으로 귀국한 사람들도 많을 것이므로 그 수는 누구도 정확하게 알지 못할 것이라고 첨언하였다.

도공들만을 계산한 부분적인 기록도 있다. 아리타야키의 나베시마가 5백여 명을 데려간 것으로 되어있고, 히라토야키平戶燒의 마쓰우라 나카노부松浦鎭信가 2백여 명, 사쓰마야키의 시마스 요시히로가 2백 명 이상을 확보했다는 기록이 바로 그것이다.

우리 쪽에도 이 문제를 거론한 기록이 있다. 광해군 9년 4월 19일자 실록인 「광해군일기」에는 경상도의 겸사복兼司僕 정신도鄭信道가 올린 상소문에 다음과 같은 구절이 있다.

> – 신이 지난 신해년(1611) 봄에 포로로 잡혀간 전이생全以生 등의 편지를 얻어 보았는데, 그 가운데 국가에 있어 중대한 내용이 있습니다. 신이 그에 대해 상세히 말해 보겠습니다. 전이생과 같은 처지의 사람들로 살마주(지금의 가고시마 현)에 잡혀있는 자가 3만 7백여 명이나 되는데, 별도로 한 구역에 모여 사는 지 24년이 되어갑니다.

이들은 배운 것이라고는 창이나 칼을 쓰는 법이며, 연습한 것이라고는 싸움터에서 진을 치는 법뿐이어서 모두가 한 사람이 만 명을 당해낼 수 있습니다. 그런데 살아서 돌아가기가 이미 글렀으므로, 한갓 눈물만 흘리고 있으면서, 쇄환刷還시켜 달라는 한마디 말을 만 리 먼 길에 보내왔습니다. 그러니 그들의 고향을 그리는 정성이 애처로울 뿐만 아니라, 나라에 대한 충성심을 여기에서 볼 수가 있습니다. (중략) 그들은 국가의 이해利害에 대해 두루 알고 있으며, 또 진을 치는 법과 창칼 쓰는 법에 뛰어납니다. 만약 그들을 쇄환해서 돌아오게 하고 잘 어루만져 주면서 쓴다면, 국가에 보탬이 됨이 어찌 적겠습니까.

이 상소문에 적힌 신해년이면 임진왜란이 끝난 지 13년 째 되는 해인데, 조선인 포로들이 별도로 모여 산 지가 24년이 되었다고 하는 대목은 잘못 적은 것이 분명하지만, 조선인 포로의 상당수가 병사들이었음도 알 수가 있다.

또 다른 기록으로는 이시타 미쓰나리石田三成가 다테 마사무네伊達正宗에게 보낸 편지에 경상도 사천지역에서 잡은 포로의 수가 3만 5천여 명이라고 되어 있다. 이 같이 한 지역에서 잡힌 포로의 수가 3만 명을 넘었다는 정황으로 살펴본다면 당시 조선 땅에 상륙하였던 여러 번주(장군)의 수로 미루어도 일본 땅으로 잡혀가 억류되어있던 조선인 포로의 수는 족히 10만여 명을 넘었을 것으로 추정해도 큰 하자가 없지 않을까 싶다.

3. 400년, 14대째 외아들

일본이라는 나라가 시바 료타로司馬遼太郎라는 빼어난 소설가를 가질 수 있었다는 것은 하늘이 내린 큰 행운이라고 나는 생각한다. 1억 3천만 일본 국민이 알게 모르게 시바 료타로가 쓴 소설을 통하여 일본의 정체성을 점검할 수가 있었고, 또 일본의 미래를 설계하였음을 내가 알고 지내는 일본의 지식인들의 마음에서 충분히 읽어낼 수 있었다.

물론 이 같은 내 생각에 모든 일본인들이 동의해 줄 것이라고는 생각하지않는다. 더러는 시바 료타로의 소설을 읽은 일이 없었노라고 강변할 수도 있을 것이고, 또 더러는 시바 료타로라는 소설가에 의해 일본적인 국수주의가 싹텄다고 비판하는 지식인도 있을 것이기 때문이다.

고백하거니와 내가 일본문화에 대한 관심을 갖게 된 것은 시바 료타로의 역사소설을 읽게 되면서였고, 역사인식의 늪으로 빠져들게 된 것도 그에게

서 받은 영향이었음을 부정할 생각은 없다.

1975년이던가. 나는 처음으로 그의 작품 「고향을 어찌 잊으리까」와 접하게 되었다. 물론 이때까지만 해도 나는 역사 드라마를 전문으로 쓰게 될 것이라는 생각도, 예감도 없었다. 그러나 그 소설이 나에게 던져준 충격은 너무도 컸다. 충격도 충격이지만 내 공부가 너무 모자랐고, 너무도 아는 것이 없다는 사실을 깨닫게 된 부끄러움에 몸 둘 바를 몰랐다는 표현이 더 적절하고 솔직하지 않을까 싶다.

그때의 심정을 다시 더듬어 보면 우리 역사에 이렇게 엄청난 얘깃거리가 있었던가 하는 의구심에서 시작하여 왜 이런 엄청난 일들이 일본인 작가에 의해 씌어져야 했으며, 우리나라의 작가들은 대체 뭐하고 있었을까 하는 분통이 부끄러움이 되어 온 전신을 떨게 했을 정도였다.

아무튼 분통만 끓이고 있을 수는 없었다. 우선은 그 역사적인 사실에 대한 충분한 인지와 소설의 내용에 대한 세세한 검토가 있어야 할 것 같아서 그 소설을 읽고 또 읽었다. 그런 과정에서 시바 료타로라는 작가가 아무리 걸출한 역사소설가라고 하더라도, 그가 일본인이었기에 조선인의 관행이나 생각을 묘사하는 데는 한계가 있을 수밖에 없었고, 그 결과 큰 잘못을 저지르고 있다는 사실을 발견하게 되었다.

시바 료타로가 쓴 소설의 진위를 가리기 위해서라도 현장을 확인할 필요가 있었다. 마침내 그 욕구는 실로 화급을 다투는 일처럼 나를 독촉해 왔으나, TV일일연속극을 쓰고 있었던 탓으로 시간을 낼 수가 없었는데, 또 하나의 일본 소설을 접하게 되었다. 이와타 레이몬岩田玲文이 쓴 「이조도공의 말예末裔」라는 장편소설이었다. 이 소설도 앞서 거론한 시바의 작품과 같은 시대를 다루고 있으면서 똑같은 잘못을 저지르고 있었다. 이때는 흥분도 아니며, 부끄러움도 아니며, 마치 분노와 같은 것이 가슴 한가운데서부터 끓어오기 시작했다. 그 소재는 오직 한국인, 한국 작가의 손에서 다시 씌어져야 한다는 의분 같은 것이었다.

1977년 5월 19일, 나는 사쓰마야키薩摩燒의 고장 일본국 규슈 지방으로 가는 비행기에 올랐다. 통산 일곱 번째의 해외여행이었으나 어느 때보다도 가슴이 두근거렸다. 자비를 들여 해외취재에 나섰다는 사실, 그것은 나 스스로를 대견하게 하는 그런 느긋함이었다.

심수관 가沈壽官家의 4백년 혈통

후쿠오카 국제공항에 내려서 잠시 쉬고, 다시 일본국 국내선으로 바꾸어 타고 가고시마鹿兒島로 향했다. 가고시마는 일본인들이 동양의 나폴리라고 부를 만큼 아름다운 항구 도시다. 긴고오 만錦江灣의 한가운데에 떠있는 그림같이 아름다운 사쿠라지마櫻島는 지금도 분연을 뿜어내는 활화산이다. 그날도 검은 분연을 내뿜고 있었고, 우산을 쓰고 화산재를 피하는데 사각사각 흡사 싸락눈 내리는 소리를 내면서 소금 알 같은 화산재가 쏟아져 내렸다.

가고시마의 사쿠리지마는 그대로 활화산이어서 필자가 가던 날도 검은 분연을 뿜어내고 있었다.

가고시마 시내에서 시외버스를 타고 서쪽으로 달리면서 바라보는 일본 특유의 농촌풍경은 아름답고 여유가 있어 보였다. 50여 분 가량 달려서 이주잉伊集院이라는 작은 마을 같은 도시를 지나자 히가시이치키東市來의 아담한 도시 풍경이 한눈에 들어온다. 거기서 5분 거리에 '유노모토湯の元' 라는 온천지역이 있다. 유황냄새가 물씬 풍기는 일본식 여관인 하루모토소春本莊에 여장을 풀고, 심수관씨 댁에 전화를 걸어서 방문할 뜻을 전했다. 와도 좋다는 대답을 받으면서 길거리로 뛰어나갔다.

아, 드디어 간다. 그렇게 가고 싶었던(아니 가야했던) 미야마美山로 달려간다. 택시로 10분 정도의 거리란다. 지금은 '미야마' 라고 부르지만 이 지역의 옛 이름이 나에시로가와苗代川. 조선인 도공들이 전쟁 포로로 잡혀 와서 뿌리내린 지 4백 년이나 되는 유서 깊은 고장이다.

우선 산세가 한국과 유사했다. 물론 나중의 일이지만, 심수관씨는 '어떻습니까. 남원과 같지요. 우리 선조들은 남원과 지세가 비슷한 여기에 짐을 풀었습니다' 라고 했을 만큼 낯설지 않은 고장이기도 했다.

미야마로 들어서는 초입에 〈사쓰마야키의 발상지〉라는 커다란 선전 입간판이 서 있어 낯선 방문객의 가슴을 설레게 한다. '사쓰마야키' 란 일본이 세계에 내놓고 자랑하는 도자기의 이름이 아니던가. 바로 이 사쓰마야키가 전쟁포로로 잡혀온 조선인 도공들의 손에 의해서 만들어졌다는 사실, 그 사실의 뿌리를 캐러오는 나에게 〈사쓰마야키의 발상지〉라는 입간판이 주는 인상은 하나의 충격이며 흥분이고도 남았다.

여기서 나직한 언덕을 하나 넘으면 조용하고 아름다운 마을이 눈에 들어온다. 아늑한 분지로 되어 있어 인정이 넘쳐흐르는 듯한 인상, 이웃 사람들이 내 집처럼 내왕하면서 이런 얘기 저런 얘기를 속삭이고 있음직한 마을, 바로 여기가 이름도 정겨운 옛 '나에시로가와' 다.

조선도공 14대 심수관을 취재하는 젊은 날의 필자

그 포근하고 따뜻한 마을의 인상이 한국 사람인 나에게 조금도 낯설게 느껴지지 않는 것은 참으로 이상한 일이다. 다만 이국적인 풍취가 느껴진다면 직경이 10센티 이상인 왕대盟宗竹가 하늘로 치솟고 있다는 것, 그리고 건물과 담장이 일본식이라는 것, 따뜻한 지방의 관상수가 많이 있다는 정도일 뿐이다.

심수관씨 댁의 낡은 목조 대문이 첫눈에 들어왔다. 이 건물에도 필시 한국 사람이 살고 있을 것이라는 생각이 들만큼 낯설지 않은 대문으로 느껴졌다.

심수관.

그는 어느 모로 뜯어보나 그 골격부터가 한국 사람이다. 심수관씨의 피에는 단 한 방울의 일본 사람의 피도 섞이지 않았다. 비록 국적이 일본이요, 오오사코 게이키치大迫惠吉라는 일본 이름을 쓰고 있다 해도 그의 외모가 한국인의 모습이어야 하는 것은 지극히 당연한 일일 수밖에 없다.

4백여 년 전, 정유재란 때에 심당길沈當吉이 전라도 남원에서 포로가 되어 일본땅으로 끌려온 이래, 13대 심수관에 이르기까지 일본인 여성과 결혼한 일은 단 한 번도 없다. 다만 14대인 지금의 심수관 씨만 일본인 여성(나쓰코夏子)을 아내로 맞았을 뿐이라면 알만한 일이 아닌가.

여기서 먼저 밝혀두고 갈 일은 심수관이라는 이름이다. 처음으로 일본땅으로 잡혀온 초대는 본 이름이 심찬沈讚이었으나, 양반의 신분으로 그릇을 굽게 될 처지가 되자 심당길이라는 가명을 쓰게 되면서 2대가 심당수沈當壽, 3대가 심도길沈陶吉, 4대가 심도원沈陶園, 5대가 다시 심당길, 6대가 심당관沈當官, 7대가 심당수沈當壽…, 이런 식으로 11대 심수장沈壽藏까지가 다른 이름을 쓰다가, 12대에 이르러 지금의 심수관이 굳어지면서 13대, 14대, 15대로 습명襲名되고 있다.

"당신의 선조들이 낯선 땅에 끌려와서 사쓰마야키라는 명품을 남길 때까지의 노고를 한국의 TV드라마로 소개하고 싶어서 왔습니다."라고 방문의 목적을 밝혀도 그는 반가워하지 않는다. 얼마의 시간이 지나고 나서야 일본의 매스컴으로부터 굉장한 시달림을 당하고 있었음을 고백했다.

"아버지의 제삿날도 아닌데 아버지의 무덤 앞에서 절을 해달라는 주문을 받을 때마다 지겹다는 생각이 들었습니다. 그것도 어디 한두 번이어야지요."

정중한 거절로 들렸지만, 나는 다시 부연할 수밖에 없다. 내가 쓰고자 하는 드라마는 심수관 씨의 역을 배우가 맡게 되기 때문에 그런 번거로움은 없을 것이고, 당신의 집을 오픈 세트로 빌려주고, 가지고 있는 모든 자료를 제공해 주면 될 것이라는 내 말이 있고서야 그는 활짝 웃으며 아낌없이 협력할 것이라고 확약해 준다.

이로부터 나는 본격적인 취재를 할 수 있었고, 그가 소장하고 있는 모든 자료와 귀중품을 살펴볼 수가 있게 되었다. 인상적인 자료로는 자손들에게 일본어를 가르치기 위한 교본이 책으로 만들어져 있었고, 상업상 필요로 하는 통역교본도 보관되어 있었다. 또 심심풀이로 읽었을 것으로 보이는 옛 소설 「숙향전淑香傳」 등도 잘 보전되어 있었다.

"시바 료타로 선생의 소설에는 잘못된 곳이 더러 있습니다."

"잘못이라뇨?"

심수관씨는 마치 자신이 무안을 당한 듯이 얼굴을 붉히면서 반문한다. 일본국 제일의 역사소설가 시바 료타로가 자신과 자신의 집안 얘기를 썼는데, 그 내용에 잘못이 있다는 것이 믿기지 않은 모양이다.

첫째는 초대 심찬이 도공일 수가 없으며, 따라서 함께 잡혀 온 박평의 부자에게 사사하여 도공의 수업을 받아야 옳고, 둘째 도공이 된 다음에도 조선인들의 지도자가 될 만큼 지식인이어야 하며, 그래야 옥산궁玉山宮에 단군檀君의 위패를 모실 수가 있으며, 셋째 소설에 잘못 설명되어 있는 고시조 「오날이쇼서」도 내용이나 해석이 모두 잘못되어 있는데, 그 근거로 「청구영언靑丘永言」에 수록되어 있는 원시를 제시하였다.

오날이 오날이쇼서 매일每日이 오날이쇼서
뎌그디도 새디도 마르시고
새라난 매양쟝식에 오날이쇼서'

심수관씨는 놀라는 기색이 완연한 얼굴로 그 소설의 착오가 어디에서 비롯된 것인지를 밝혀준다.

"시바 선생의 소설에 잘못 표현된 것은…, 시바 선생이 잘못 쓴 것이 아니라 전적으로 내 책임입니다. 시바 선생은 내게 들은 그대로 소설에 적었을 뿐이니까요."

시바 료타로를 옹호하려는 것이 아니라 심수관씨의 마음에서 우러나는 말을 입에 담고 있었기에 우리는 곧 의기 투합할 수가 있었다.

아! 반녀니

책상 앞에서 할 수 있는 취재를 대충 마치고 그를 따라서 마당으로 내려서서 담장 밑 풀숲에 이르렀을 때, 나는 눈물이 왈칵 쏟아지는 충격을 맛보게 된다. 그것은 형언할 수 없는 감동이자 슬픔이었다.

풀숲에는 높이 45센티 정도의 두 개의 돌비석이 서 있었는데, 놀랍게도 〈반녀니〉와 〈저니-ㅣ〉라고 한글로 된 비문이 새겨져 있었다. 〈반녀니〉라면 여자의 이름이 분명하다. 〈언녀니〉와 같은 미천한 신분의 여자였다면 잡혀 온 포로(도공)들의 궂은 일을 도맡아 했을 것이 분명하다. 그녀들의 노고가 얼마나 지극했으면 이름을 새긴 비석을 세우면서까지 그녀들의 죽음을 애석히 여겼겠는가. 만에 하나라도 그런 죽음이 본국(그들이 본다면)에서라면 꿈엔들 상상할 수가 있었을까.

심수관씨는 나의 눈물이 의미하는 바를 물었다. 나는 앞에 적은 바와 같은 사연을 설명해 주었다. 그는 적이 놀라면서 이 보잘 것 없는 비석에 그런

심수관 가의 정원 안쪽에 서 있는 한글비석. '반녀니' 라는 여성의 노고를 기린 듯하다.

엄청난 내력이 있었느냐고 하면서 소중히 보존하겠노라고 다짐한다.

"얼마나 된 비석인가요?"

"아버님 말씀으로는 2백 년은 족히 되었을 것이라고 하셨습니다."

나는 내심 드라마에 〈반녀니〉를 등장시킬 것이라고 다짐하였다. 또 이때의 에피소드는 후일 심수관씨의 소개로 주간 「아사히」에 대서특필되기도 했다.

나는 재료취재를 마감하면서 드라마 「타국」을 쓸 때 가장 주의할 점이 무엇이냐고 물었다. 심수관씨의 표정은 숙연해졌고 마치 선조의 유언을 전하듯 진지하게 말했다.

—슬픔이나 괴로움이 응결되어 있는 사람만이 무엇인가 이루어 놓습니다. 사쓰마야키는 일본인일 수 없으면서 일본인이어야 했던 조선인 도공들의 응결된 괴로움과 슬픔의 결정이라고 생각합니다. 언어가 통하지 않고 풍속이 다른 이국 땅에서 생존하기 위해서는 그들 나름대로의 지혜가 생기게 마련입니다. 자신들을 위해서 반발도 참을 줄 알아야 했고, 장차를 위해서는 그들 스스로 일본인들을 도울 줄도 알았지만, 아첨이 되지 않는 선에서 슬며시 손을 놓아 자신들의 긍지를 자위自慰할 줄도 알아야 했습니다. 이러한 어려움 속에서 자신들의 뜻이 이루어지면 언제 그런 일이 있었느냐는 듯 묵묵히 일해가면서 생존의 집념만을 생각했습니다. 이와 같이 복잡미묘한 감정이 사쓰마야키를 구워내는 원동력이 되었습니다. 그래서 일본인과의 대항의식만은 삼가해 주셨으면 합니다.

지금도 국경일이나 명절이 되면 일장기를 내거는 일, 세금을 잘 내는 일만은 미야마에 사는 사람들이 일본 땅에서도 으뜸으로 손꼽힌다고 하면서 그것은 4백 년을 전해져 내려오는 일종의 철학이며 삶의 지혜라고 했다. 그들이 할 수 있는 일을 스스로 하는 것은 약점을 잡히지 않으려는 지혜인 것이지, 절대로 아첨이 아니라는 것을 무엇보다도 강조하였다.

옥산신사玉山神社의 떡시루

옥산신사를 답사해야 하는 일은 이 취재 여행에서 가장 중요한 일정의 하나일 수밖에 없다. 미야마의 서편 쪽 언덕 위에 자리 잡고 있는 옥산신사의 본이름은 옥산궁玉山宮이다. 참으로 놀랍고 대견한 것은 남의 땅에 끌려온 사람들의 처지로 옥산궁을 창건하고, 거기에 국조 단군檀君의 위패를 모시고 해마다 8월 한가위 날에 제사를 지냈다는 사실이다.

그 당시(4백여 년 전) 단군의 위패를 모시고 망향제望鄕祭를 지내자고 발의를 할 수 있었다면, 잡혀온 사람 가운데 상당한 지식인이 있지 않고서는 불가능하다. 자신들의 앞치레조차도 가늠하기 어려운 전쟁포로의 처지로 국조 단군을 섬기면서 고향을 그리워하고, 모국의 기억을 지우지 않았다는 사실이 지금의 우리에게는 큰 교훈으로 남는다.

1867년 게이오慶應 3년에 씌어진 「옥산궁유래기玉山宮由來記」에 〈옥산궁은 조선 개조 단군의 묘廟〉라고 적혀 있는 것으로 봐서도 당시의 조선인 도공들의 뜻이 일본인들에게 전해질 만큼 당당하였음도 알 수가 있다.

지금도 옥산신사에서 쓰이고 있는 제기祭器를 보면 장고가 있는데 길이만 짧아졌을 뿐 모양은 우리 것과 같으며, 시루떡을 찌는 작은 시루에 구멍이 뚫려 있는 것을 보아도 참으로 신기하다는 생각이 든다. 제주司祭가 추는 춤의 형태는 지금 우리나라의 무당들이 추는 춤과 검무劍舞를 합친 것과 같은 몸놀림임을 알 수가 있다.

TV드라마 「타국」이 방영될 때 서울대학교의 이두현李杜鉉교수는 「옥산궁 묘제玉山宮廟祭」와 같은 귀중한 자료를 우송해 주었다. 이러한 호의는 당시의 나에게 큰 격려였으며 용기와 분발을 함께 일깨워 주었음을 이런 자리를 빌어서라도 감사드린다.

고국으로 돌아갈 수 없었던 조선인 도공들이 모국에 대한 동포애와 단합된 힘을 과시하는 원동력이 된 옥산궁. 그 자랑스러운 옥산궁은 미야마에서 바다가 보이는 유일한 언덕 위에 자리 잡고 있다. 여기서 바라보는 남지나해南支那海의 물결은 아름답기 그지없다. 그 바다 너머에 고향(조국)이 있거니 하며 수없이 울었을지도 모르는 사연 많은 언덕에 단군사당檀君祠堂을 지어놓고, 한가윗날 밝은 달을 쳐다보면서 「오날이쇼서」를 불렀다면, 그야말로 눈물이 넘치는 설움의 바다가 아니었을까. 그들의 모습이 눈앞으로 밀려오는 착각이 일 정도의 유서 깊은 장소였다.

다음날 아침 일찍 유노모토를 떠나 구시키노串木野로 갔다. 지금은 아름

답고 작은 어항이지만, 옛날엔 거의 사람이 살지 않는 바닷가였단다. 구시키노의 남쪽해안을 시마비라하마島平浜라고 한다. 약간 검은색 모래가 깔려 있는 아름다운 해안이다. 바로 이 자리에 조선인 포로를 실은 배가 도착했다. 조금 더 남쪽으로 내려가면, 가미노가와神の川의 하구가 있다. 여기도 조선인 포로를 실은 배가 도착했다고 기록되어 있다.

일본 측 기록인 「사쓰마번사薩摩藩史」에 따르면 구시키노의 시마비라하마에 박평의朴平意와 그의 아들 정용貞用을 비롯한 43명의 남녀가 도착하였고, 조금 내려가서 가미노가와 하구에 김해金海를 비롯한 남녀 10명이, 그리고 규슈의 남단을 돌아서 가고시마에 남녀 20명이 도착한 것으로 기록되어 있다.

특히 박평의와 김해의 사료는 그 가계까지가 정확하게 기록되어 있었다. 이들 두 사람이 당시의 일본인들이 하늘처럼 떠받들던 도공임을 입증하는 기록이 아닐 수 없다. 박평의는 조선인 최초로 묘지다이토苗字帶刀(성을 쓰고 칼을 차는 일)를 허가받아 마침내 쇼야庄屋(촌장과 같은 지위)가 되어 사족士族(사무라이)의 예우를 받았다는 기록이 보이는 데 반해, 심수관씨의 선조인 심당길에 관한 기록은 눈 닦고 찾아도 없다. 바로 여기에 심수관가의 비밀이 있다고 나는 판단했다.

심당길은 도공이 아니라 사옹원司饔院의 일을 보던 관리였고, 도공들과 함께 잡혀 와서 그들의 정신적인 지주가 되었으나 도공이 아니고서는 살아

구시키노에 세워진 조선 도공의 상륙기념비. 이 지역의 교육위원회에서 건립하였다.

갈 방도가 없음을 깨달으면서 박평의의 문하에 들어가 도공이 되었을 것이라고 나는 추리했다. 심수관씨는 이 추리에 대하여 무릎을 칠 정도로 수긍하였고, 비로소 그간의 수수께끼가 풀렸다면서 흐뭇해했다.

김해는 구시키노에 도착한 지 3년 뒤인 1601년에 동족을 배반하고 호시야마星山이라는 성을 받았으며, 아이라군始良郡 죠오사우토岾佐宇都 가마를 열고 당시의 번주였던 시마스 요시히로島津義弘의 극진한 사랑을 받았다는 기록도 사쓰마 번사에 남아있다.

구시키노의 바닷가에는 심수관씨가 이 지역 교육위원회와 협의하여 조선인 도공들의 상륙기념비를 세웠다. 심수관씨의 유려한 필치도 인상적이었지만, 씌어진 글귀도 아름답다.

–경장慶長 3년 겨울
머나 먼 풍도를 넘어
우리들의 개조 여기에 상륙하다.

구시키노에 도착한 조선인 도공들이 최초로 도자기의 가마를 연 것은 도착한 다음 해인 1599년이었고, 이때에 처음으로 구워낸 그릇은 검은색이었다. 물론 백토가 없었기 때문이다. 이때, 이미 북쪽 지방인 아리타에서는 같은 조선인 도공 이삼평 등이 백옥 같은 백자를 구어내고 있었던 탓으로 번주 시마스는 말과 병사들을 박평의 휘하에 배치하고 백토를 찾는 일에 전력을 다할 것을 독려하게 된다. 그러면서도 실제로 백토가 찾아진 것은 조선인 도공들이 잡혀온 지 무려 16년 만인 1614년의 일이다.

사쓰마야키의 특색은 그릇의 표면이 아주 흰색이 아니고 엷은 베이지색(상아 빛깔)인데, 이 또한 한국의 백토에 비한다면 모래에 비유될 정도의 질 낮은 백토의 성분에서 연유되는 것이라고 심수관씨는 설명한다.

구시키노에 도착한 조선인 도공보다 먼저 가고시마의 본성本城 밑에 도착하여 사족 대우를 받고 있었던 주가선朱嘉善을 비롯한 일단의 무리들이 있다. 이들이 살고 있는 마을이 고려촌高麗村이며, 지금도 도처에 이들이 살고 있었던 흔적이 남아 있다. 이들은 임진년의 왜란 때 역관譯官을 지내다가 왜병과 함께 철수한 사람들로 추정된다. 왜냐하면 그들이 조선 땅에 남아 있다면 몰매를 맞아 죽었을지도 모르기 때문이다.

드라마 「타국他國」에 담긴 일본문화의 개념

MBC-TV에서 방영이 된 일일연속극 「타국」은 나에게 있어서 가장 의욕적인 작품의 하나였지만, 지금은 조그마한 후회가 남아 있다. 그와 같은 소재를 왜 일일연속극의 형태로 담았을까 하는 것이 후회의 전부다. 만일 지금 다시 쓴다면 어떠한 어려움이 있다고 하더라도 1시간짜리 시추에이션 드라마로 20회 정도 쯤으로 드라마타이스 하는 것이 정도라는 생각이 들어서다.

일본문화는 그 원류를 한국에 두고 있는 것이 많다. 그래서 일본 땅을 파보면 백제가, 아니 조선이 나온다는 말이 있을 정도다. 그러나 지금은 어떤 경우에도 완벽한 일본문화가 되어 정착하고 있다는 사실이 대단히 중요하다. 도자기가 그렇고, 옻칠이 그렇고, 절이 그렇고, 불상이 그렇고, 학문이 또한 그렇다. 조선인 전쟁포로로부터 시작된 일본의 도자기 문화가 조선도자를 앞지르면서 세계적인 명품으로 평가받게 된 데는 일본인 스스로 그들의 도자문화를 사랑하고 애용하였다는 점을 상기해야 한다.

우리 어머님들이 딸들을 시집보낼 때 마련해주는 그릇세트가 모두 약속이나 한 듯 고가의 일본제 자기인 '노리타케'를 선호하였다는 사실, 한국 최고를 자랑하는 음식점에 쓰는 크고 작은 그릇들도 한결같이 '노리타케'였다는 점을 상기한다면 한국의 현대도자기가 세계로 뻗어나가지 못한 것을 탓할 수가 없다.

TV 드라마 「타국」은 전쟁으로 잡혀간 조선인 도공들의 노고와 문화의 흐름을 추적해 본 것일 뿐, 사쓰마야키가 우리의 문화임을 주장할 생각은 추호도 없었다. 그것은 심수관씨의 핏줄에 단 한 방울의 일본피도 섞이지 않았으면서도 그가 누구보다도 철저한 일본인이라는 사실과 조금도 다름이 없다. 그러므로 심수관씨가 구어내고 있는 사쓰마야키는 세계에 명성을 떨치는 일본의 현대도자기라는 인식이 대단히 중요하다.

TV 드라마 「타국」을 녹화하는 수요일이면 심수관씨는 가고시마 지역의 대표적인 소주 「시라나미白波」큰 병을 들고 어김없이 방송국의 스튜디오를 방문하여 녹화광경을 묵묵히 지켜보곤 하였다. 특히 아버지 13대가 임종을 하는 대목에서는 눈물을 흘렸다. 그리고 속삭이듯 내게 말했다.

–사쓰마의 도토陶土는 한국의 흙에 비한다면 마치 모래와 같은 것입니다. 우리 선조님들은 그런 흙으로 사쓰마야키를 구워냈는데, 그 노고가 조국의 텔레비전에 소개되는 감개는 크고 벅찹니다. 이제야 우리 선조님들의 영혼이 실로 4백년 만에 꿈에 그리던 고국에 돌아가 안식하실 겁니다. 고맙습니다.

소설가 시바 료타로司馬遼太郎의 편견

시바 료타로를 일본을 대표하는 발군의 역사소설가로 보아도 아무 하자가 없다. 그의 소설에는 일본이라는 나라를 생각하고 행동한 선각의 젊은이들이 살아서 꿈틀거리고 있다. 그리고 그 안에 나라의 정체성을 녹여 담아서 그것을 읽는 청소년들의 가슴을 두근거리게 하고, 그리하여 역사의 큰 강물에 뛰어들어서 일본이라는 조국을 위해 무엇을 공헌할 것인지를 의미 깊게 담아낸다. 그 두근거림이 나라의 미래를 설계하는 호연지기와 연결되는 것이라면 시바 료타로의 역사소설이 일본인들의 정체성 확립에 엄청난 기여를 하고 있다는 사실은 불문가지의 일이다. 나에게는 무척도 부러운 노릇이었다.

그가 세상을 떠나기 8년 전인 1996년, 초등학교 5학년의 국어교과서에 싣기 위해 집필한 〈21세기에 살 너희들에게〉라는 길지 않은 글에는 시바 료타로의 역사인식이 고스란히 담겨져 있다. '나의 삶에 이미 남아있는 시간은 얼마 되지 않는다. 가령 21세기라는 시대를 보지 못할 것이 분명하다'는 마치 자신의 죽음을 예견하고 있는 듯한 문장이 포함되어 있는 것을 보아서도 자라나는 유소년들에게 역사가 무엇인지를 알아듣기 쉽게, 큰 느낌을 받을 수 있도록 배려해야 한다는 믿음이 있었음이 분명하다.

-나는 역사소설을 쓰면서 살아왔다. 처음부터 역사가 좋았기 때문이다. 부모님을 사랑하는 것과 똑같이 역사를 사랑하고 있다. 역사란 무엇이냐고 누가 묻는다면 '그것은 큰 세계랍니다. 지금까지 존재하는 몇 억이라는 인생이 그 안에 가득 차 있는 세계입니다' 라고 대답하려고 한다.

이와 같은 시바 료타로의 역사인식을 초등학교 어린이들에게 가르치기 위해서는 또 선생님들은 얼마나 많은 내용을 더하여 강론하였겠는가. 일본의 어린 아이들은 그렇게 역사인식을 몸에 익히면서 어른으로 성장한다. 내가 부러운 것은 바로 이점이고, 우리에게도 역사소설가는 있었지만 자라

나는 청소년들에게 나라와 나라의 미래에 대한 꿈을 심어주는 작품이 없었다는 점이 늘 아쉽고 서운하였다.

2006년 10월, 오사카 여행을 하게 되었을 때 나는 히가시 오사카 시 東大阪市에 새롭게 마련된 〈시바 료타로 기념관〉을 둘러볼 수 있는 기회가 있었다. 나 혼자가 아니라 아내, 아들, 며느리, 두 손녀들과 동행이었기에 한 문학가의 족적을 살필 수가 있다는 점에서 참으로 뜻깊은 발걸음이 되었다. 지하 1층에서 2층까지 12미터 높이의 천정까지 치솟은 책단에 시바 료타로의 손때가 묻은 장서 2만 권이 내 숨을 멈추게 하였다. 모두가 역사에 관련된 서적들이었고, 거기에서 파생된 수많은 역사적 사실과 역사인식이 그의 저작물에 담겨졌을 것이라는 감동과 부러움이 가슴 한가운데를 출렁거리게 했다.

시바 료타로기념관 앞에 선 필자(위) '시바 료타로기념관' 내부에 설치된 서가. 2만여 권의 장서가 빼곡하다.

시바 료타로는 이미 젊은 나이에 장차 역사소설을 쓰리라는 계획을 세웠던 탓에 대학에서는 몽고학蒙古學을 전공할 만큼 그의 삶은 세밀하게 계획된 것이라고 해도 과언이 아니다. 시바 료타로의 소설은 완벽한 고증과 살아서 숨쉬는 듯한 현장감이 압권이다. 그는 소설을 쓰기 전에 관련 사료를 완벽하게 섭렵하여 정리하였고, 그가 갈 수 있는 장소라면 철저하게 현장을 답사하고서야 비로소 집필을 시작하였다는 기록은 수없이 많고, 또 그의 작품을 읽으면 그런 행적들을 끝없이 확인할 수가 있다.

2만 권이나 되는 장서를 어떻게 읽었을까를 의심할 필요도 없다. 그를 존경하고 따랐던 애제자인 작가 이가미 히사시가 쓴 기록에 따르면 시바 료타로는 상상을 초월하는 속독을 하고 있었음을 알 수가 있다.

"선생님의 속독은 범 백가지 상상을 초월한다. 예컨대 타이프 인쇄로 된 250페이지의 가마쿠라鎌倉의 녹절사綠切寺, 동경사東慶寺의 사료를 단 30분에 독파하는 데 마치 사진을 찍듯이 읽어간다. 현장에서 본 것이기 때문에 틀림없다"

시바 료타로는 범상한 사람들의 생각이나 능력을 넘어서는 정말로 빼어난 역사소설가임에는 분명하지만, 한국이나 조선에 대하여서는 한없이 인색하고 한없이 편협하였다. 중국이나 몽고에는 그리도 소상하면서 가장 가까운 이웃나라 한국에 대한 편협한 몰이해는 그의 삶과 업적에 상처로 남을 수밖에 없다. 그의 기행문집 「가도를 간다: 街道をゆく」는 모두 43권으로 된 방대한 양이기도 하지만, 거기에 기술된 박식함과 현장감 또한 작가정신을 기반으로 하고 있었기에 독자들의 마음을 설레게 한다. 그 시리즈의 둘째 권이 한국기행인데, 제목부터가 해괴하다. 「韓のくに紀行」라고 되어 있는 이 책의 제목을 어떻게 읽어야 할까. 직역을 하면 「韓의 나라 기행」으로 되고, 좋게 읽으면 「韓나라 기행」이 되지만, 그런 말, 그런 어휘가 성립

될 수 없음을 그가 몰랐을 까닭이 없고, 그런 실례천만의 뒤틀린 제목을 가장 이웃나라 한국의 기행문집에 써야하는 저의가 무엇일까. 분문을 읽어보면 그 해답도 쉽게 나온다.

「황 · 皇」이라는 것은 황제를 말한다. 한국 쪽에서 보면 '황제' 라고 부를 수 있는 사람은 이 세상에서 단 한 사람밖에 없다. 말할 것도 없이 중국의 황제이다. 한국은 이왕가李王家라고 말하는 것처럼 한 계급 밑의 '왕' 이다. 당시의 한국은 서양적인 방식으로 해설하면 독립국이 되지만, 동양적인 시각으로 본다면 중국을 종주국宗主國으로 섬기고 있다. 좀 거북하기는 하지만, 서양식으로 말하는 속국屬國은 아니고, 동양식으로 해석하면…, 이 말은 여러 모로 법률어가 아니고, 여러 모로 문명어로, 아무튼 중국문명의 산하로 들어가는 것으로 중국황제를 종주로 섬긴다고 말할 수가 있다. 그래서 서울에 남아 있는 이왕가의 궁전宮殿에 가보아도, 하나의 문양模様으로서 같은 상상의 짐승인 봉황鳳凰은 있어도 용龍은 없다.
용은 어떤 경우에도 중국황제를 상징하는 것이기에 한 계급 낮은 왕(조선)의 신분으로는 사용되는 것이 아니고, 만일을 위해서 이번 한국여행 중에 서울의 옛 궁전을 참관하였을 때, 역시 봉황은 있었어도 용문양龍紋様은 없었다. 이왕가가 하나의 룰義理로서 지켜온 것이리라. 이는 중국에 예속되어 있었다는 뜻이 아니라, 이러한 것을 지키는 것이 예秩序的規範이며, 의義이며, 그렇게 되는 것으로써 어떤 시대…, 중국인들이 어떤 시대의 조선을 가르쳐 「동방예의지국」이라고 크게 찬양하였다. 이 일은 다시 한 번 일러두지만 서양풍의 본국 · 속국이라는 관계라기보다, 다른 말로하면 장유長幼의 개념이라고 하는 편이 더 가까울지도 모르겠다.

경복궁 근정전 천장에 새겨져 있는 칠조룡.아주 드물게 일곱발톱을 가진 칠조룡은 격이 매우 높은 황제를 상징한다.

경운궁 중화전 천장 중앙에 설치된 용의 조형.

이 글의 구성을 살펴보면 뭔가를 말해야 하는데, 시바 료타로의 문장답지 않게 비비 돌리고 꼬아서 자신의 속내를 애매한 문장으로 감추려 하고 있음이 여실히 드러나 있다. 그리고 용龍을 운운하는 대목에 이르러서는 조선에 대한 그의 편견과 무지가 어느 정도인가를 명료하게 보여주고 있다.

경복궁의 근정전과 경운궁의 중화전 한가운데의 천정에는 용의 문양을 그린 괄목할 만한 조형물이 걸려 있다. 물론 조선왕실과 왕권을 상징하는 조형물이다. 이 두 장소에 시바 료타로가 스스로 들렀음을 확인하면서도 조선왕실이 용의 문양을 쓰지 못했고, 왕궁을 둘러보아도 그 흔적을 찾을 수 없었다고 단언한 것은 시바 료타로의 양식이 의심되는 대목임이 분명하다. 더구나 조선의 임금이 입는 옷이 용포龍袍이고, 임금의 앉는 의자가 용상龍床이며, 임금이 흘리는 눈물을 용루龍淚라고 한다는 사실은 한국인 모두가 아는 일인데, 천하의 시바 료타로가 조선왕실에는 용의 흔적이 없고, 그것이 중국을 섬겼기 때문에 쓸 수 없었다고 단정하는 그의 문장을 어떻게 읽어야 하는가.

단언하건대 위에 인용한 문장 하나로써 시바 료타로의 편협된 조선관을 알 수가 있으며, 따라서 그의 문학적 업적과 영향력에 큰 상처가 되고도 남을 것임도 명약관화해진다.

내가 시바 료타로를 만나서 위에 적은 문장에 대한 진위를 확인할 수 있었던 일은 내 문학적인 여정에도 의미있는 일이 아닐 수 없다. 일본국 규슈 땅 가고시마에서 사쓰마야키를 구워내고 있는 조선도공 14대 심수관씨가 외동아들 가쓰테루一輝(지금은 15대 심수관으로 활동 중)의 결혼식을 준비하면서 '하객 중에 외국인 귀빈도 있어야 하겠는데 한국에서는 신 선생이 참석해 주었으면 좋겠다'고 간곡하게 청하기에 흔쾌히 응했다. 바로 그 결혼식의 나카우토仲人로 시바 료타로도 참석하였다.

일본의 결혼풍속은 결혼식은 가족들만으로 오붓하게 올리고, 하객은 피로연에 초청을 한다. 피로연은 신분이나 가세에 따라 아주 거창하게 한다. 심수관 가의 피로연도 가고시마 시에서 가장 이름있는 호텔인 시로야마城山 호텔의 대 연회실에서 거창하게 종일 동안 진행되었다. 나는 그 연회장에서 14대 심수관씨의 소개로 시바 료타로와 통성명을 하게 되었고, 아주 자연스러운 분위기에서 대화를 나눌 수가 있었다. 그 내용을 요약하여 기록하면 대략 다음과 같이 된다.

"선생님의 작품은 한국의 많은 지도급 인사들이 읽고 있습니다. 아시고 계시는지요?"

"아, 허허허. 들은 것도 같습니다."

"일본 국민들이 선생님의 작품을 읽으면서 역사인식을 가꾸어가듯 한국의 지식인들도 선생님의 작품을 읽으면서 일본식 역사인식에 물들어가는 경향이 있습니다."

시바 료타로와 담소하는 젊은 날의 필자(위) 논픽션 「민비암살」을 집필할 때의 쓰노타 후사코 여사와 함께(1985)(아래)

순간, 시바 료타로의 표정에 긴장감이 돌았다. 나의 다음 질문을 짐작하겠다는 그런 긴장감이었다. 한국의 지식인들이 당신의 소설을 읽고 그것이 모두 진실일 것이라고 믿고 있다면 적어도 한국에 대한 당신의 역사인식에 때가 묻어서는 안 되지 않겠는가, 하는 것이 내가 직설적으로 묻고 싶은 말이다. 나는 앞에 인용한 '용' 에 관한 문장을 되도록 정확하게 되씹은 다음 물었다.

"이 문장을 한국의 지식인들이 정말로 옳은 것이라고 믿는다면…, 한국 역사에 대한 선생님의 잘못된 역사인식이 오히려 한국인에게 잘못 전해지게 됩니다. 반대로 완벽하게 잘못된 문장이라는 사실을 한국의 지식인들이 모두 알게 된다면 선생님에 대한 지금까지의 신뢰는 어떻게 되겠습니까?"

독자들이여, 놀라지 말라. 이 질문이 끝나기가 무섭게 시바 료타로는 빈

술잔을 들면서 하하하 너털웃음을 웃는 것으로 얼버무리려 들었다. 나는 잠시 시간을 두었다가 똑같은 질문을 다시 했다. 그의 반응은 여전히 너털웃음을 웃는 것으로 되돌아왔을 뿐이다. 집요하게도 내가 세 번째 같은 질문을 했을 때, 시바 료타로는 그 당시 자신을 안내했던 사람이 한국을 대표하는 두 일간지의 편집국장이라는 사실을 털어놓았을 뿐이다.

1986년이던가. 쓰노타 후사코角田房子여사가 쓴 논픽션 「민비암살閔妃暗殺」이 일본에서 발간되어 순식간에 36판을 찍으면서 충격을 동반한 베스트셀러가 되었다. 쓰노타 후사코 여사가 「민비암살」을 쓸 때 나는 많은 사료를 제공하였고, 또 그녀와 수많은 대화를 나누면서 작품에 적지 않은 도움을 주었었다. 이 같은 사정을 잘 알고 있는 월간 시사교양지 「신조新潮45」의 편집부에서 「민비암살」에 대한 서평을 청탁해왔다. 나는 그것이 쓰이던 경위를 짤막하게 소개하고, '한국의 역사와 관련된 일본인의 저작 중에서 가장 훌륭한 것' 이라고 극찬을 아끼지 않았다. 그리고 얼마 후에 쓰노타 후사코 여사는 역작 「민비암살」로 그 해의 「신조문화상」을 수상하게 되었다.

심사위원장인 시바 료타로는 상당히 많은 지면을 할애하여 심사평을 쓰면서도 작품과는 아무 상관도 없는 얘기만을 장황하게 늘어놓았을 뿐, '민비' 라는 말이나 '암살' 이라는 말조차도 쓰지 않은 것은 고사하고, 그 논픽션이 왜 수상작품으로 선정되었는지에 관해서도 일언반구의 언급도 없었다. 일본인 지식인들의 한국관을 여지없이 보여주었다는 점에서 많은 일본인들의 빈축을 사기도 했다. 나는 불편해진 심기를 수상자 쓰노타 후사코 여사에게 드러내고 말았다.

"그따위 심사평을 쓸려면 뽑질 말던가, 뽑아 놓았으면 최소한도 왜 뽑았는지는 입에 담아야지 심사위원장의 이름을 걸고 웬 헛소리랍니까!"

쓰노타 후사코 여사의 대답은 송곳같은 날카로움으로 나를 당황하게 했다.

"그 사람 본래부터 그래요. 국수주의적인 오만으로 똘똘 뭉친 사람인데도 한국 사람들은 그 사람의 소설만 좋아한다면서요?"

아, 쓰노타 후사코 여사의 마지막 말이 그로부터 세월이 많이 흐른 지금도 내 가슴에 되살아나곤 한다. '한국인들은 그 사람의 소설만 좋아한다면서요.' 그렇다. 분명히 그러한 때가 있었다. 대통령도, 대학의 교수들도, 군의 장성들까지도 그의 소설을 밤새워 읽으면서 감동한 때가 있었다. 그러나 크게 걱정할 일은 아니다. 시바 료타로의 역사소설을 일본어로 된 원문으로 읽고 감동하는 한국의 지식인들의 수는 날로 줄어들고 있음이 참으로 다행스럽기 때문이다.

:: 여정여담 5

가고시마 탑돌이

임진년과 정유년의 왜란은 무려 7년 동안이나 계속되면서 조선의 강토를 문자 그대로 쑥밭으로 만들었다. 그 미증유의 전란 중에 수많은 조선인 도공들이 일본 땅으로 강제연행 되었다.

말이 다르고 산천이 다른 타국 땅에서 조선인 도공들은 기쁨보다는 통한이 서린 설움을 씹으면서 수많은 명품들을 구워냈다. 일본국의 국보로 지정된 하기야키(이도다완)를 비롯하여 사쓰마야키, 아리타야키, 가라쓰야키 등 일본이 세계에 자랑하는 도자기는 모두가 조선인 도공들의 후예가문들이 이루어낸 집념의 결정체가 아닐 수 없다.

나는 20수 년 전인 1977년에 MBC-TV에 조선도공의 후예가문의 한사람이자 사쓰마야키를 대표한다 해도 과언이 아닌 심수관을 취재하여 동양의 나폴리라고 일컬어지는 아름다운 가고시마를 배경으로 하여 강제연행된 조선인 도공들의 애환을 담은 일일연속극 「타국」은 표재순 연출로 99회 방영이 되었었다.

사쓰마야키의 발상지인 일본국 규슈 땅의 옛 나에시로가와苗代川에서는 14대 심수관과 얼마 전 15대 심수관으로 습명된 그의 아들 가쓰테루一輝를 중심으로 「사쓰마야키 400년제」라는 대단히 규모가 큰 축제를 갖기로 하고 그 준비에 박차를 가하고 있다는 소식이 서울에 날아들면서 심수관과 알고지내는 사람들이 모여 우리쪽 추진위원회를 만들고 심수관 부자와 협력을 하게 되었다.

4백 년 전, 전라남도 남원 땅에서 전쟁포로가 되어 일본 땅으로 끌려간 조선인 도공들은 얼마간의 도토와 유약은 몸에 지니고 갔지만, 불을 가지고 가지는 못했다. 그러므로 그들이 일본에서 처음으로 구워낸 그릇은 도토와 유약은 조선의 것이고 오직 불만 일본 것이었다. 이렇게 구워진 그릇을 '히바카리야키火計り燒' 라고 하는 것은 '불만 일본 것' 이라는 뜻이다.

그 옛날 불을 가지고 가지 못한 것이 못내 아쉬웠는지 축제의 중요한 이벤트로 한국의 남원의 지리산에서 불씨를 채취하여 마치 올림픽의 성화를 봉송하듯 바닷길을 통하여 일본으로 가지고 가기로 하였고, 일본 땅 현지에는 한국의 전통양식을 고스란히 간직한 석탑을 세우기를 소망한다는 소식이 우리에게 전해졌다.

그 탑의 제막식에서 '탑돌이' 만은 생략할 수 없다는 의견이 모아지면서 되도록 많은 사람이 현지로 달려가 축하와 아울러 '탑돌이' 를 하기로 하였다. 옛부터 불상을 만들면 점안点眼의 예를 올려야 하는 것처럼, 탑을 세우면 '탑돌이' 의 의식을 갖추고서만이 온전한(영험을 간직한) 석탑이 되는 것이 우리네 풍속이다.

그러나 일본에는 석탑이 아주 드물고 다중목탑多重木塔이 대부분이며, 불교의 의식이 우리와 사뭇 달라서 '탑돌이'와 같은 의식이 없다. 설혹 그렇다고 하더라도 세워진 탑이 전통적인 한국의 석탑이고 보면 우리식 '탑돌이'를 하여 영험을 불어넣어주는 것이 세워주는 사람들의 도리일 것이리라.

석탑을 제막하는 날은 1998년 11월 29일로 정해졌다. 도예가 김영림의 애씀에 힘입어 20여 명의 지식인 여성들과 동행하기로 하였다. '탑돌이' 현장에서 소리를 이끌어갈 명인이 동참한 것은 행운이고도 남았다. 지금은 고인이 된 국창 김소희 선생의 따님인 박윤초가 바로 그 사람, 김포공항을 떠난 비행기가 수평을 유지하자 그녀는 내게로 다가와 제막식 현장 '탑돌이'에서 함께 부를 노랫말을 지어달라고 강청한다. 황당한 노릇이 아닐 수 없었으나 조선인 도공들의 고초와 현장의 사정을 잘 알고 있는 나로서는 거절할 수 없었다.

도세 돌세
백팔 번을 돌세나

세월 참 빠르고나
흘러흘러 사백년
그리운 고향산천

한신들 잊었더냐
옥산궁 단군사당
눈물로 지었다네
조선인 도공살이
한 서린 '오날이쇼서'

세월 참 빠르고나
흘러흘러 사백년
고국에서 부는 바람
귀를 세워 모았다오
타국의 흙을 빚어
사쓰마의 그릇 굽네
그 이름 빛나리라
사쓰마노 야키모노

도세 돌세
백팔 번을 돌세나.

「세월 참 빠르고나」의 전문

기내식을 먹는 둥 마는 둥 하면서 매달렸던 탓일까, 강제로 끌려온 조선인 도공들의 한 서린 노고가 담긴 노랫말을 박윤초 명창에게 넘길 수가 있었다.

가고시마 공항에 내린 우리는 버스에 옮겨 타고 현지 행사장으로 가야했다. 한 시간 남짓한 거리, 그 버스 안에서 우리는 박윤초의 도창과 지도를 받으면서 '탑돌이'의 노래연습에 돌입하게 되었는데 워낙 명창의 노래 탓도 있었지만, 4백 년 전 조선인 도공들의 노고가 떠올라서인지 모두 눈시울을 적시는 숙연한 분위기에 잠겨들기도 했었다.

공교롭게도 제막식 날은 바로 그곳에서 한 · 일 각료회담이 개최되었던 탓에 한국의 김종필 총리와 일본의 오부치 총리가 많은 각료들과 유명 인사들을 거느리고 식전에 참석하여 더욱 뜻깊은 자리를 만들어 주었다.

제막식장에 자리한 한국의 중년 지식인 여성들이 입은 한복은 화려하면서도 품위 넘치는 우아함을 과시하여 식장에 운집한 일본인들을 경탄하게 하였고, 박윤초의 도창으로 노래를 부르면서 탑을 도는 우리들의 모습이 정말로 아름다웠다고 일본인 기자들은 찬사를 아끼지 않았다.

이제 지난 4백년간 쉴 자리를 찾지 못한 채 허공을 맴돌던 조선인 도공들의 원혼들은 모두 모국의 전통양식을 고스란히 간직한 3층 석탑으로 모여들 것이다. 그리고 그 석탑에 크고 작은 번뇌를 씻어주기를 기원하는 선량한 일본사람들의 소망을 어루만져 줄 것이라고 나는 믿어 의심치 않는다.

조선인 도공들의 원혼들이어, 고이 잠들라.

4. 나가사키長崎는 오늘도 비가 내린다

아름다운 항구도시 나가사키는 일본이라는 나라의 꿈을 심어서 싹틔우고, 마침내 일본국 근대화라는 탐스러운 꽃을 피워내게 한 자랑스러운 고장이라고 나는 평가한다. 일본국 규슈 땅 서북쪽에 자리잡고 있다는 지형적인 조건으로 이미 4백 년 전에 개항되어 유럽 문화(특히 네덜란드의 문화)를 받아들이는 창구노릇을 했기 때문이다. 그때부터 일본사람들은 네덜란드의 문화를 난학蘭學이라고 불렀다. 그러므로 17세기 이후의 일본 젊은이들은 선진문물을 배우기 위해 나가사키로 스며들곤 했다.

당시 일본은 여러 번藩으로 갈라진 봉건체제였으므로 자기의 고장(번)을 떠나 남의 고장으로 들어가기 위해서는 목숨을 담보로 해야 하는 위험부담이 따랐다. 번주의 허락 없이 고장을 떠나는 것을 탈번脫藩이라 하였고, 탈번했다가 잡히면 죽음을 면키 어려운 사정이었다. 그러므로 일본의 젊은 지식인들이 자신의 고장을 벗어나 나가사키로 잠입하는 것은 목숨을 걸고 서양문물을 배우겠다는 결기가 없이는 불가능하다.

젊은이들의 호연지기浩然之氣가 국가를 이끄는 힘이라는 사실은 아무도 부정하지 못하지만, 같은 시기의 조선의 사정을 생각해 보면 우리의 근대화나 선진화가 지지부진 했던 까닭을 선명하게 깨닫게 된다. 조선도 삼면이 바다에 둘러싸여 있지만, 이상하게도 바다로 인해 맺어지는 모험담을 찾아보기가 어렵다. 주자학을 숭상하는 선비의 집안에서는 모험을 위험시 했기 때문이다.

–부모님이 살아계시면 멀리 나가지 말 것이며, 설혹 멀리 나갔다고 하더라도 있는 곳을 알리라.

어려서부터 이 같은 〈명심보감〉의 가르침을 금과옥조로 여기면서 자랐는데, 조선반도에서 자라나는 젊은이들에게 나가사키로 잠입하는 일본의 젊은이들과 같은 모험심이 살아날 까닭이 없질 않겠는가.

1653년, 제주도에 표착하였던 네덜란드 사람 하멜Hendrik Hamel(?~1692)의 경우반 해도 그렇다. 하멜은 나가사키로 가던 뱃길에서 폭풍우를 만나 동료 38명과 함께 제주도에 표착되었고, 다음 해인 효종 5년(1654)에 일단 서울에 압송되었다가 다시 여수, 순천, 남원 등지의 병영에 감금된 채 10수년을 살았지만, 유감스럽게도 조선 젊은이들과의 교류는 전혀 없었다. 그런 환경에서 선진국 네덜란드의 문명에 대한 관심이 있었을 까닭이 없다.

뿐만이 아니다. 고종 22년(1855)에는 영국해군이 전라남도의 거문도巨文島를 무려 2년 동안이나 강제 점거하고 있었어도 우리와는 아무 거래도 교역도 없었다. 모험을 즐기는 조선 청년들이 거문도에 스며들어 영국인과 사귀고, 바로 그런 선진문물을 배우기 위해 영국에 유학을 가려고 했던 젊은이들이 왜 없었을까. 마무리 역사에 가정이 성립되지 않는다고 하더라도 딱한 노릇이 아닐 수 없다.

데지마出島에서 시작된 난학蘭學

1600년 4월 19일, 네덜란드의 범선 '립테' 호가 규슈에 표착하는 것으로 일본과 네덜란드 문화의 교류가 시작된다. 우리나라의 선조 33년에 해당하는 1600년은 정유재란의 총성이 멎은 지 겨우 3년째 되는 해였고, 일본에서는 도쿠가와 이에야스德川家康의 막부시대로 넘어가는 격동의 시기였다.

그때의 일본도 우리의 조선말기처럼 기독교의 포교를 금지하는 금교정책을 펼치면서, 1641년에는 네덜란드 상관商館을 히라토平戸에서 나가사키의 데지마出島로 강제이주하게 하였다.

데지마는 인공으로 만들어진 부채 모양의 섬이다. 서양인과의 접촉을 효과적으로 차단하기 위해 나가사키 상인 25명에게 자금을 걷어서 면적 1만 3천여 평방미터의 섬을 만들고, 네덜란드의 상인들을 나가사키 봉행소奉行

네덜란드 상인들을 강제 이주하게 하였던 인공의 섬 '데지마'의 미니어처

所(요즘의 경찰과도 같은 행정기관)의 엄격한 감시를 받게하면서 주거를 제한한 셈이다.

데지마의 네덜란드 상관에는 상관장 이하 네덜란드 동인도 회사의 사원과 의사가 체류하고 있었다. 이 중에는 독일인 의사이며 박물학자인 폰실퍼트와 역시 독일인 의사이며 「일본지日本誌」를 저술한 켐벨 등은 일본의 문화와 예술, 지리, 사회풍속에까지 광범위한 연구에 몰두하였다가, 유럽에 돌아가서 일본학 연구의 기초를 놓게 된다. 일본의 문화와 유럽 문화의 교유는 데지마에서 살았던 네덜란드 상인들이 다리를 놓아준 셈이다.

특히 나가사키에 부임한 네덜란드 사람 씨볼트의 활동은 주목할 만하다. 그는 일본 연구에 몰두하는 한편, 나가사키 교외에 '메이타키주쿠鳴龍塾' 라는 사숙을 열어 서양의 학문을 배우려고 온 일본인 젊은이들에게 의학, 동물학, 식물학, 화학 등 신학문을 가르쳤다. 이 사숙을 통해 가와하라川原慶賀와 같은 서양화가와 의학자, 약학자 등을 배출하면서 이른바 난학蘭學의 붐을 불러일으키게 된다.

'데지마' 의 안에 들어섰던 당구장의 모습과 당구를 즐기는 인형들(데지마의 자료관)

난학이란 쇄국시대 일본에서 서양 학문을 이르는 총칭으로 난학자라 불리는 학자, 지식인은 네덜란드 어

나가사키에서는 '데지마'를 실제크기로 재현하는 공사를 진행하고 있다.

로 쓰인 문헌에서 서양의 과학지식을 습득하여 명치시대 이후의 근대과학 습득의 길을 열어가게 된다. 그중 1774년 스기타 겐바쿠杉田玄白 등에 의해 번역, 간행된 독일의학의 해부학 서적인 네덜란드 어 판 「해체신서」는 난학의 기념비적인 성과로 기록되고 있을 정도다. 이렇게 시작되어 조금씩 번져나가게 된 서구의 문화가 알게 모르게 일본국 근대화로 이어지는 명치유신明治維新의 정신적 배경이 되었다는 사실은 주목해 둘 만 하다.

아무튼 외래문화(네덜란드 사람들에 의한)를 차단할 수밖에 없었던 도쿠가와 막부의 궁여지책은 네덜란드 상인들을 강제로 수용하기 위해 만든 인공섬인 '데지마'에 주거를 제한하는 것으로 쇄국정책을 완성한 셈이 되었지만,

그 내부에서 싹튼 서양문화의 씨앗이 알게 모르게 일본을 근대화하는 힘이 되었음을 부정할 수 없다.

이로부터 1854년 미국, 러시아와의 화친조약 체결에 의해 개국될 때까지 무려 210년간 일본국은 일부의 예외를 제외하고는 외국과의 교류를 일체 금하는 쇄국정책을 지켜가게 된다.

쇄국시대의 일본의 통상 및 외교는 나가사키의 데지마를 거점으로 하는 네덜란드와의 교역과 쓰시마對馬島를 중심으로 한 조선과의 무역과 통신사의 교류, 그리고 오키나와를 기반으로 하는 중국과의 무역으로 제한되었다. 따라서 데지마를 통한 네덜란드와의 무역은 당시 일본이 서양의 문물과 지식, 정보, 기술을 받아들이는 유일한 창구가 될 수밖에 없었고 이는 일본국의 젊은이들로 하여금 조국의 근대화를 위해 목숨까지 버릴 수 있다는 호연지기를 심어주는 계기를 마련하였다.

크로버 가든의 「나비부인」

JR나가사키 역에서 도보로 10분 거리에 미나미야마테南山手라고 불리는 언덕이 있다. 이 언덕에 나가사키 문화의 꽃과도 같은 '크로버 가든Clover Garden'이 있다. 이 일대를 여유있게 즐기자면 나가사키 닛코日航호텔에 여장을 풀면 더없이 한적한 산책코스가 된다.

호텔의 옆문을 나와서 비스듬한 언덕길을 오르면 오오우라 성당大浦聖堂

나가사키시 미나미야마테 언덕에 우뚝한 일본국 국보 '오오우라 성당'

과 마주서게 된다. 촘촘한 돌계단 위에 선 하얀색 팔각형 탑신모양의 성당은 그 모양만으로도 보는 사람의 마음을 숙연하게 한다. 4백여 년 전 도요토미 히데요시豊臣秀吉의 서교탄압으로 니시사카西坂 언덕에서 순교한 26명의 성인을 기리기 위해 1864년에 프랑스 신부에 의해 건립되었다. 일본국의 기독교 보급률은 전 인구의 0.2%로 저조하기로 이름나 있지만, 일본국 국보로 지정될 만큼 유서깊은 성당이다.

이 오오우라 성당을 끼고 잠시만 더 언덕을 오르면 3만 평방미터를 자랑하는 '크로버 정원'으로 들어선다. 1859년 나가사키에 무역회사를 설립한 영국인 토마스 크로버의 저택이 있다 하여 이름 붙여진 곳이지만, 입구로 들어서면 일본 최초의 서양식 레스토랑 건물이 보존되어 있는가하면, 링거 저택 등 9채의 유럽식 건물들이 배치되어 있어 21세기의 나가사키에서 18세기 유럽의 분위기를 만끽할 수가 있다.

2층으로 된 크로버 저택은 눈앞에 바다를 거느린 절경을 자랑한다.

아, 바로 이 자리가 푸치니G·Puccini(1858~1924)의 오페라 〈나비부

푸치니의 오페라 '나비부인'의 무대로 전해지는 크로버 저택의 정원

인〉의 주 무대일 것이라는 생각을 떨쳐낼 수가 없다. 어디서인가 제2막의 아리아 「어떤 개인 날」이 들려오는 것 같아서다. 아니 실제로도 들려온다.

〈나비부인Madame Butterfly〉은 1898년 미국 작가 롱J · L Long이 발표한 18 페이지짜리 짧은 소설이었으나, 이태리 사람들에 의해 희곡으로 번안되고, 다시 오페라로 작곡되어 세계의 사람들이 사랑하는 레퍼토리가 되었다. 일설에 의하면 나가사키에 오래 살았던 롱의 처제가 들려준 얘기를 기둥으로 삼았다고 하지만, 롱의 처제가 경험했던 나가사키의 바다는 크로버 저택에서 바라보는 바다가 아니었을까 싶다.

정말 그렇다. 자신의 곁을 떠나간 미국인 장교 핑거톤의 아이를 낳아서 키우면서 오직 그가 돌아오기만을 기다리는 초초(나비부인)상은 눈앞에 펼쳐진 푸른 바다에서 큰 배가 돌아오기를 몽매에도 기다린다. 그리고 어느 날 기적이 울린다.

〈어떤 개인 날〉은 그렇게 불려진다.

어떤 개인 날 Un bel di vedremo

–제2막 나비부인의 아리아

그는 떠나기 전에 내게 말했어요.
이렇게 말했어요.
「오 버터 플라이, 귀여운 꼬마아씨. 예쁜 저 새가 보금자리를 만드는 계절에 돌아 올거야」

그이는 반드시 돌아와요.

울기는 왜 울어, 의심하지 말아요!

어떤 개인 날, 바다 저 멀리에서

연기 피어오르고 배가 나타나요

희고 큰 배는 항구로 와서

예포를 쏘고…. 보이지, 그이가 왔어요!

나는 만나러 안 갈 거야, 언덕에서 기다릴 테야

얼마든지 기다려요.

그런 기다림은…괴롭지 않아요.

군중을 헤치고 한 사람이 달려서

언덕을 올라오네. 누굴까, 누굴까.

언덕에 올라오며 뭐라고 말할까

멀리서부터 '나비야' 부를 걸,

장난으로 나는 대답 않고 숨을 테야

그러잖으면 반가워서 죽을 거야.

그러면 그는 나를 부르지

「귀여운 내 오렌지 꽃같은 아씨」라고,

그분이 내게 준 이름이라오.

그는 꼭 이렇게 돌아올 거야

걱정하지 말아요, 나는 믿고 기다려요.

크로버 정원에서 한 단 아래로 내려오면 푸치니의 오페라의 아리아 〈어떤 개인 날〉이 흘러나오는 쌈지공원이 있다. 작곡가 푸치니의 하얀 입상이 서 있고, 그 곁에 어린 아이의 손을 잡고 서 있는 소프라노 미우라 타마키三浦環의 동상이 서 있다. 물론 오페라 〈나비부인〉의 한 장면을 조각한 작품이다.

나가사키를 여행하면서 또 한 가지 유념해야 하는 것은 명치유신을 설계하고 완성한 사카모토 료마坂本龍馬와 관련된 유적을 찾아보는 일이다. 유신 자금을 마련하기 위해 설립된 '카메야마샤츄龜山社中'는 오늘날의 종합상사와 같은 결사結社로 생각하면 된다. 그 카메야마샤츄의 사무실이 있었던 곳

오페라 '나비부인'에 출연했던 소프라노 미우라 타마키가 아들을 안고 있는 동상

에 '료마의 거리' 를 지정하여 시민들의 산책공원을 만들었다.

역시 바다가 내려다보이는 높지 않은 언덕 위에 자리하고 있는 '료마의 거리' 에는 부츠 동상이 있다. 사카모토 료마는 신분상 '조리'라고 불리는 짚신을 신어야하지만, 일본인 최초로 '가죽부츠' 를 신고 다녔다 하여 그가 신었던 가죽 부츠를 확대하여 동상으로 만들어서 기념하는 일본사람들의 세심한 장삿속은 정말로 배울 만하다. '료마의 거리' 에서 조금 떨어진 곳에는 사카모토 료마의 동상과 그를 일세의 영웅으로 만든 시바 료타로의 문학비가 서있는 '료마 공원' 이 있다.

사카모토 료마의 동상 앞에서 일본국 '명치유신' 을 설명하는 필자(료마의 거리에서)

에도 시대의 쇄국정책하에서도 나가사키는 서양문화를 받아들이는 창구가 되었고, 조선통신사와의 교류는 중국과 조선 문화의 수용이라는 점에서 동양문화를 받아들이는 창구가 되었다. 이 두 가지 교역과 교류는 마치 수레의 양 바퀴처럼, 일본의 문화와 문명을 더 이상 폐쇄상황으로 축소되지 않게 하였다.

명치유신의 원동력도 따지고 보면 여기 나가사키에서 나왔다. 서양의 문명과 문화를 접할 수가 없었던 우리의 처지로는 부러운 노릇이 아닐 수 없다.

그러나 오늘날의 나가사키는 원폭피해지原爆被害地로 더 유명하다. 1945

나가사키의 원폭 평화공원에 삶의 존귀함을 상징하는 '평화기념상'이 우뚝하다

년 8월 9일 오전 11시 2분, 천지를 뒤흔드는 폭음과 함께 버섯구름이 치솟아 오르면서 일시에 3만 9천여 명이 즉사하고, 2만 5천여 명이 부상하는 참극이 있었기 때문이다. 그 원폭평화공원에 생명의 존귀함을 상징하는 근육미 넘치는 '평화기념상'의 모델이 재일교포 레슬러인 역도산力道山이라는 설명에도 한·일관계의 델리킷한 감정 때문에 쓴 웃음을 짓게 된다.

일본에는 나가사키의 참극을 배경으로 지어진 엔카演歌(일본의 대중가요)가 많다. '나가사키의 종'이나 '나가사키는 오늘도 비가 내린다.'는 비감이 곁들어진 사랑노래여서 애창곡이 되었을 것으로 짐작된다.

가사의 마지막 구절이 '나가사키는 오늘도 비가 내린다.'로 끝날 만큼 쓸쓸함과 비장감이 담긴 노래였기에 내게도 애창곡이 되었는데, 내가 나가사키에 머무는 동안에도 노래의 가사처럼 하루 종일을 비가 내렸다.

II

다다미 여덟 장과 유신의 길

1. 역사의 현장을 걷는다

나라에도 사람처럼 시운이라는 게 있다. 좋은 지도자를 만나서 나라의 명운이 승승장구 뻗어 나갈 때는 '국운國運이 뻗쳤다.' 고 하지만, 신통치 못한 지도자를 만나서 나라의 기운이 쇠진하는 지경에 이르면 '국운이 미치지 못했다' 고 탄식하는 것은 그 때문이다.

국운의 성쇠는 내정內政이 잘못되는 데서 기인되기도 하지만, 외부外勢의 영향에서 기인되는 경우도 허다하다. 19세기의 후반으로 접어들 때의 동양 3국이 그러하였다. 청나라는 1840년, 아편전쟁에서 패하면서 1842년의 '남경조약' 으로 무너지기 시작하였고, 조선왕조는 1866년 대동강을 거슬러 올라온 미국 상선 제너럴 셔먼호를 화공하는 것으로 서양문명과 충돌하면서 국운의 쇠진을 자초하게 된다.

오직 일본의 사정만이 청나라나 조선과는 판이하게 달랐다. 1853년 동경만 남쪽에 위치한 가나가와 현神奈川縣 미우라三浦 반도의 중간쯤 바닷가인 우라가浦賀항에 미국 동인도함대의 페리 제독이 이끄는 4척의 검은 군함이 나타나서 교역의 문을 열어줄 것을 요청한다. 산과도 같은 검은 군함이라 하여 당시의 일본인들은 그 배를 쿠로부네黑船라고 불렀다. 이 쿠로부네와의 접촉을 계기로 일본이라는 나라는 270여 년 동안이나 이어온 도쿠가와 바쿠후德川幕府시대를 청산하는 내홍內訌을 앓으면서 명치유신明治維新이라는 엄청난 대업을 이루어낸다. 용트림과도 같은 국운의 승천을 맞은 셈이다.

동북 아시아의 세 나라가 똑같이 서양의 문물을 상징하는 함선艦船과 접촉하고서도 청나라와 조선왕조는 국운의 쇠진으로 나라가 기울었고, 오직 일본만이 나라의 근대화를 이루어낼 수 있었다면 거기에 합당한 연유가 있어야 한다. 이 명제가 내 마음 한구석을 어지럽히고 있었던 것이 내가 일본문화를 접촉하면서 일본 땅을 밟게 되는 계기가 되었다.

관련된 서적을 섭렵하면서 논리적인 체험을 쌓아가는 것이 기본이겠지만, 나는 현장부터 확인하고 싶었다. 그 현장에서 얻어지는 것이 반드시 있을 것이라는 확신 때문이다. 그것은 오랫동안 수많은 역사드라마를 써오면서 터득한 내 직감이기도 하다. 「조선왕조실록」이나 「승정원일기」와 같은 1차 사료를 정확하게 섭렵하자면 글자와 글자 사이의 비어있는 행간行間을 읽을 줄 알아야 한다는 것이 내 지론이고, 또 그 지론의 결과야말로 역사읽기의 정수라는 사실을 나는 체험으로 터득해 둔 바 있다.

요코스카에 있는 '미카시' 공원. 미카스는 러•일전쟁때 일본국 연합함대 사령관 도오고 헤이하치로 대장이 탔던 기함이다.

전쟁 영웅과 전함 미카사三笠

도쿄 역에서 쿄오하마京浜 급행을 탔다. 빠르게 흐르는 창밖 풍경은 보는 둥 마는 둥 자료집을 뒤척이는 동안 어느새 도착을 알리는 안내 방송이 들린다. 그야말로 눈 깜작할 사이에 해군기지로 이름난 요코스카橫須賀 중앙역에 내려놓는다. 붐비는 사람들 사이를 헤집고 역사를 나서자 걸어서 10분 거리에 미카사三笠공원이 있다는 안내판이 보인다. 여기에 미카사 공원이 있다는 사실도 몰랐고, 또 미카사 공원에 특별한 관심이 있었던 것은 아니지만, 우라가로 가는 도중이라면 들려본들 무슨 탈이 있으랴. 도랑 치고 가재도 잡는다는데….

'미카사'는 러일전쟁을 일본의 승리로 이끈 연합함대의 사령관이 탔던 기함旗艦의 이름이다. 군함의 이름을 따서 공원의 명칭으로 쓰는 충분한 까닭이 있다. 우리식으로 말하면 임진왜란을 승리로 이끈 이순신 장군을 기리기 위한 공원을 만들면서 '거북선공원'이라고 이름붙이는 경우와 조금도 다름이 없어서다.

전함 미카사에는 일본군 연합함대 사령관인 해군대장 도오고 헤이하치로東鄕平八郎가 타고 있었고, 그의 탁월한 지휘와 작전으로 마침내 일본해군은 세계최강을 자랑하는 러시아의 발틱 함대를 궤멸하면서 러일전쟁을 승리로 이끄는 발판을 마련한다. 그러므로 도오고 대장은 일본의 영웅이며 살아서 원수元帥로 승진한 사람이자, 또한 군신軍神으로 추앙받는 전쟁영웅

러일전쟁의 승리를 다짐하는 도오고 사령관이 전함 '미카사'의 함교에서 작전지시를 하는 일본의 대표적인 전쟁기념화

이다. 그 도오고 사령관이 가장 존경한 인물이 충무공 이순신 장군이었다는 사실은 널리 알려져 있는 일이기도 하다.

나는 미카사 공원으로 발을 들여놓으면서 쿵, 하고 가슴이 울리는 소리를 들어야 했다. 1945년 8월, 우리 조국이 일본제국의 식민지하의 신음에서 벗어날 때, 나는 겨우 초등학교 6학년이자 13세의 소년이었다. 그로부터 반세기가 넘는 세월이 흘러갔는데도 그때 일본인 교사로부터 배웠던 갖가지 사연들이 정말로 선명하게 떠오르는 것을 어찌하랴.

세계최강의 발틱 함대가 지구를 반 바퀴나 돌아서 조선해협을 지날 때 그 길목을 지키고 있던 도오고 사령관은 비장한 명령을 뱉어내며 공격신호임을 알리는 Z기를 올린다. 그 비장한 명령은 다음과 같다.

-황국皇國의 흥폐興廢가 이 일전에 있다. 각자 한층 분투노력하라!

60년 전 겨우 13세짜리 소년의 뇌리에 새겨졌던 이 글귀가 어찌하여 한자도 틀리지 않는 일본어로 되살아나는가. 나는 불현듯 주위를 둘러본다. 지금의 일본인 청년들에게조차도 낯선 문장을 한국의 늙은이가 줄줄 외고 선 꼴이 얼마나 상스럽게 보이겠는가. 그러나 그렇게 단순하게 넘길 일이 못 된다. 어려서의 교육이 평생을 좌우한다는 사실…, 참으로 두려운 노릇이 아닐 수 없음을 실감해 보는 것도 귀한 경험임이 분명하다.

나는 이 글귀가 새겨진 도오고 사령관의 동상을 스쳐 지나는데 그의 얼굴까지가 기억에 새롭다는 사실에 다시 한번 청소년 교육의 중요성을 곱씹으며 기념관으로 꾸며진 전함 미카사로 올랐다.

미카사 함의 내부는 기념관으로 조성되어 있다. 도오고 사령관이 기거했던 방과 작전실, 그리고 그의 유품까지도 생생하게 전시되어 있다. 물론 당시 함께 승선했던 장병들의 유품도 잘 정리되어 있다. 더 놀라운 것은 러일전쟁 당 시 발틱 함대를 궤멸하는 과정을 움직이는 미니어처로 만들어서 마치 그때의 실전을 보는 것처럼 실감나게 꾸며 놓았다는 점이다.

전함 미카사는 1900년 영국의 피커스 조선소에서 만들어진 배수량 1만 5천여 톤 급으로 엄청난 화력을 탑재한 당시로서는 최신예 전함이다. 1904년 러일전쟁이 발발하기 직전 조선 땅 인천 앞바다에서 러시아 함선 2척을 격침시켰고, 발틱 함대와의 격전에서 올린 전과 또한 사상 유례가 없을 정도다. 발 틱 함대 38척 중에서 21척을 격침시켰고, 7척을 나포하고, 6척을 무장해제 시켰을 정도니까.

이 기념관을 둘러보면서 느끼는 소회는 세계최강의 발틱 함대를 궤멸했다는 일본인들의 자긍심을 자극하기에 충분하다는 생각이 들었고, 일본이라는 나라를 위기에서 구해준 도오고 헤이하치로의 우국충정에 머리를 숙이도록 배려가 되어있다는 점이다. 실제로도 전함 미카사의 기념관을 둘러보는 관람객들이 심심치 않게 많다. 더러는 어린 자녀들의 손을 잡고 둘러보는 부형들의 모습이 보인다.

여기에 일본이 있다는 생각이 문득 머릿속을 스쳐 지나간다. 고이즈미 준이치로 전 일본 총리가 야스쿠니 신사를 참배할 때마다 한국이나 중국은 무슨 난리가 난 것처럼 항의하고 데모를 하였지만, 설혹 고이즈미 전 총리가 야스쿠니 신사의 참배를 포기한다고 하더라도 일본국 도처에 전함 미카사와 같은 기념관이 있고, 그 기념관에 일본인 청소년들의 참관이 끊이지 않는다면…, 이 사실 하나가 고이즈미 전 총리의 야스쿠니 신사 참배보다 더 일본국의 정체성 확립에 효험이 있다는 사실을 유념해 둘 필요가 있다는 생각을 하면서 미카사 공원을 나선다.

누군가가 나그네의 목덜미를 잡아채는 듯한, 그래서 발걸음이 자꾸 무거워 지는데도 구름 한 점 없는 맑은 하늘이 왜 이리도 심란한지 모르겠다.

아이들 놀이터가 된 '페리 공원'

미카사 공원에서 접했던 일들이 아무래도 마음의 상처로 남는가보다. 착잡해진 심회를 추스리며 일본국 개항 1번지 우라가 항으로 간다. 우라가 항에는 선각자 가쓰 가이슈勝海舟의 용단으로 일본국 최초로 태평양 횡단에 성공하며 미국으로 건너갔던 칸린마루咸臨丸가 위용을 자랑하고 있을 뿐, 아무리 살펴도 페리 제독이 상륙한 지점은 보이지 않는다. 행인에게 물어본다.

우라가항에서 구리하마로 가는 이정표를 배경으로 선 필자

"아, 페리공원을 찾으시는군요. 우라가 역에서 구리하마로 가는 버스를 타시면 10분 정도 걸릴 것으로 봅니다만…."

좌우간 친절하다. 버스보다는 택시를 타는 게 더 편할 것 같다. 관광지의 택시 기사들은 가이드를 겸하는 경우가 있어서다. 아니나 다를까, 택시 기사는 자신감 넘치는 어조로 개항 1 번지에서의 모든 편의를 제공하겠다고 다짐해 준다.

구리하마久里浜 항으로 이어지는 길은 주택가 한가운데를 지나야 한다. 우리식으로 표현하면 어느 시골의 한 읍寒邑과도 같은 인상이다.

"자, 이름도 멋진 개항교를 건너겠습니다."

개항교開港橋, 듣고 보니 멋진 이름이다. 270여 년을 이어온 도쿠가와 바쿠후를 깨부수고 쇄국 일본을 개항으로 이끈 첫 번째 길목에 지어진 다리라면 당연히 '개항교' 이어야 옳다. 도시는 깔끔해도 한적하기 그지없다. 드디어 페리 공원의 초입에 자동차가 선다.

"실망하실 겁니다. 아이들 놀이터니까요…."

'페리 공원' 은 주택가 한가운데 자리 잡고 있다. 한적하다기 보다 초라할 정도의 공간에 천진난만한 아이들이 재잘재잘 소리내며 뛰놀고 있어 1백

50여 년 전에 있었던 천지개벽의 격동은 상상하기 조차도 어렵다.

1853년 7월, 미합중국 동인도함대 사령관 페리 제독이 거느린 네 척의 군함이 구리하마 항에 나타나면서 일본국을 들끓게 하였고, 마치 큰 산과도 같은 미국군함이 검다하여 당시의 일본사람들은 쿠로부네黑船라고 불렀다.

페리 제독

태평太平 했던 깊은 잠을 깨운 증기선蒸氣船
단지 네 척뿐인데, 잠못 이루네!

당시 일본 사람들이 뇌까렸다는 이 노래를 누가 탓하랴.

구리하마 항 왼쪽에서 바다로 뻗어나간 야산 언덕에 무수한 구경꾼들이 몰려들었을 게다. 저렇게 큰 배가 무슨 수로 물 위에 뜰 수가 있을까. 무엇을 연료로 쓰기에 검은 연기와 하얀 증기를 함께 뿜어내는가. 과연 일본은 무사할 수가 있을까. 노랫말에 적힌 대로 잠못 이루는 밤이 계속되지만, 그런 와중에도 나라를 생각하는 선각자가 현장에 있었다는 사실이 일본국의 근대화를 앞당기는 근원이 된다.

한 사람은 서양 포술砲術을 연구하고 있던 선각의 지식인 사쿠마 소오산佐

페리제독의 상륙을 기념하는 조형물과 기념탑. 비문은 이토오 히로부미가 썼다.(위)
구리하마항에 세워진 페리 기념관의 외경(아래)

久間象山이었고, 또 한 사람은 그를 스승으로 섬기고 있던 스물네 살의 청년 요시타 쇼인吉田松陰이다. 나라가 구각을 벗어던지고 새롭게 탈바꿈하기 위해서는 호연지기에 불타는 선각의 젊은이가 있어야 한다.

"저 배를 타고 넓은 세상으로 나가 서양의 문물을 배워오지 못한다면 일본이라는 나라의 미래는 없다!"

선각자 사쿠마 소오산의 이 한마디가 청년 요시타 쇼인의 가슴에 불을 지른다. 이 순간부터 요시타 쇼인은 서양문물을 배우겠다는 생각, 새로운 일본국의 미래를 꿈꾸면서 자신의 젊음을 불태우게 된다.

마침내 7월 14일, 페리 제독은 필모어 대통령의 친서를 전하기 위해 구리하마 항에 상륙한다. 도쿠가와 바쿠후는 미합중국 대통령의 개항을 요구하는 친서를 받고서도 확실한 대답을 못한다. 물론 해외정세를 읽을 수 있는 정보가 없었기 때문이다. 페리 제독은 내년에 다시 올 것임을 선언하고 구리하마 항을 떠난다. 1년간의 유예기간을 준 셈이다.

페리 제독이 일본 땅에 상륙하여 개항의 물길을 열었던 역사적인 자리가 '페리공원' 이고, 그 공간에 격동의 시대를 상징하고 기념하는 조형물이 설치되어있다. 닻과 사슬을 소재로 한 조형물 뒤에는 기념탑도 우뚝하다.

美合衆國水師提督伯理上陸記念碑!

기념비를 세울 때 신생 일본국의 실력자였던 이토오 히로부미伊藤博文의 친필휘호라서 감동은 반으로 줄어들지만 '페리' 를 '伯理' 라고 표기한 것은 당시의 조선이나 별로 다르지 않다.

기념비 뒤쪽으로 아담한 2층 기념관이 서 있었으나, 문이 닫혀있어 들어갈 길이 없다. 택시 기사가 기념관을 관리하는 곳에 전화를 거는데, '외국에서 귀한 손님이 오셨는데 이 따위로 기념관을 관리해서는 국가의 수치가 아닌가. 당장 달려와서 사죄하라!' 는 식의 듣기 민망할 정도의 꾸지람을 기관총 처럼 쏘아댄다. 택시 기사가 행정관리를 향해 무자비하게 쏘아대도 아무 탈이 없는 곳…, 꾸밈없는 일본, 강한 일본을 보는 것 같아 마음이 편하지 않다. 불이 나게 달려 온 공무원은 몇 번이고 허리를 굽히면서 진심이 담긴 사죄를 거듭하면서 기념관의 문을 열어준다.

"찾아오시는 분들이 많지 않아서 관리를 소홀히 하고 있었습니다. 용서해 주십시오."

기념관의 내부는 당시의 사정을 리얼하게 재현한 미니어처를 중심으로 몇 점의 사진과 문건으로 구성되어있을 뿐, 개항을 기념할 만한 특별한 전시물은 눈에 띄지 않았다.

아마기고에天城越え 그리고 '이즈의 무희'

이즈반도의 중간지점인 험산준령의 '아마기고에'임을 알리는 표지판(위)
가와바타 야스나리의 소설「이즈의 무희」의 무대가 되었던 '가와스나나타루' 산책로에는 소설 속의 남녀 주인공을 상징하는 조각을 설치했다.(아래)

후지 산富士山의 정기를 받으면서 태평양 쪽으로 뻗어 나간 시즈오카 현靜岡縣의 이즈반도伊豆半島는 반도 전체가 '후지하코네이즈 국립공원富士箱根伊豆國立公園'으로 지정되었을 정도로 유서 깊고 아름다운 풍광을 자랑한다. 반도의 남쪽으로 내려오는 가운데쯤에 '아마기 연산天城連山'으로 불리는 고지대의 험지에는 이름난 온천지대가 있고, 바로 이 지점을 '아마기고에天城越え'라고 부른다. '아마기고에'를 글자대로 읽으면 〈아마기를 넘는다〉가 되지만, 와서 보면 그런 뜻의 지명地名으로 굳어져 있음을 알 수 있다. 주변을 에워싼 숲은 너무도 울창하고 아름다우며 온천물이 콸콸 솟아나서 지나는 길손의 발길을 멈추게 한다.

노벨 문학상 수상작가인 가와바타 야스나리川端康成가 이 아름다운 온천지대를 배경으로 그의 대표작의 하나인 〈이즈의 무희伊豆の 舞子〉를 썼던 탓으로 '이즈 근대문학박물관'을 세워서 자료와 유품들을 전시하고 있고, 그 밖에도 이 지역 출신이거나 이 지역을 무대로 작품을 썼던 사람들인 역사

소설가 이노우에 야스시井上靖, 시인 기타하라 하쿠슈北原白秋 등 유명 작가들의 문학비를 세워서 격조 높은 숲속의 산책로를 만들었다. 특히 가와스나나타루河津七瀧라고 이름 붙여진 산책로에는 〈이즈의 무희〉에 등장하는 남녀 주인공의 조소물을 두 종류나 세워서 산책로를 걷는 사람들의 마음을 즐겁게 하고 있다.

일본국 개국 1번지인 시모타항을 배경으로 서 있는 필자

우리 일행은 매양 흐뭇해진 마음을 추스르며 이 험준한 아마기도오게天城峙를 넘어 일본국 개국 1번지 시모타下田로 향해 달린다. 내 고향 대관령보다 두 배 더 높은 굽이굽이 산길을 달려야 하는데도 끝까지 2차선 도로로 이어진다. 4차선으로 넓히지 않은 일본사람들의 국토사랑과 자연사랑에 고개가 숙여진다. 이 험준한 고갯길을 넘어야 하는 이즈 반도 남단의 작은 도시 시모타는 예로부터 유형지流刑地로 쓰일 정도로 외지고 한적한 곳이다. 이 같은 지역적인 특성으로 인해 도쿠가와 바쿠후는 에도江戶(지금의 도오쿄) 만으로 들어오는 모든 배는 일단 시모타 항에 들러 세관조처를 받도록 하였다. 이로 인해 일본열도의 남쪽을 항해하는 외국 선박들에게도 시모타 항은 눈에 잘 띌 수밖에 없다.

우라가의 구리하마 항에서 도쿠가와 바쿠후에게 미합중국의 대통령 친서를 전하고 1년 후에 다시 오겠다고 선언했던 페리 제독은 약속대로 쿠로

시모타항에 정박하였던 일곱 척의 미국 군함들의 위치를 표시하고 있다.

부네 아홉 척을 거느리고 1854년, 에도 만에 다시 나타난다. 다급해진 도쿠가와 바쿠후는 '미일화친조약'을 체결하고 북해도의 하코다테函館항과 이즈반도 남단의 시모타下田 항을 개항한다. 이에 따라 시모타의 교쿠센지玉泉寺에 일본국 최초의 미국영사관이 설치되면서 초대 영사 하리스Townsend Harris와 10여 명의 미국인이 착임하였다. 경내에 31개의 별이 그려진 성조기가 펄럭이게 되면서 시모타는 명실상부한 개국 1번지의 명예를 얻게 되었고, 하리스의 영사 업무를 지원하기 위해 페리 함대는 약 70여 일 동안 시모타 항에 머무르게 된다. 1년 전, 구리하마 항에서 사쿠마 소오산으로부터 외국문물의 탐구가 곧 일본이라는 나라의 미래를 열어가는 첩경임을 터득한 요시타 쇼인은 나가사키 항에서 러시아의 함선으로 밀항을 시도하였으나 실패하였고, 시모타에 미국 군함이 정박해 있다는 소식을 듣고 한 살 아래의 가네코 시게노스케金子重輔와 함께 시모타에 스며든다. 물론 쿠로부네를 타고 미국으로 밀항하기 위해서다.

개국 1번지 '시모타下田'의 인상

피부병으로 고생하던 요시타 쇼인은 온천치료를 위해 연태사連台寺(절이 아니고 지명임)에 있는 공동탕에서 온천욕을 하다가 우연하게 의사인 무라야마 교마로村山行馬郎를 만나게 된다. 요시타 쇼인이 쿠로부네와 접촉하고 싶다는 뜻을 밝히자 그는 흔쾌히 자신의 집을 그의 피신처로 제공한다. 외관은 단층이지만 안은 2층의 구조로 되어 있어 피신처로는 안성맞춤이 아닐 수 없다. 우리 일행이 이 무라야마 저택을 방문했을 때도 마당에서는 54도나 되는 온천물이 솟아오르고 있었다.

무라야마 저택에서 온천욕으로 피부병을 치료하면서 미국 함선과의 접촉을 시도하던 중 마침내 3월 27일, 폭풍우가 휘몰아치는 깊은 밤 피신처와 반대쪽에 있는 가키자키의 벤텐弁天 섬 부근에서 작은 배를 얻어 타고 페

요시타 쇼인과 가네코 시게노스케가 폭풍우를 뚫으며 페리제독을 만나러 가는 상상도(시모타 항구의 벽화)

리 제독이 타고 있는 기함 포우하탄powhatan 호를 향해 노를 저어간다. 가랑잎과도 같은 작은 나무배로 폭풍우를 뚫으면서 미국 군함에 오를 수 있었던 기적은 하늘의 도움이 아니고는 불가능하다.

페리 제독은 미국으로 가고 싶다는 요시타 쇼인의 간청을 받아들일 수가 없다. 수교 초기에 상대국의 국법을 무시할 수가 없었기 때문이다. 요시타 쇼인은 이대로 돌아가면 처벌을 받게 될 것이라는 사실과 타고 온 나무배도 이미 파도에 휩쓸렸을 것이므로 돌아갈 수 없음을 간곡히 설명하면서 미국에 데려가 줄 것을 애원한다. 페리 제독은 나라의 허락을 받아오면 언제라도 함께 가겠다고 설득하면서 자신들의 보트로 이들 두 사람을 육지로 돌려보냈다.

육지로 돌아 온 스물다섯 살의 요시타 쇼인은 밀항의 실패를 당당하게 관헌에 자수한다. 두 사람은 장명사長命寺에 있는 한 평 반짜리 옥에 갇혔다가 4월 11일 죄인이 타는 가마에 실려 아마기天城 준령을 넘어 에도에 송치되었다가 다시 고양인 하기에 보내져서 노야마 옥에 수감된다.

요시타 쇼인의 피신처였던 무라야마 교마로의 집. 겉보기에는 단층이지만 내부는 2층으로 되어 있다.(위) 요시타 쇼인이 2층으로 오르내렸던 나무계단(피신 당시에는 사다리였다고 한다.)(아래)

후일, 페리 제독은 「일본원정기日本遠征記」을 쓰면서 이때의 만남을 아주 감동적으로 적었다.

–이 두 사람은 해외의 지식을 습득하기 위한 불타는 열정으로 죽음도 두려워하지 않았다. 이 같은 청년들을 가진 일본이라는 나라는 장래 반드시 발전할 것이다!

일본국 최초의 우유 생산지 교쿠센지玉泉寺

시모타 항은 인구 3만 8천 정도의 작은 시골의 어항이나 다름이 없다. 그러나 일본국 '개국 1번지' 라는 자부심 넘치는 아름답고 깨끗한 항구도시다. 길을 걸으면 해변이나 골목 하나 하나가 모두 150년 전의 개국과 관련이 있는 유서 깊은 곳이고 사람들의 자부심 또한 배울 만하다.

1854년, '시모타 조약' 을 체결하기 위해 상륙을 시도하던 페리 제독은 예포禮砲라는 이름으로 함포를 쏘아대면서 3백 명의 수병과 군악대를 앞세우고 료센지了仙寺에 들어서면서 일본국 대표와 시모타 사람들을 경악하게 하였다. 의자에 앉아야 하는 페리 제독 일행은 당연하지만 맨바닥에 앉아야 하는 일본인 관리들이 의자에 앉아서 회담하는 일은 형벌과도 같은 어려움이 있었고, 영어는 네덜란드어蘭語로 통역되고, 그 네덜란드어가 다시 일본어로 통역되는 3중의 통역으로는 자유로운 의사소통이 될 수가 없다. 그보다 더 재미있는 것은 양측이 상대를 배려하는 파티를 여는 일이었다.

일본국 최초의 미국 영사관이 설치되었던 시모타의 교쿠센지 입구

일본 측이 미국대표단과 수병들에게 베푸는 연회를 위한 단 한 번의 비용이 무려 몇 천 만원이었다는 기록에는 웃음이 절로 나지만, 미국 측이 포우하탄 함상에서 베푸는 연회에는 모든 종류의 위스키가 모두 동원되었던 탓에 일본인 대표들이 걷지 못할 정도로 만취하였고, 이 같은 위스키 공세가 3일 동안 계속되면서 '시모타 조약' 이 조인되었다는 료센지 주지의 설명에 우리 일행은 그야말로 포복절도할 만큼 소리내 웃었다. 료센지 경내에 있는 '개국기념관' 에는 그때의 여러 귀중한 사료들이 고스란히 갖추어져 있었다.

'시모타조약' 이 조인되면서 미국인들이 시모타의 거리를 자유롭게 할보할 수 있게 되었고, 따라서 일본국 주재 미국영사관도 설치된다. 초대 주일 미국 영사 하리스가 머물었던 교쿠센지는 시모타 제일의 관광명소로 손색이 없다. 경내로 들어서면 바로 오른쪽에 지미 카터 전 미국대통령의 내방기념비와 하리스 기념비가 서 있다. 영사관으로 쓰였던 본채의 오른쪽으로 하리스 기념관을 두어 당시를 살필 수 있는 사료와 관련유품들을 볼 수 있게 하였고, 여기서 비스듬한 언덕길을 잠시 오르면 러시아 선원 세 사람의 무덤이 있다.

교쿠센지 경내의 하리스 기념관 앞에 선 필자

본채의 왼쪽으로 돌아가면 일본식 석등모양으로

디자인 된 페리 함대의 승무원들 다섯 사람의 묘비가 눈에 띈다. 비록 단출한 묘소지만 모두가 조국의 미래를 위해 만리 타국에서 숨져간 20대의 젊은이들이라 길손들의 마음을 애틋하게 한다.

쇄국의 잠에서 깨어나 처음으로 외국의 문물과 교류하자면 기상천외의 돌발사태가 생겨나게 마련이다. 영사관으로 쓰였던 본채 앞 오른쪽에 여기가 일본국 최초의 '우유牛乳 생산지' 임을 알리는 '우유의 비' 가 서 있다. 대리석으로 잘 다듬어진 기념비에는 커다랗게 젖이 불어난 암소를 설명하는 남자와 한가롭게 구경하는 양장 여성 세 사람과 어린 아이의 모습을 담은 동판이 부착되어 있어 보는 사람들을 즐겁게 한다.

초대 주일 미국 영사 하리스가 교쿠센지에 머문 기간은 3년 남짓…, 문화가 다른 이역 땅에서 지내자면 음식문화의 차이점에서 빚어지는 어려움이 있게 마련이다. 당시 일본에서는 쇠고기를 먹지 않았으니 우유라는 개념이 있을 까닭이 없다. 그러나 미국인들은 비프스테이크를 즐기고 우유를 마신다. 이 상반된 음식문화를 어떻게 극복했는지를 하리스는 자신의 일기에 소상하게 밝혀놓고 있다.

당시 일본에서는 알을 낳지 못하는 노계老鷄만을 식용으로 썼던 탓으로 고기가 질겨서 하리스의 입에 맞질 않았다. 하리스는 교쿠센지 경내에 닭장을 지어 몸소 양계를 하면서 연한 닭고기와 계란을 해결하였다고 적었고, 새끼를 갓 낳은 암소 여러 마리를 구입하여 손수 우유를 짜서 마셨으며,

교쿠센지 본 채 오른편에 세워진「우유의 비」. 일본국 최초의 우유 생산지임을 설명하고 있다.

중국 상해로부터 산양 열세 마리를 들여와 스스로 양젖을 짜서 먹었다고 기술하고 있다.

식음이 해결되면 당연히 대두되어야 하는 것이 여성의 문제다. 일본 땅에 상륙할 때의 하리스의 나이 54세, 가까이서 시중을 들면서 잠자리를 함께한 일본 여성의 이야기는 푸치니의 오페라 〈나비 부인〉의 여주인공인 초초보다도 훨씬 더 비극적이다.

비련의 오기치お吉

도오진唐人 오기치お吉라고 불리었던 불우한 여성의 이야기는 시모타를 찾는 사람들에게 개항지의 희생자로 회자된다. 한자로 '당인(唐人)'이라고 쓰고 '도오진'이라고 읽는 단어에는 수치감이 담겨져 있다. 우리식으로 설명하면 '서양오랑캐' 혹은 '양공주'로 비하되는 표현이기 때문이다. 열일곱 살 어린 나이로 미국영사 하리스의 시첩侍妾으로 강제지명되어 타의에 의해 불우한 일생을 살아가게 되지만 사람들은 그녀를 하리스와 똑같은 이양인으로 취급하면서 '도오진 오기치'라고 비하하여 불렀다.

19 세때의 오기치お吉

본명이 사이토 기치齋藤きち였던 도오진 오기치는 네 살 때 시모타에 이주하여 열네 살 어린 나이로 예기藝妓에 뽑힐 정

오기치의 무덤과 기념관이 있는 호후쿠지

도로 미모와 재능을 인정받았다. 물론 그 미모와 재능이 하리스의 시첩이 되어야 하는 운명이나 다름없었다. 하리스가 시모타의 교쿠센지에 머문 기간은 겨우 3년, 하리스가 본국으로 돌아가자 오기치를 향한 비난과 비아냥은 날로 도를 더해 간다. 이를 견디지 못한 오기치는 정든 시모타를 떠나 요코하마로 흘러들어가 떠돌게 되면서 알콜 중독자가 된다. 술을 벗하고 살면서도 귀소본능을 견디지 못한 도오진 오기치는 다시 시모타로 돌아와 안초쿠로安直樓라는 식당을 겸한 작은 술집을 열었으나, 주위의 시선은 조금도 달라지지 않았다. '도오진' 이라는 불명예의 굴레를 감당할 수 없었던 오기치는 술로 소일하다가 채 2년이 못되어 폐업을 한다.

오기치가 개업을 했던 식당을 겸한 술집「안초쿠로」

그녀가 51세가 되던 해의 3월 27일 깊은 밤, 억수같이 쏟아지는 빗속에서 도오진 오기치는 연못에 몸을 던져 스스로 목숨을 끊는다. 사람들은 그녀의 비극적인 생애를 인간의 편견과 권력이 빚어낸 아픔이라고 적었다.

그로부터 1백 50여 년이 지난 지금도 그녀가 연못에 몸을 던졌던 3월 27일이 되면 시모타의 젊은 여성들은 그때의 현장이었던 '오기치 연못' 가에 모여 그녀의 원혼을 달래는 〈오기치 페스티벌〉을 열고 있고, 그녀의 무덤과 기념관이 있는 호후쿠지寶福寺에서도 예능대회를 열어서 타의에 의해 도오진의 불명예를 뒤집어쓰고 불우한 일생을 보냈던 오기치의 원혼을 위로하고 있다.

오기치가 몸을 던져 자살했던 연못은 공원으로 꾸며져 있다.

2. 명치유신의 태동지 하기萩

일본의 영토는 크고 작은 섬으로 구성되어 있어 바다로부터의 영향을 무시할 수가 없다. 조선이 대륙으로부터 받은 영향 때문에 밖으로 뻗어나가지 못한 것과 크게 대조적이다. 이미 17세기부터 규슈 북단에 위치한 나가사키에 들어와 있던 네덜란드의 문화가 난학蘭學이라는 이름으로 일본의 젊은이들에게 꿈을 심어준 것이 일본국 근대화의 씨앗이 되었다는 점은 이미 앞에서 기술한 바와 같다.

일본국 근대화의 정신적 기둥이나 다름이 없었던 사쿠마 소오산佐久間象山은 난학을 통해 서양의 포술砲術을 연구한 사람답게 해외문물의 유입과 활용만이 일본국의 미래를 정할 것이라는 자신의 식견과 의지를 젊은 후학들의 가슴에 심어주었다. 일본국 근대화의 상징인 명치유신明治維新의 씨앗을 뿌렸던 요시타 쇼인吉田松陰이나, 명치유신의 완성을 설계한 사카모토 료마

坂本龍馬가 모두 사쿠마 소오산의 영향을 받았다는 사실이 이를 잘 말해준다.

1854년, 시모타 항에서 폭풍우를 뚫으면서까지 미국 군함에 올라 페리 제족과 면담하고서도 미국으로의 밀항에 실패한 요시타 쇼인은 관헌에게 체포되어 일단 에도로 압송되었다가, 다시 고향인 죠슈 번長州藩의 도읍인 하기萩로 보내져서 사족들만을 수용하는 노야마野山 옥에 수감되었고, 가네코 시게노스케는 신분이 낮았던 탓으로 길 하나 건너에 있었던 이와쿠라岩倉 옥에 수감되었다.

일본국 근대화를 추적해 보는 발걸음이라면 요시타 쇼인의 행적을 살펴보지 않을 수가 없고, 그러자면 그를 키워낸 고장 하기萩로 달려가야 한다.

마침내 쇼카 손주쿠松下村塾

부산 바로 건너편인 일본국 본토의 야마구치 현山口縣 서쪽 바닷가에 하기 시萩市라는 인구 4만 3천 명 정도의 작은 시골도시가 있다. 1백 년 전의 지도 한 장을 들고도 옛 거리를 산책할 수 있을 정도로 이른바 성밑 거리城下町가 잘 보존되어 있는 이 작은 시골마을에서 일본국 근대화의 상징인 명치유신이 태동되었고, 근현대 일본국 총리대신을 일곱 사람이나 배출한 고장이다. 이 같은 하기 시의 영광은 선각자 요시타 쇼인의 호연지기에서 출발되고 완성된다. 그러나 이 지역의 역사적인 배경 또한 도외시할 수가 없다.

명치유신 이전의 야마구치 현은 조슈 번長州藩으로 불리었다. 임진왜란 때 조선에도 출병했던 번주 모리 테루모토毛利輝元는 죽은 도요토미 히데요시와의 의리를 지키기 위해 도쿠가와 이에야스에게 반기를 들면서 이른바 '세키가하라의 싸움關ヶ原役'에서 패퇴하게 된다. 권력투쟁에서 밀리면 응분의 댓가를 치를 수밖에 없다. 패장 모리 테루모토는 8개국 112만 석石의 넓은 영지를 몰수당하고, 겨우 2개국 36만9천 석의 초라해진 몰골로 서쪽 바닷가인 하기로 쫓겨나게 된다.

이런 연유로 천하를 통일한 도쿠가와 바쿠후德川幕府에 대해 조슈 번은 원한을 씹을 수밖에 없다. 그 원한은 점차 복수의 염원으로 굳어간다. 새해를 맞으면 번의 핵심들이 은밀하게 모여 그 해의 포부를 입에 담았다고 전해지고 있다.

"올해는 관동(막부)을 치셔야지요."

"아직은 때가 아니야."

이 같은 원념이 쌓이고 모여서 막부를 때려눕히는 토막討幕의 기세가 되어 조슈 번은 명치유신의 선봉에 나서게 된다. 역사의 흐름이 얼마나 준엄한가를 명료하게 보여주고 있음이 아니겠는가.

일본국의 근대화를 이루어낸 명치유신이 성공하는 데는 아주 중요한 표면적인 이슈가 있다. 이른바 존황토막尊皇討幕이라는 기치가 바로 그것이다. 유명무실해진 황실을 다시 세운다는 의미에서 '존황'과 부패한 권력기관으

명치유신의 선봉에 섰던 군상들

로 전락한 바쿠후를 때려눕힌다는 의미에서 '토막'이다. 이 네 글자, 〈존황 토막〉이라는 기막힌 깃발이 있었기에 지사를 자처하는 선각의 젊은이들의 열정을 결집하게 할 수가 있었다.

일본국 근대화의 표상인 '명치유신'을 이끈 3개의 번이 있다. 다시 말하면 그 3개의 번에 출중한 선각의 지도자가 있었다는 뜻이다. 그 중의 하나인 조슈 번에는 요시타 쇼인이라는 아주 걸출한 선각의 젊은이가 있었기에 국가의 미래에 도전하는 새로운 인재들을 길러낼 수가 있었다.

1830년, 요시타 쇼인은 이 원념의 땅에서 태어난다. 어려서부터 천재소년의 자질을 보였던 요시타 쇼인은 번의 교육기관인 명륜관明倫館에서도 단연 두각을 나타냈고, 11세의 어린 나이로 번의 요청을 받아 위엄 넘치는 가로家老들 앞에서 병법兵法을 강의할 정도의 천재성을 발휘한다. 번에서는 이 천재소년의 장래를 위해 넓은 세상을 경험하게 하고, 무술을 연마하게 하기 위해 에도江戸(지금의 도쿄)로 유학을 떠나게 한다. 바로 이 해가 우라가의 구리하마 항에 미국의 군함이 들어와 문호를 개방하라면서 미국 대통령의 국서를 전달하려던 1853년이다.

대처로 나온 요시타 쇼인은 사쿠마 소오산을 비롯한 선각의 지식인들을 두루 만나면서 하기만이 아닌 새로운 일본국의 미래에 대한 꿈을 키워가게 된다. 페리 제독이 이끄는 미국 함대가 일단 돌아갔다가 1년 뒤인 1854년에

일본국 근대화의 상징과도 같은 요시타 쇼인의 초상

요시타 쇼인이 투옥되었던 '노야마 옥터'(위) 가네코 시게노스케가 옥사하였던 키와쿠라 옥터(아래)

다시 왔을 때, 요시타 쇼인은 가네코 시게노스케와 함께 시모타 항으로 달려가 미국으로의 밀항을 시도하였다가 실패하면서 고향인 하기에 송치되어 노야마 옥에 수감되었다.

조슈 번에서는 고향으로 강제송치된 요시타 쇼인에게 학문에 몰두할 수 있는 모든 편의를 제공한다. 비록 옥중이어도 '맹자孟子'를 비롯한 그가 즐겨 읽는 책들을 넣어주었고, 벼루 등 필구를 갖추게 하여 저작著作에도 불편함이 없도록 배려하였다. 옥중의 요시타 쇼인을 슬프게 하는 소식이 전해진다. 바로 길 건너에 있는 키와쿠라岩倉 옥에 수감된 가네코 시게노스케가 세상을 떠났다는 비보였다. 비록 폐병으로 죽었다고 하더라도 요시타 쇼인은 자신으로 인한 죽음이라는 자책 때문에 충격에서 헤어나지 못하다가 옥중 강의를 시작하면서 마음을 달랜다. 맹자를 강론하는 요시타 쇼인의 강의는 죄수들뿐만이 아닌 간수들에게까지도 영향을 미치게 된다. 이 사실을 알게 된 번에서는 그의 천재성을 다시 인정하여 방면을 결정한다.

자유의 몸이 된 요시타 쇼인은 작더라도 알찬 서당을 열어서 고향의 젊은이들에게 새로운 일본을 이끌어갈 호연지기를 심어주리라고 다짐한다. 그렇게 세워진 서당이 명치유신을 태동하게 한 '쇼카손주쿠松下村塾'이다. 서당의 공부방은 다다미 8장의 넓이, 우리 평수로 4평 남짓 되는 좁은 방에 19~25세의 청년 13명이 모여들었다. 사족으로 불리는 무사의 자제가 있는가 하면, 평민이나 농민의 자제도 있었다. 신분차별만 있고 평등이라는 개념이 없었던 시절이라면 파격의 지도이념이 아닐 수 없다.

그 당시의 공교육 기관인 명륜관에서의 교육내용이나, 대부분의 학자들은 젊은이들에게 번주에게 충성하고 부모님께 효도하라는 공맹의 도리를 가르친데 반해 요시다 쇼인은 '번은 곧 없어질 것이며, 일본이라는 새로운 국가가 탄생한다. 우리는 모든 힘과 정열을 일본이라는 새 나라에 쏟아부어야 한다'고 가르쳤다. 수구의 집단인 번이나 막부 쪽에서 본다면 혹세무민惑世誣民이 아닐 수가 없다.

요시타 쇼인은 주변의 눈초리는 아랑곳하지 않았다. 오직 후학들에게 '호연지기'를 심어주는데 전력을 쏟았다. '호연지기'란 무엇인가. 공명하고 정대하여 누구를 만나도 꿀림이 없는 도덕적인 용기가 아니던가.

-죽어서 불후不朽가 되려거든 때와 장소를 가리지 말라. 나라의 대업大業을 이루려거든 오래 살아서 뜻을 이루라!

요시타 쇼인은 젊은 인재들에게 새로운 일본을 짊어지고 나갈 꿈과 열

무수한 인재를 길러낸 쇼카 손주쿠의 4평짜리 강의실

정, 그리고 지혜를 일깨우기 위해 맹진을 거듭한다.

-학문도 중요하지만 학문을 알고 또 이를 실행하는 것이 남자의 길이다. 시詩도 좋겠지만 서재에서 시를 짓고 있는 것만으로는 뜻을 펼 수 없다. 사나이라는 것은 자기의 일생을 한 편의 시로 이룩하는 것이 중요하다. 구스노키 마사시게楠正成('태평기'에 나오는 전략가)는 한 줄의 시도 쓰지 않았으나, 그의 일생은 그대로 비길 데 없이 크나큰 시가 아니었는가!

얼마나 멋진 가르침인가. 서재에서 시를 짓는 것만으로는 뜻을 펼 수가 없다. 사나이는 모름지기 자기의 일생을 한 편의 시로 이룩하는 것이 중요

요시타 쇼인의 서당 '쇼카 손주쿠'를 알리는 사적비

명치유신의 태동지임을 알리는 돌비석(쇼카 손주쿠 경내)

하다. 이 철학적 인생론은 젊은 문도들의 호연지기를 불러내는 불길이고도 남는다. 그는 또 '하늘 높이 솟아올라서 세상의 모든 소리를 들으면서 큰 눈을 떠야 할 것이다飛耳長目' 라는 말로 젊은 인재들의 열정과 이상을 꿈틀거리게 하였고, 마침내 그들로 하여금 미래의 일본을 위해 몸과 마음을 함께 내던지게 하는 진로를 제시하였다.

-조선을 책해 인질과 조공을 바치게 하고, 북쪽으로 만주 땅을 분할하고, 남쪽으로는 대만과 필리핀 제도를 손에 넣어 점점 진취자세를 보여야 한다.

바로 여기에 정한론征韓論의 실체가 있다. 〈조선을 책해 인질과 조공을 바치게 하고…〉, 읽으면 읽을수록 소름끼치게 하는 구절이다. 일본 근대화의 핵심에 '정한론' 이 있고, 그의 가르침을 받은 젊은 문도들에 의해 스승의 뜻이 이루어진다.

이어 요시타 쇼인은 새로운 일본을 열어가기 위해 막부의 잘못된 정책을 맹렬하게 비난하는 시세론時勢論을 전개하면서 쇼카 손주쿠에 모인 젊은 인재들의 가슴에 불을 지른다. 다다미 여덟 장 넓이의 좁은 서당에서, 그것도 2년 남짓 강의하고서도 불과 10여 년 후 '명치유신' 의 바람을 일으키고, 근

풍운아 다카스기 신사쿠의 생가

이토오 히로부미가 어린 시절을 보냈던 초가

대화된 일본국을 이끌어갈 불세출의 정치가들을 여러 명 길러낼 수가 있었다면 그의 선견지명이 어느 정도인지, 또 젊은 선각자의 영향력이 얼마나 큰 것인가를 유념해두지 않을 수 없다.

스승의 촉망을 한몸에 받았던 구사카 겐스이久坂玄瑞는 25세의 꽃같은 나이로 명치유신의 현장에서 장렬한 죽음을 맞았고, 스스로 기병대奇兵隊를 조직하여 하기 사람들의 프라이드를 드높이 울렸던 풍운아 다카스기 신사쿠高杉晋作도 스승의 가르침에 따라 29세의 젊음을 마감하여 불후의 이름을 후세에 남겼고, 무사계급이 아니었던 이토오 히로부미伊藤博文, 잡병출신인 야마가타 아리토

'요시타'라는 한자를 二十一회로 암호화한 비석이 서 있는 요시타 쇼인의 무덤

만년의 이토오 히로부미(왼쪽) 청년시절의 이토오 히로부미(오른쪽)

모山縣有朋 등은 조선과 만주를 집어삼키는 이른바 '정한론'이 성사될 때까지 오래 살면서 유신정부의 총리대신으로 출세하게 된다. 뿐만이 아니다. 이노우에 카오루井上馨 또한 조선공사, 외무대신을 역임하면서 조선침략의 원흉이 되는 등 정말 오래 살아서 스승의 가르침을 실행하였다.

다다미 8장 크기의 4평짜리 좁은 방에서 28세의 젊은 스승이 13명의 청소년을 모아놓고 학문보다는 호연지기를 가꾸게 한다. 그것도 겨우 2년 3개월을 가르치고, 스승인 요시타 쇼인은 혹세무민의 죄목으로 '안세이노고쿠安政の獄'에 연루되어 에도로 압송되었다가 사형을 당한다. 비록 스승은 불우한 삶을 마쳤다고 하더라도 그로부터 불타는 호연지기의 기세를 이어받은 그의 제자들이 '명치유신'이라는 대업을 이루어 내는데 선봉을 섰고, 새로운 일본국 근대정부를 수립하는데 결정적인 공헌을 하면서 아시아 제패에 앞장서게 된다. 그의 가르침에 힘입은 쇼카 손주쿠의 13명 제자들 중에서 세 사람의 내각총리대신과 여섯 사람의 대신이 배출되었다. 그가 가르친 선각의 의지가 바로 그들에 의해 빛을 더하면서 조선은 그들의 식민지로 전락하였고, 만주에는 그들의 괴뢰정부가 서게 된다.

요시타 쇼인. 지금도 하기 시에 있는 명륜소학교에서는 아침 조회 시간에 '쇼인 선생님의 말씀'이라는 구호를 큰 소리로 외치면서 내일의 일본을 이끌어갈 소년들에게 호연지기의 꿈을 심어주고 있다.

二品有栖川宮
三條太政大臣
大隈參議
前原一誠

「정한론도」 도쿄 도립 중앙 도서관 소장

국보가 된 조선 막사발

하기 시의 자부심은 명치유신의 태동지라는 사실에만 머물지 않는다. 일본국이 세계에 자랑하는 도자기의 하나인 하기야키萩燒가 구워지고, 만들어지는 곳도 바로 이곳이기 때문이다. 특히 가루차抹茶를 마실 때 쓰이는 이도다완井戸茶碗은 다기 중에서도 제왕으로 평가되어 일본국 국보로 지정되었을 정도다.

다도茶道에 대한 일본인들의 관심은 상상을 초월한다. 유명 인사들이 주최하는 다도 행사장에는 일본인 주부들이 구름처럼 모여든다. 다도에 참석한다 해도 대개 회비 1천 엔을 내고 녹차 한 잔을 대접받는 정도지만, 참석한 주부들은 모두 그들의 고유의상인 기모노 차림으로 개막 전에 회장으로 달려와 1시간 정도 기다리는 것을 미덕으로 여긴다.

다도에 열정이 있다면 다기茶器에도 관심이 높을 수밖에 없다. 일본인 주부들은 다기 중에서도 이곳 하기 시에서 구워내는 하기야키를 으뜸으로 여긴다. 하기야키는 숨쉬는 도자기라 하여 오래 사용하면 사용한 차茶의 특색에 따라 다기의 빛깔이 변하는 것으로도 유명하다. 규슈 지방의 이름 있는 도자기인 아리타야키有田燒, 사쓰마야키薩摩燒 등이 모두 임진왜란 때 전쟁포로로 잡혀 온 조선인 도공들에 의해 구워진 것처럼 이곳 하기야키도 조선인 전쟁포로들에 의해 구워지기 시작하였다.

정유재란이 매듭지어질 무렵, 이시타 미쓰나리石田三成가 다테 마사무네伊

達正宗에게 보낸 편지에는 경상도 사천泗川 지방에서 잡은 포로의 수가 3만 5천여 명이라고 적혀 있다. 이 사천지방이 바로 진주목晉州牧에 속한 관요官窯가 있었던 곳이고, 이 지역을 쑥밭으로 만든 왜장이 모리 테루모토毛利輝元라면 하기 지방으로 끌려 온 조선도공들은 이 지역 출신이라는 게 통설이다.

국보가 된 조선 막사발

'세키가 하라의 싸움'에서 패퇴하여 지금의 야마구치 현山口縣으로 쫓겨오게 된 모리 테루모토는 절치부심을 거듭하면서 쪼그라든 번의 재정을 확충하기 위해 도자기의 생산을 서둘게 된다. 이때까지 일본국에는 도자기를 구워낼 기술이 없었으므로 모든 생활용기는 목기木器가 주류를 이루었고, 심지어 휴대용 물통까지도 대나무로 만들어서 쓰는 형편이었다. 그런 사정이라 도자기는 보석이라는 뜻으로 옥玉이라고 불릴 정도로 귀했다.

일본 쪽 사료에 따르면 조슈 번에 잡혀온 도공 이작광李勺光과 이경李敬은 형제간으로 되어 있고, 일본 땅에 먼저 도착한 이작광이 조선으로 돌아가 아우 이경을 데리고 왔다는 기록이 있으나 믿을 바가 못 된다. 남의 땅에 잡혀 온 전쟁포로가 고국 땅으로 건너가 동생을 데리고 다시 온대서야 말이 되는가. 더구나 이경의 후예들인 사카 가坂家의 전서傳書에 다르면 '형의 이

일본 다도의 시조 센 리큐의 초상

름은 알 수가 없다兄其名不知' 라고 되어 있고, 또 이작광은 제 명에 죽은 것이 아니라 그 일족이 입에 담아서는 아니 될 불미한 사건에 휘말리면서 목숨을 잃은 것으로 암시하고 있다. 이 논거를 따르면 하기 지방에서 조선막사발을 구워 낸 도공은 당연히 이경이어야 마땅하다.

번주 모리 데루모토는 조선인 도공 이경에게 〈묘지다이토苗字帶刀〉를 허락한다. 즉 사카坂라는 성을 내리고 허리에 칼을 차도 좋다는 이른바 사무라이士族로 예우하면서 조선 막사발의 제작에 박차를 가하게 하였다.

이른바 조선막사발이 세계적인 명품인 '이도다완' 이라는 명칭이 얻어지는 내력도 재미있다. 오사카 성大坂城 남쪽에 사카이堺라는 작은 무역도시가 있다. 바로 여기가 일본다도日本茶道의 시조라고 불리는 센 리큐千利休가 다회茶會를 주도하던 곳이다. 사카이의 돈 많은 호상豪商들이 모두 다회에 가담하고 있었으므로 도요토미 히데요시豊臣秀吉를 비롯한 일본 안의 이름 있는 다이묘大名(각 지역을 다스리는 장군)들은 사카이를 기웃거리지 않을 수 없다. 사카이의 호상들에게 인정을 받아야 권력의 상층부와 연결이 되고 또 외국과의 무역의 길을 틀 수가 있었기 때문이다.

옛 '이도다완' 구마타니 미술관 소장

따라서 사카이의 호상들이 주도하는 다회의 일원이 되고자 하는 노력을 기울이는 것도 당연하다.

사카이의 호상들이 사용하는 다기茶器는 중국 도자기의 명산지인 경덕진景德津에서 생산된 청자와 백자가 주종을 이루었고, 간혹 고려청자나 조선의 분 청사기가 명품으로 인정받고 있었다. 하기에서 빚어진 조선막사발도 훌륭한 다기가 되기 위해서는, 또 명품으로 인정을 받자면 사카이의 다회에서 평가를 받지 않고는 불가능하다. 그것을 모를 리 없는 모리 테루모토는 이경을 중심으로 한 조선인 도공들이 빚어낸 하기의 막사발을 사카이의 호상들에 진상하여 선뵈게 된다.

사카이의 호상들은 하기에서 만들어진 조선막사발에 경탄을 금치 못한다. 첫째는 아무 기교도 부리지 않아서 순박하기 이를 데 없는 것이 무한히 좋았고, 둘째는 상감象嵌이나 그림이 그려지지 않았는데도 밑 둥으로 흐르는 유약의 가이라기梅皮가 그릇의 품격을 더하면서 예술성을 높여주고 있으며, 셋째는 사발 안의 습기가 밖으로 전해지는 신비로움 때문에 최상의 다기임을 인정하게 된다.

"허어, 대체 이름이 무엇이라는 다기인가?"

그렇다. 하기에서 처음 구워진 조선막사발에 이름이 있을 까닭이 없다. 명품이 되기 위해서는 이름이 있어야 한다. 모리 테루모토는 이 명품을 만들어낸 이경 등이 조선에서 잡혀 온 도공들이라는 사실을 말하고, 그들의 출신지역이 조선국 경상도 진주목의 관요가 있었던 〈새미골〉이라는 사실을 비로소 입에 담는다.

명품 이도다완의 명칭은 이렇게 탄생된다. 한국어의 〈샘〉을 일본식 한자로 표기하면 〈井〉이 되고, 한국어의 '고을'을 일본식 한자로 표기하면 〈戶〉가 된다. 결국 〈새미골 막사발〉이 일본식 한자로 표기되어 〈이도다완〉이 된 셈이다.

이렇게 일본 땅 하기에서 만들어진 초기의 이도다완 중의 한 개가 일본국 국보國寶로 지정되어 교오토의 대덕사 고봉암에 보관되어 있으며, 그 밖에도 마흔두 개 정도가 더 남아있다고 전해진다. 명품 이도다완을 일본 땅에 뿌리내리게 한 조선인 도공 이경의 후손들이 지금도 사카 고오라이사에몬坂高麗左衛門이라는 이름으로 하기 시에서 도자기를 구워내고 있다.

명문 사카 고라이자에몬의 거택은 약간 경사가 진 오르막길을 한참이나 지나야 하는 쓰바키아스마椿東에 있다. 잘 정돈된 사철나무 담장이 울창한 숲을 거느리며 길게 터널을 이루고 있고, 오색의 단풍으로 물든 입로는 절경 중의 절경이다. 그 아름다운 단풍의 터널을 지나면 전쟁포로(정유재란)로 잡혀온 조선인 포로의 후예가 400여 년 세월동안 막사발을 지으면서 살아온 현장이 있다.

거택의 정원은 작은 공원을 연상케 한다. 비단잉어가 헤엄치는 연못에

조선인 도공 12대 사카 고라이자에몬의 가마터로 들어가는 입로가 절경이다.

돌다리가 걸려 있고 예쁜 관상목의 밑으로는 잘 다듬어진 석등 탑이 놓여있다. 아무리 큰 자연을 작게 만들어서 집안으로 끌어들인다는 축소지향의 일본인들이라지만 그 재주가 놀랍기 그지없다.

일본에서 가장 오래된 고라이자에몬가의 오르막 가마에 불을 때고 있다.

"어서 오세요. 마침 전화를 주셔서 기다리고 있었습니다."

반갑게 맞아주는 12대 사카 고라이자에몬의 부인은 어느 모로 뜯어보아도 한국여성이어서 초면인데도 친근감이 솟구친다. 뒷마당을 병풍처럼 둘러친 높지 않은 야산을 배경으로 낡은 오르막 가마가 나타난다.

"아마도 일본에서 가장 오래된 오르막 가마일 것입니다."

마침 오르막 가마에 불을 때는 날이었다. 나는 숙연해지는 마음을 가늠할 길이 없다. 전쟁포로로 끌려 온 조선도공 이경이 처음으로 막사발을 구워낸 바로 그 가마에 불을 때고 있는 순간, 나는 그 현장에 서 있는 행운을 맞았기 때문이다. 잠시 후 나는 예쁜 정원이 환하게 내다보이는 다실茶室로 안내된다. 다실에서 내다보는 정원의 올망졸망한 광경은 또 다른 묘미로 가득하다.

"우리 집에서 제일 오래된 다완입니다. 2백 년쯤 전에 만들어진 것이라고 들었습니다."

나는 말차가 담긴 이도다완을 두 손으로 감싸드는 순간 바늘이 온몸을 찌르는 듯한 전율감에 휩싸였다. 다완에서 전해지는 신선한 감촉 때문이다. 손바닥에 전해지는 다완 안의 습기가 옛 도공들의 체온으로 느껴질 만큼 따뜻하다.

"우리 집안은 3대째 양자를 들이고 있습니다."

아, 3대째 양자라니? 구주 땅 가고시마에 자리 잡은 사쓰마야키 종가薩摩燒宗家의 심수관씨 댁은 14대가 모두 외아들이라고 들었는데, 이 댁은 어찌하여 3대나 양자를 들여야 하는가. 그래서 지금의 당주인 12대 코라이자에몬은 그림을 그리는 서양화가라고 한다.

4백여 년 전, 전쟁포로가 되어 왜국 땅으로 끌려간 조선인 도공들에 의해 만들어진 조선 막사발(초기의 하기야키)은 지금도 42개 정도가 남아있다고 전해지는데, 그 중의 하나가 일본국 국보로 지정되어 교토京都의 대덕사大德寺의 고봉암에 보관되어 있음은 앞에서 적었다.

나는 남아 있는 40여 개의 조선 막사발의 행방을 찾기 위해 오사카로 달려갔다. 일본인 도자기 수집가인 하마타 요시아키濱田義明 노인은 초기의 조선 막사발 두 개를 보물과도 같이 보관하고 있었다. 하마타 노인은 커다란 금고를 열고 나무상자 두 개를 꺼내 놓는다. 하나는 일본다도의 시조라고 불리는 센 리큐千利休가 사용하던 것으로 놀랍게도 그가 입었던 당시의 옷

하마타 요시아키(오른쪽) 노인이 센 리큐가 사용했던 이도다완을 보여주었다.(오사카에서)

자락에 싸여져 있었고, 다른 하나는 도쿠가와德川 집안에서 사용되던 것이 황실로 옮겨가서 명치천황이 사용하던 것이라고 설명한다. 엷은 색 흙빛이 도는 4백 년 전 조선 막사발을 손에 드는 순간의 촉감은 참으로 놀라웠다. 분명히 조선 막사발을 만지고 있는데도 일찍이 경험하지 못한 감촉이 흥분을 동반하면서 가슴 한가운데로 밀려오고 있었기에 생소함이 아니라 핏줄의 느낌 같은 따뜻함을 경험하였다.

하마타 노인은 내가 조선 막사발의 고국 사람이라 하여 거품이 살짝 인 말차抹茶를 대접해 주었는데, 놀랍게도 센 리큐가 애용하였다는 바로 그 조선 막사발(초기의 이도다완)이었다. 역시 사발 안의 습기가 그대로 손바닥으로 전해지는 것을 실감할 수가 있다. 내 평생 가장 비싼 다완으로 가장 맛있는 차를 마신 셈이다. 물론 팔지는 않겠지만, 한 개의 값은 놀라지 말라, 일본 돈으로 무려 40억 엔(우리 돈으로 4백억 원 이상)이라고 부연한다.

나는 하마타 노인에게 물었다.

"이만하면 일본에 남아 있는 이도다완은 대부분 보았다고 생각해도 되겠습니까?"

"허허허, 대부분이 아니라 신 선생께서는 전부를 보았습니다."

라고, 대답해 준다. 그리고 하마타 노인은 활짝 웃으면서 부연하였다.

"좋은 도자기는 방을 살리고, 꽃을 살리고, 사람을 살립니다."

도자기의 수집가다운 시적인 표현이 아닐 수가 없다. 무엇이 조선 막사발을 그같이 높이 평가하게 하는 것일까. 해답은 아주 간단하다. 소박하고 순수하기 때문이다.

조선왕조에서는 모든 가마窯에서 생산되는 도자기류를 사옹원司饔院에서 관장하였다. 임금이 쓰는 왕실의 집기로 사용되기 때문이다. 왕실에서 쓰이는 도자기류를 만들 때는 '좀 더 잘 만들어야겠다' 는 욕구가 작용하게 마련이다. 다시 말하면 무엇인가 보상을 받으려는 도공들의 욕망이 작용한다는 뜻이다. 그러나 상민들이 쓰는 막사발은 구울 때는 아무 욕심이 없는, 그야말로 순수하고 편한 마음으로 빚어지기 때문에 막사발의 외양에서 내용에 이르기까지가 순진무구하게 나타날 수밖에 없다. 그리고 막사발의 밑둥을 흘러내리는 유약釉藥의 자욱이 마치 개구리 알과 같이 뭉쳐있는 것을 그들은 가이라기(梅皮와 같다하여)하여 예술적인 표현으로 평가하였다는 점도 새삼스럽다.

걸물 사카모토 료마坂本龍馬

명치유신의 태동지 하기를 거닐면서 사카모토 료마의 이름을 거론하지 않을 수가 없다. 출중한 선각의 지식인 요시타 쇼인이 명치유신의 불길을 당기게한 사람이라면, 실제로 명치유신을 설계하고 완성한 사람이 사카모토 료마이기 때문이다. 일본국 해군의 창설자이면서 또 한 사람의 선각자이기도 했던 카쓰 가이슈勝海舟는 '명치유신은 사카모토 료마 한 사람이 이루어낸 그만의 작품이다' 라고 극찬하였고, 소설가 시바 료타로司馬遼太郎는 일본이라는 나라가 사카모토 료마를 가질 수 있었던 것은 '유신사維新史의 기적' 이며 그가 없었다면 일본의 역사가 바뀌었을지도 모른다고 적었다.

사카모토 료마가 세상일에 눈 뜨기 시작한 계기는 조슈 번 출신의 젊은 지사들로부터 시작된다. 1853년 쿠로부네의 소동이 있을 때 사카모토 료마도 에도에 있었고, 그에게 최초로 변화하는 시대의 흐름을 귀띔해 준 젊은이가 조슈 번 출신인 가쓰라 고고로桂小五郎(후일의 木戸孝允)라고 전해진다. 가쓰라 고고로는 요시타 쇼인의 문하인 쇼카 손주쿠에서 공부한 사람은 아니지만, 요시타 쇼인의 영향을 받으면서 그의 뜻을 따르는 젊은이다. 그런 인연으로 사카모토 료마는 탈번脫藩을 하면서까지 조슈 번으로 달려가 쿠사카

겐스이, 다카스기 신사쿠 등 당대의 젊은 지사들과 교유하면서 새로운 일본국 건설에 뛰어들었고, 서로 원수와 같았던 조슈 번과 사쓰마 번의 손을 잡게 하는 이른바 '삿쵸도메이薩長同盟'을 성사시키면서 마침내 '다이세이호칸大政奉還'이 라는 위업을 이루면서 명치유신을 완성하는 기틀을 마련했다. 그렇다고 하더라도 사카모토 료마가 명치유신의 성사를 이끈 기간은 고작 4년(1863~1867)에 불과하고, 또 그는 명치유신이 이루어지기 1년 전에 반대세력에게 암살되는 불운한 젊은이였다.

얼마 전, 일본국 굴지의 보도기관에서 지난 천 년 동안 일본을 위해 가장 공헌한 인물이 누구냐고 묻는 여론조사를 하였는데, 놀랍게도 그 1위를 사카모토 료마가 차지했다. 그리고 2위가 오타 노부나가織田信長, 3위가 도쿠가와 이에야스, 4위가 다나카 가쿠에이田中角榮, 5위가 요시타 시게루吉田茂, 6위가 도요토미 히데요시 순으로 나타났다. 참으로 놀라운 결과가 아닐 수 없다. 무엇이 그리도 놀라운가, 1위에서 3위까지가 한결 같이 사무라이들이며 4위, 5위가 가장 일본인적인 정치가라면, 이 결과 하나만으로도 일본인들의 국가관이 무엇인지, 그들의 역사인식이 무엇인지를 명확하게 알 수가 있기 때문이다. 사카모토 료마가 일본국을 위해 가장 큰 공헌을 한 사람이라면, 일본국 근대화의 물고를 트게 한 '명치유신'이 오늘의 일본을 있게 한 일본 역사상 가장 큰 사건이라는 뜻이기도 하다.

명치유신의 화신과도 같은 사카모토 료마의 사진 (31세때)

사카모토 료마가 29세에서 33세까지의 단 4년 동안 활동하고서도 지난 1천년 동안 일본국을 위해 가장 공헌한 인물이라고 믿고 있다면 일본인들의 마음에는 그가 항상 살아있었음이 분명하다. 그를 일본인들의 가슴에 불멸의 상징으로 자리 매겨준 것은 역사학자들의 연구의 성과라기보다 한 사람의 걸출한 역사소설가 시바 료타로의 공헌이라는 사실도 우리에게 시사하는 바가 참으로 크다.

조슈 번과 함께 개항세력의 주축을 이루었던 사쓰마 번薩摩藩(지금의 구주 남단 가고시마 현)은 바다에 둘러싸인 지역적인 특성으로 일찍부터 개항의 필요성을 절감하고 있었으므로 보다 일찍 근대산업에 눈을 뜨게 되었고, 오쿠보 토시미치大久保利道, 사이고 다카모리西鄕隆盛 등과 같은 걸출한 젊은 인재들을 길러낼 수가 있었다. 물론 이들에게는 희대의 명군으로 평가되는 개명한 번주 시마스 나리아키라島津齋彬와 같은 선각자의 비호와 지원이 있었기에 국가를 위해 목숨을 버리는 젊은이들로 자라날 수가 있었다.

선각자란 얼마나 아름답고 영광스러운 명예이던가.

사카모토 료마는 1835년, 도사 번土佐藩(지금의 시고쿠, 高知市)의 성밑 거리의 고오시鄕士(하급무사)의 아들로 태어난다. 그의 소년시절은 오줌싸개, 울보 등으로 놀림을 받는 보잘 것 없는 시골 아이었다. 그는 19세가 되어서야 검술공부를 하기 위해 에도로 떠났다.

에도(지금의 도쿄)의 치바 도장千葉道場에서 당대의 검법인 호쿠신잇토류北辰

一刀流의 연마에 전념하고 있을 때 소위 쿠로부네의 소동이 있었고, 그 쿠로부네를 관찰하는 과정에서 조슈 번의 가쓰라 고고로를 만나면서 비로소 세상일에 어렴풋이 눈뜨게 되지만…, 그냥 그 정도로 일단 귀향하게 된다. 막상 고향에 돌아오고 보니 답답해 죽을 맛이다. 뭔가 심상치 않은 일이 일어나고 있기는 한데 그것이 무엇인지를 알 수가 없다. 그는 그 뭔가를 탐색하기 위해 단신으로 머나먼 길인 조슈 번으로 달려가 동갑나기 구사카 겐스이를 비롯한 다카스기 신사쿠 등을 만나면서 변화하는 세상물정을 살피게 되지만, 그저 긴박하다는 것만 눈치 챘을 뿐…, 아무 소득도 없이 다시 향리인 고지로 돌아온다. 28세 때의 일이다.

정말로 답답했다. 소위 근왕파들에 의해 토막이 논의되고, 사쓰마의 군대가 교토를 포위하고, 막부의 병사들을 박살낼 것이라는 소문은 무성한데 사카모토 료마의 지식으로는 뭐가 무엇인지 도무지 알 수가 없었다.

–탈번脫藩이다!

탈번이라는 것은 소속된 고장藩을 무단이탈하는 행위라 사형에 해당하는 범죄로 취급되던 시절, 사카모토 료마는 칼 한 자루에 몸을 의지하고 보다 넓은 세계로 나가기 위해 탈번을 감행하였다.

그는 에도로 바로 가지를 않고 먼 길을 돌아서 조슈, 사쓰마 등을 둘러보며 젊은 근왕파 지사들과 교유한다. 국내의 사정이 급박하다는 사실을 간파한 그는 다시 오사카, 교토를 경유하여 에도로 들어가 새로운 문물을 탐

카메야마샤추가 있었던 자리에 '료마공원'이 마련되고, 사카모토 료마의 동상을 세웠다.(위) 명치유신의 완성을 의미하는 '선중팔책'을 기획할 때의 사카모토 료마(가운데 앉은 사람)의 모습을 담은 밀납인형들(아래)

구하기로 한다.

비록 과묵하면서도 성품이 열혈과도 같았던 사카모토 료마의 운명을 바꾸게 한 것 역시 후일 일본국의 해군을 창설하게 되는 개화의 선각자이자 13년 연상인 가쓰 카이슈勝海舟라는 걸출한 스승을 만나게 되면서다.

두 사람의 만남은 운명적인 결합이 아닐 수 없다. 사카모토 료마는 막부의 해군담당관인 가쓰 카이슈를 살해하기 위해 그의 집으로 달려갔으나, 세계를 바라보는 그의 선각자적인 안목에 감복하여 오히려 그의 제자로 입문하게 된다. 이를 계기로 가쓰 카이슈는 급변하는 세계정세를 정확하게 읽고 행동할 수 있는 모든 논리와 체험의 길을 사카모토 료마에게 열어준다.

29세의 열혈청년 사카모토 료마는 가쓰 카이슈의 사숙私塾인 고오베神戸의 해군조련소의 우두머리가 되어 후진을 양성하면서 마침내 해원대海援隊 대장으로 임명된다. 그 후 사카모토 료마는 가쓰 카이슈가 주선해준 상선을 타고 전 일본국 국토의 연안을 누비고 다니면서 국제공법國際公法을 몸으로 익히게 되었고, 그것은 곧 사면이 바다인 일본국의 미래를 설계하는 일과 다름이 없었다.

1865년, 31세 때 사카모토 료마는 동지 50명을 규합하여 일본상사日本商社의 원형이라고도 평가되는 카메야마샤추龜山社中를 조직하여 사무소를 나가자키에 두고, 운수, 개척, 투기, 수입대행 등의 업무를 개시했는데 모든 직원의 월급을 차등 없이 동일하게 지불할 만큼 신감각의 소유자이기도 했다. 이 일을 미쓰비시 상사三菱商社의 창업자인 이와사키 야타로는 참으로 놀라운 상술에 경탄을 했다고 회고 했고, 후일 그를 연구하는 사람들은 '카메야마샤추' 의 활동을 상법감각商法感覺을 익힌 정보력의 승리라고까지 높이 평가하였다.

사카모토 료마는 32세 때 카메야마샤추를 토사해원대土佐海援隊로 개편하고 유신대업에 이바지하는 결정적인 계기를 마련한다. 사카모토 료마가 이루어낸 최대의 공헌은 사이가 벌어진 조슈와 사쓰마를 화해하게 하여 이른바 삿조 동맹薩長同盟이라는 회천의 대업을 성사시킨 것과 선중팔책船中八策의 하나로 불리는 평화적 '대정봉환' 이라는 획기적인 계책을 마련한다.

토막, 유신의 화신이자 일본국 근대화의 상징인 사카모토 료마는 그야말로 '명치유신' 의 설계자라 해도 손색이 없다. 그러기에 그의 목숨을 노리는 수구파 무사들이 그림자처럼 따라다녔지만, 그의 검술이 또한 당대의 정상이어서 몇 번의 기습에도 살아남을 수가 있었다, 그러나 불행하게도 1867년 11월 15일 오후 9시를 지나면서 교토의 오오미야近江屋에서 일곱 사람의 자객에 의해 무참히 살해된다.

향년 33세, 그가 열망하던 '명치개원明治改元'이 선포되기 10개월 전의 일이다.

일본국이 근대화되는 과정인 '명치유신'이 1853년, 미국의 동인도함대 사령관인 페리 제독에 의해 불붙기 시작한 지 불과 16년 만인 1868년에 소위 '명치개원'을 선언할 수 있었던 것은 기적이나 다름이 없다. 새로운 시대, 새로운 나라를 열어갈 수가 있게 된 명치유신은, 나이든 정치가들의 경륜에 의해서가 아니라 앞에서 거론한 20대의 피 끓는 젊은이들이 물불을 가리지 않는 투혼과 열정에 의해 성사되었다는 사실과 우리의 실패한 근대화과정을 비교하면 부끄러움이 앞설 뿐이다.

사카모토 료마를 비롯한 젊은 지사들의 인간됨과 삶과 정열이 일본인들의 가슴에 새겨지게 한 것은 일본의 역사학자가 아니라 소설가의 힘이었다는 사실을 이미 앞에서 적었다. 소설이란 물론 문학예술의 영역임에는 틀림이 없다. 그러나 시바 료타로라는 걸출한 일본의 역사소설가는 문학예술보다도 일본인들의 가슴에 역사인식을 심어주는 일에 평생을 이바지 하였다. 그가 있었기에 사카모토 료마라는 인물이 일본인들의 가슴에 불멸의 상징으로 존재한다는 사실은 대단히 중요한 의미를 내포한다.

시바 료타로의 대하소설 「龍馬가 간다」가 사카모토 료마를 일본인들의 가슴에 다시 살아오게 함으로써, 그의 단 4년간의 열정과 노고가 지난 1천년 동안 일본에 가장 공헌한 인물이 되게 하였다.

그 시바 료타로는 사카모토 료마가 일본사의 기적이라면서 다음과 같이 적었다.

―사카모토 료마를 유신사維新史의 기적이라고 한다.

분명 그랬을 것이다. 같은 시대에 활약한 소위 영웅호걸들은, 그 시대적 제약에 의해 몇 가지 유형으로 나눌 수가 있다. 특수형이라 일컬어진 다카스기 신사쿠도, 그것은 성격이지 사상까지 특수형은 아니었다.

료마만이 특수형이다. 료마 같은 형은, 막말 유신幕末 維新에 산 몇 천 명의 지사들 중에서 한 사람도 그 유례를 찾아볼 수가 없다. 일본사日本史가 사카모토 료마를 가졌다는 것은, 그것 자체가 기적이었다. 왜냐하면, 하늘이 기적적인 인물을 내리지 않았던들 혹시 역사가 달라졌을지 모르기 때문이다.

사카모토 료마, 그는 걸물이 분명하다. 그리고 매력 넘치는 젊은이다. 조리(짚신)를 신고 다녀야 하는 사무라이 신분이면서 가죽 부츠를 신고 다닐 정도로 자유분방하였다. 그가 태어난 고장도 가보고 싶어진다.

그래, 규슈와 버금하는 큰 섬인 시고쿠四國로 가자. 하늘의 은혜, 땅의 정기가 사람의 성장에 힘을 실어주는 경우가 있다면 그가 태어나서 자란 고장도 보아둘 필요가 있겠다.

3. 아름다운 시고쿠四國의 조선 주자학

일본국 본섬의 히로시마 현廣島縣과 오카야마 현岡山縣의 남쪽 바다에 수백 개의 섬이 떠있고 사시사철 호수와도 같이 잔잔한 절경의 바다를 세토 내해瀨戶內海라고 한다. 본섬에서 바라보면 손에 잡힐 듯 가깝게 보이지만 배를 타고 건너야 하는 교통 때문에 시고쿠에는 볼거리가 많았어도 발길이 닿기 어려웠고, 따라서 시고쿠 특유의 문화가 잘 보존되어 있다고 평가받아 왔다.

일본을 대표하는 시나리오 작가의 한 사람인 하야사카 아키라早坂曉는 NHK TV에 시고쿠를 대표하는 민속신앙의 하나인 '하나헨로花遍路'를 써서 시청자들의 절찬을 받기도 했다. 시고쿠의 봄은 오헨로들お遍路さん의 방울소리로 시작된다는 말이 있다. 오헨로들이란 하얀 옷에 하얀 삿갓을 쓴 여인들이 지팡이를 짚고 시고쿠를 일주하면서 88개 절靈場을 순례하는 여

88개의 영장 순례에 나선 '오헨로상'. 시고쿠의 봄은 이들이 울리는 방울 소리에서 시작된다는 말이 있다(왼쪽)
'오헨로들'들이 순방하는 88개의 영장(절)의 순번이 적힌 시고쿠의 지도(오른쪽)

성들을 말한다. 홍법대사弘法大師가 수도하기 위해 시고쿠를 한 바퀴 돌았다는 고난의 길을 걸으면서 가족들의 안녕과 삶의 편안함을 기도하는 도정은 시고쿠의 풍물을 대표하는 아름다움이 아닐 수 없다. 나리토시鳴門市의 영산사靈山寺를 출발하여 여든여덟 번째 절인 대와사大窪寺에 도착하면 시고쿠를 완전히 한 바퀴 돌아오는 장장 1천 4백 킬로미터의 대장정을 끝내게 된다. 걸어서 돈다면 40일 정도가 소요된다. 요즘은 그 경비와 시간을 절약하기 위해 각 구간마다 버스노선이 있다고 들었다.

1988년, 신비의 섬 시고쿠와 본섬을 잇는 세토오하시瀨戶大橋가 지어지면서 천지개벽이 시작된다. 무려 10년간의 공사와 1조 1338억 엔이라는 천문학적인 공사비를 투입하여 세 개의 섬을 연결하는 전장 9천 368미터의 세계 최장을 자랑하는 도로와 철로를 겸한 2층 다리가 완성되었지만 바라보

일본의 본토와 시고쿠를 연결하는 세계 최장의 세토 오하시. 휴게소와 기념관이 있는 곳에서 본 광경

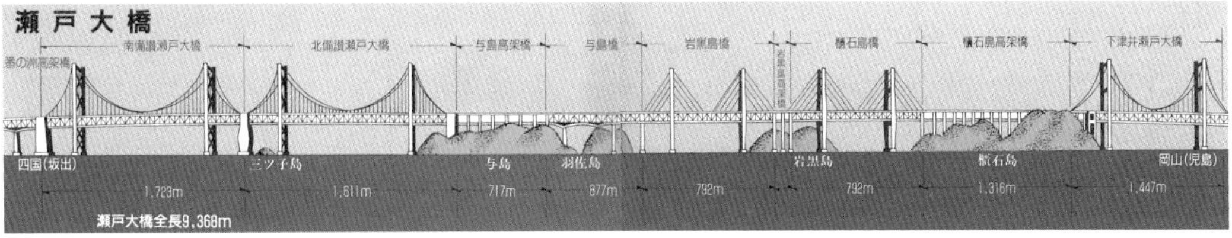

길이 9,368m를 자랑하는 세토 오하시는 3개의 섬을 연결하는 2층 구조의 다리다.

이는 미관 또한 출중하다. 까마득히 치솟은 교탑橋塔의 모양까지도 신사神社임을 알리는 홍살문鳥居의 원형을 현대적인 디자인으로 옮겼다는 설명이다.

오카야마 현 구라시키시倉敷市 가시마鹿島에서 시고쿠의 가가와현香川縣 사카이데시坂出市까지 버스로 50분 정도면 통과할 수 있다면 그야말로 뽕밭이 바다로 변하는 천지개벽이 아닐 수 없다. 대교를 건너는 도중에 있는 휴게소에 들르면 세토 오하시의 설계에서 완성에 이르는 요모조모를 세세히 알아 볼수 있는 여러 기록과 기물을 모아서 전시한 기념관도 둘러볼 수가 있다.

고지성高知城과 어진 아내의 동상

사카모토 료마는 시고쿠의 남쪽 해안에 접한 고오지시高知市에서 하급무사의 아들로 태어났으나 어려서는 오줌싸개, 울보로 불리는 볼품없는 아이었다. 활달한 누님 오토메乙女는 바보같은 동생(료마)을 혹독하게 가르쳐서 사내의 기상을 심어준다. 료마는 평생 누님의 은혜를 고맙게 여기면서 살았다.

우리 일행이 고지 시내로 들어서자 첫눈에 드는 것이 '하리야마 다리' 였

고오지 시의 심벌이나 다름이 없는 '하리마야 다리'. 붉은색으로 칠해진 다리 난간이 인상적이다.

다. 시내의 한가운데 위치한 탓도 있고, 빨갛게 칠해진 난간 때문에 고지시의 심벌로 불리는 이 다리는 규모는 볼품이 없어도 눈에 들어와 박히는 신비함이 있다.

시내 중심부의 어느 곳에서든지 별로 높지 않아 보이는 언덕(실제로는 大高坂山이다) 위에 고오지 성高知城의 아름다운 자태가 우뚝하게 떠보인다. 1601년, 천하를 통일한 도쿠가와 이에야스의 명을 받은 야마노우치 가쓰토요山內一豊가 당당 24만 석의 영지를 자랑하면서 토사 번土佐藩을 인수하였으나 토착세력의 반발이 만만치 않았다. 새 번주 가쓰토요는 천신만고를 거듭하면서 토착세력을 잠재우고 토사 번의 미래를 상징하는 고오지 성의 축성을 강행하여 완성하는 것으로 도쿠가와 바쿠후의 남쪽 기지로서의 임무를 당당히 수행해 간다. 가쓰토요에게는 대단히 지혜로운 아내 치요千代가 있었다. 가쓰토요가 24만 석의 영지를 경영하게 되는 데는 치요의 내조가 결정적인 역할을 했다. 그리하여 당시의 호사가들은 가쓰토요의 아내 치요를 일러 '여자대명女子大名' 이라고 놀려대곤 하였다.

고오지 성이 서있는 언덕은 높지 않았으나, 성의 명성은 자랑할 만하였다. 5층 높이의 천수각天守閣(3각형으로 보이는 성의 제일 높은 곳)이 올려진 본 건물本丸에는 '회덕관懷德館' 이라는 전시관을 두어 토사 번의 역사를 한 눈에 볼 수 있도록 잘 정리된 사료들을 전시하고 있다. 건물 밖으로 나서면 가쓰토요의 총명한 아내 치요의 동상이 서 있다. 어려운 난세를 이끌어가는 사무라이들도 장가를 잘 가야한다는 나의 농담 섞인 설명에 일행들은 배를 잡고 웃는다.

사카모토 료마가 태어난 집은 흔적도 없고, 빌딩과 빌딩 사이에 그의 생가터임을 알리는 표지석만 외롭게 서 있었다. 그러나 토사번과 고오지시의 상징이나 다름이 없는 사카모토 료마의 기념관은 두 곳이나 있었다. 우선 고오지 시내에 있는 기념관에 전시된 사료는 보는 사람을 압도한다. 명치유신을 설계하고 완성했다고 평가받는 사카모토 료마에 관한 사료가 풍부하다는 것은 일본국 근대화에 관한 사료가 풍부하다는 말과 통한다. 또 그것은 자라나는 일본국 청소년들에게 꿈을 심어주고 있다는 사실이 우리 일행을 숙연하게 하였다.

조선의 근대화 과정에서 사카모토 료마와 같은 선각의 이념 하나로 젊은 생애를 불태운 사람을 찾자면 이동인李東仁 선사 한 사람으로 압축될 수밖에 없는데, 그에 대한 사료는 눈 닦고 찾아도 없다. 오히려 영국의 외교관 어니스트 사토Ernest Satow의 문건에 의존할 수밖에 없는 것은 그렇다치고, 이동인 선사을 기념하는 단 하나의 기념관은 고사하고, 동상 하나도 없는 것이

흰자리에 모인 조선의 개화파 인사들

21세기를 향해가는 한국의 실정이라면 얼마나 답답한 노릇인가.

일본국 근대화의 상징인 명치유신을 영화화하고, TV드라마로 제작하자면 사카모토 료마의 행적을 더듬지 않고는 불가능하다. 그러므로 소설, 드라마, 영화 등에 묘사된 사카모토 료마의 활동은 대개가 영상으로 다시 살아나서 보관되곤 한다. 그의 기념관에 사료가 넘쳐나는 것은 명치유신의 정신이 오늘로 이어지고 있음을 뜻한다.

사카모토 료마의 또 하나의 기념관은 태평양을 바라보는 절경의 바닷가 가쓰라 하마桂浜에 있단다.

가쓰라 하마桂浜의 개싸움

가쓰라 하마는 아름다운 해안이다. 아득하게 이어진 태평양의 쪽빛 바다는 가쓰라 하마의 하얀 모래밭으로 끊임없이 파도를 밀어보낸다. 파도에 씻기고 닦이는 모래알은 눈부시게 하얄 수밖에 없다. 모래밭을 에워싼 푸른 소나무 가지는 바닷바람에 따라 천천히 흔들린다.

언덕 위의 전망대에 오르면 태평양을 바라보고 서 있는 사카모토 료마의 동상이 우뚝하다. 바로 곁에 우라토浦戸의 전적지가 있다. 야마노우치 가쓰토요가 토사 번을 접수하기 위해 이 지역에 처음 상륙했을 때 토착세력의 완강한 저항을 받았던 자리. 역사를 알면 한 뼘의 땅에서도 숨겨진 사연을 찾아낼 수 있는 행복감에 젖어볼 수가 있다.

그리고 또 하나의 사카모토 료마의 기념관, 반투명 밀러 글라스로 장식된 유니크한 건물에 매력 넘치는 사카모토 료마의 생애가 고스란히 담겨 있다. 앞에서도 언급했지만 사카모토 료마의 영상자료는 해를 거듭할수록 새로워지는 것이 특색이다. 그의 생애가 쉼없이 드라마가 되고 영화화되기 때문이다. 이 기념관에는 그래픽과 영상자료를 구사한 일곱 가지의 스테이지를 이용하여 사카모토 료마의 드라마틱한 생애를 박진감 넘치게 살려 놓았다. 나와 같이 사카모토 료마에 관심을 가진 사람들에게는 재미있고 유익한 기념관으로 인지될 수밖에 없다.

기념관을 나서서 바닷가로 내려가자 '토사 투견土佐鬪犬 센터' 라고 씌어진 커다란 간판이 눈에 들어온다. 아, 그제야 생각나는 게 있다. 불독보다 더 크고 싸움을 잘하는 개를 '토사견' 이라고 하질 않던가. 그래, 그렇다. 여기가 옛 토사 번이라면 이 지역에서 만들어낸 싸움개여서 '토사견' 이라는 사실을 진작 알아채야 하는데도 멍청하게 걷기만 한 셈이다. 토사견은 불독와 교배를 거듭하게 하여 얻어진 새 품종의 투견으로 자리매김되면서 이 지역의 대표적인 브랜드가 되었다.

토사의 명물인 토사 투견 센터에서 싸우는 토사견

일단 투견 센터에 들어가 보기로 한다. 입장료는 1천 엔, 개싸움을 구경하는데 우리 돈 1만 원이면 만만치 않은 액수지만, 여기까지 와서 값을 탓할 일은 아니다. 장내는 복싱경기를 하듯 8각으로 된 철제 링이 설치되어 있었고, 그 주위에 관람석이 배치되어 있다. 되도록 잘 보이는 자리를 차지하고 앉았으나, 개에서 풍기는 특유의 노린내를 맡아야 하는 괴로움이 장난이 아니다. 싸움에 임하는 개들에게도 등급이 있는 모양으로 일본이 세계에 자랑하는 스모의 등급을 그대로 따르고 있다. 제일 싸움을 잘하는 개가 요코스나橫綱, 그 다음이 오오세키大關로 예우를 받는다. 더 재미있는 것은 스모선수가 걸치는 앞치마 같은 것을 개에게 입혀서 사진을 찍고, 그 사진을 크게 확대하여 벽면에 걸었다. 아무튼 장사속 하나는 끝내주는 사람들이다.

드디어 사회자가 등장한다. 스모의 시작처럼 큰 소리로 투견의 입장을 알린다. 체중 50킬로그램, 체고 80센티미터가 넘는 당당한 체구의 투견 두 마리가 8각의 링으로 들어서면서 으르렁거린다. 휘슬과 동시에 개싸움이 시작된다. 잔인하고 박진감 넘치는 싸움이어서 관람객의 흥분을 자극하기에는 부족함이 없다. 물고 물리는 치열한 싸움이 20분 남짓 진행되자 한 쪽이 낑낑거리는 비명을 토하면서 뒤로 물러선다. 스스로 패배를 인정하는 꼴이다. 투견하는 개들에게 무슨 시나리오가 있을까만 경기는 자로 잰 듯이 20분이면 끝나는 모양이다.

투견장을 지나서 조금 걸으면 또 하나의 시고쿠의 명물과 만나게 된다. 이른바 '꼬리 긴 닭尾長鷄' 이라고 표기되는 아주 희귀한 닭도 이 지역 토사의 명물이란다. 닭의 꼬리가 무려 10미터라면 믿기 어렵지만, 이 또한 토사

꼬리가 10미터 이상 자라는
토사의 꼬리 긴 닭

지역에서 만들어낸 진품이고, 일본국에서도 특별천연기념물로 지정했을 정도다.

'꼬리 긴 닭' 도 300여 년 전부터 인공으로 개발된 새의 일종으로 전해진다. 일본 고유의 작은 닭을 비롯하여 산비둘기, 꿩 등과 교배를 계속하면서 몸집은 성장을 멈추어도 꼬리만 성장하여 그 길이가 점점 길어져서 마침내 10여 미터가 넘는 특종이 되었다. 토사 번의 번주 야마노우치 가쓰토요가 행진을 할 때 이 '꼬리긴 닭' 을 앞세우게 되면서 타번에서도 관심을 가지기 시작하였고, 더러는 외국에서 주문이 있어 수출품목이 되기도 하였다고 전해진다.

사카모토 료마의 부츠쿠키

마침내 사카모토 료마는 탈번脫藩을 강행한다. 탈번이란 번의 허가 없이 고향을 떠나는 일이다. 당시의 법도로는 탈번을 하다가 발각되면 사형에 처해질 정도로 위험천만한 일이다. 그러나 사카모토 료마는 죽음을 무릅쓰고라도 고향을 떠나지 않을 수가 없었다. 쿠로부네라고 불리는 미국함대가 일본국의 개항을 이끌어 나가고, 조슈 번長州藩과 사쓰마 번薩摩藩은 서로 원수가 된 듯 으르렁거리면서도 존황토막尊皇討幕이라는 같은 깃발을 날리고 있다. 존황토막이란 무엇인가. 유명부실하게 된 천황의 위엄을 다시 세우고, 270년 권부의 상징이자 부패집단으로 변질한 도쿠가와 바쿠후를 때려눕힌다는 기치는 매력 넘치는 구호가 아닐 수 없다. 그러나 토사라는 시골바닥에 앉아서는 세상이 변해가는 흐름을 읽을 길이 없다. 그래, 죽어도 좋다. 죽더라도 새로운 일본건설에 힘을 보태자. 사카모토 료마는 지사들이 몰려있는 조슈와 사쓰마를 찾아가서 우선 변화하는 시대의 흐름을 알지 않고서는 살아가는 보람이 없다고 믿었다.

암살되기 1년 전의 사카모토 료마. 일본 옷에 가죽 부츠를 신고 있다.

28세의 사카모토 료마는 달랑 칼 한 자루에 몸을 의지하고 토사를 떠난다. 고오지를 둘러본 우리 일행은 불과 140여 년 전 사카모토 료마가 죽을 각오하고 고향을 떠났던 그 길을 따라가 보기로 한다.

고지 현에서 에히메 현愛媛縣으로 가기 위해서는 시고쿠 카르스트kaqrst라고 불리는 텐구 고원天狗高原을 넘어야 한다. 텐구는 깊은 산속에서 사는 얼굴이 붉고, 코가 크고 길며 하늘을 자유롭게 날아다닌다는 동화 속에나 나오는 상상의 괴물을 말한다. 그러므로 텐구 고원이라고 이름 붙여진 시고쿠 카르스트는 일본에서도 3대 카르스트에 속할 만큼 험준하기로 소문나 있다. 모든 카르스트가 그렇듯이 텐구고원도 빗물의 침식을 받은 석회암의 대지臺地면서도 해발 1,500미터가 넘는 험한 고지대다.

텐구 고원을 넘어서서 에히메현 쪽으로 이어지는 내리막길에는 벚꽃이 그야말로 흐드러지게 피어있는 5월 초이어서 좌우의 절경에 눈이 부시다. 게다가 어린이날을 끼고 있어 장대에 매달린 색색의 잉어모양鯉登り의 풍선들이 바람을 받아 하늘로 뛰어오르고 있다.

휴게소가 보이자 누군가가 쉬어가자고 소리친다. 청명한 바람, 눈부신 햇살, 스쳐지나 갈 수 없는 절묘한 자리에 휴게소를 겸한 국민숙사가 자리 잡고 있다. 향기가 유난한 커피 잔을 비울 무렵 동행한 여성 한 분이 쿠키

시고쿠 카르스트를 넘어 에히메연으로 가면서 잠시 쉬었던 휴게소 앞길

한 상자를 선물로 준다. 쿠키 상자에 사카모토 료마의 사진이 있어 자세히 살펴보게 된다. 아, 놀라지 마라. 쿠키의 이름이 〈료마 부츠boots 쿠키〉다. 감탄하지 않을 수 없질 않은가, 이것도 상술로 보아야 하나. 나가사키에 있는 료마 공원에는 〈부츠 동상〉을 만들어 세우더니, 여기 사카모토 료마가 탈번을 했던 언덕길에서는 그가 신었던 부츠의 모양으로 쿠키를 만들어서 판다.

쿠키 상자를 뜯었다. 과자의 이름 그대로 사카모토 료마가 즐겨 신었던 목이 긴 가죽 부츠 모양의 쿠키가 4개씩 다섯 줄, 모두 스무 개가 들어있다. 나는 일행들에게 쿠키를 나누어주면서 말했다.

–료마가 신었던 가죽부츠를 뜯어서 씹는 것이 께름칙하기는 합니다만…, 나가사키에 있는 료마 공원에는 사카모토 료마가 신었던 부츠 모양의 동상을 만들어 세우고, 여기서는 이렇게 료마가 신었던 목이 긴 부츠의 모양으로 쿠키를 만들어 팔고 있습니다. 이 과자의 제조원은 일본 정부가 아닙니다. 일개 제과업체의 아이디어일 것이라고 생각됩니다만, 사카모토 료마의 부츠를 씹으면서도 즐거운 마음이 된다면, 그 마음이 명치유신의 위업으로 이어지고, 그것은 또 알게 모르게 일본의 미래를 생각하게 한다는 사실을 유념해야 할 것으로 압니다.

갑자기 차안의 분위기가 무거워진다. 무거워지면 어떠랴 싶은 생각도 든다. 가장 싫어하는 나라도 일본…, 가장 배우고 싶은 나라도 일본이라는 이율배반이 엄연한 현실로 살아있기에 더욱 그렇다.

:: 여정여담 6

아이즈 번의 소년 백호대 – 청소년 교육의 보람

아이즈의 후지 산으로 불리는 반다이 산磐梯山(해발 1819미터)을 중심으로 130여 곳의 온천장과 60여 곳의 골프장을 거느리며 청정관광을 자랑하는 후쿠시마 현福島縣의 중심도시 아이즈 와카마츠會津若松는 일본국의 근대화를 상징하는 '명치유신' 의 종막이 내려진 고장이다.

시내의 중심가에서 약간 벗어난 이모리 산飯盛山에 오르면 소위 백호대白虎隊 소년들의 묘비 앞에서 잠시 숨을 멈추게 된다. 고향이 적군(유신군)에게 유린되었다는 소식을 접하면서 16,7세의 소년들 19명이 스스로 할복하여 자결한다. 이들 중에는 14세의 소년이 두 사람, 15세의 소년도 두 사람이 포함되어 있었다.

소년 백호대의 위령비. 전사자가 14세부터 17세임을 알리고 있다.

사무라이의 나라 일본의 속내를 들여다 볼 수 있는 이 비장감 넘치는 현장에는 지금도 찾아오는 손님들의 발길이 끊이지 않고 있으며, 이 관광객들 중에는 유치원에 다니는 어린 아이들이 많다는 사실에 가슴 한가운데가 서늘해지는 느낌을 받게 된다.

10대의 소년들이 고향의 운명과 함께 스스로 배를 갈라서 죽을 수 있는 그야말로 불타는 애향심을 길러낸 고장이 바로 무사의 고장 아이즈 번會津藩이다. 번이란 지역을 다스리는 장군가의 영역을 말한다. 마치 내전이나 다름이 없었던 '명치유신' 의 소용돌이가 날로 더해 갈 무렵의 아이즈 번의 번주는 마츠타이라 가타모리松平容保였고, 그들은 대대손손 도쿠가와 바쿠후를 섬겨 온 가신이었다.

일본의 근대화를 갈망하는 '명치유신' 이 막바지에 이른 1866년(명치유신이 성사되기 2년 전) 7월에 막부의 장군 도쿠가와 이에사타德川家定가 오사카성에서 급서하고, 12월에 고메이 천황孝明天皇이 독살되면서 16세의 메이지 천황明治天皇이 유신세력에 의해 옹립되면서 아이즈 번은 궁지에 몰리게 된다.

도쿠가와 막부는 에도에 자리하고 있었으나, 일본국의 천황이 머물고 있는 교오토가 명치유신 성패의 주 무대가 된다. 유신군의 주력인 죠슈 번長州藩에서는 교토에 있는 일본국의 천황을 자신들의 고장인 하기萩로 데려감으로써 이른바 존황토막尊皇討幕(황실을 섬기고 막부를 때려눕힌다)을 실천해 보일 계책을 노골화

19명의 소년들의 이름이 새겨진 소년 백호대의 비석(묘지)

하자, 도쿠가와 막부에서는 가장 믿을 수 있는 아이즈 번으로 하여금 교토를 지키게 한다.

교토는 유신군과 막부군이 충돌하는 본거지로 변하면서 연일 지사들이 죽어가고, 때로는 화염에 휩싸이는 일대 혼란을 거듭한다. 이때 급조 편성되어 교토의 치안을 맡게 된 것이 이른바 신센구미新選組였다. 유신세력 쪽에서 보면 애국지사들을 무자비하게 살해하는 살인집단이자 폭력집단이 분명했다. 아이즈 번은 이들 신센구미를 번의 소속으로 받아들여 관리하면서 자금을 지원하게 된다.

시대의 흐름이라는 말도 있고, 중과부적이라는 말도 있다.

장장 2백 70여 년간 집권하면서 백성들의 위에 군림한 도쿠가와 막부를 때려눕히고 천황을 중심으로 하는 새로운 나라를 만들자는 유신파의 기치는 농민들의 가슴을 뒤흔들면서 동조하게 한다. 때로 '명치유신'을 농민혁명이라고 하는 것도 이 때문이다. 그러나 아이즈 번은 의리를 위해서라도 끝까지 도쿠가와 막부를 위해 싸울 수밖에 없었다.

궁지에 몰린 도쿠가와 막부의 새 대장군 히도츠바시 요시노부一橋喜慶는 대정봉환大政奉還이라는 명분을 받아들이면서 2백 70년 동안이나 누려온 모든 기득권을 포기함으로써 '명치유신'은 성사된다. 유신군을 주축으로 한 근대화된 새로운 일본정부가 탄생하였어도, 아이즈 번만은 끝까지 항전할 것을 선언하지만 시대의 흐름을 거역하지 못한다.

아이즈 번의 소년들에게 진취적인 애국혼을 심어주었던 번교「일신관」을 알리는 전시관

마침내 아이즈 번의 무사들과 신센구미는 번의 수도 아이즈 와카마츠까지 퇴각하였으나, 사쓰마군에게 완전포위 되어 포격의 위기를 맞는다. 도쿠가와 막부와의 의리를 소중히 여기는 아이스 와카마츠는 결사항전에 임할 수밖에 없다. 어른들은 창칼을 들고 사쓰마군과 싸웠고, 부녀자들까지 머리띠를 두르고 항전에 임하는데 소년 백호대라 하여 예외일 수가 없었다.

전세는 불리하게 전개되었다. 사쓰마군의 포격이 시작되면서 소년 백호대는 이모리 산으로 퇴각한다. 그리고 번의 상징이자 번 주의 거처인 '쓰루가성鶴ヶ城'의 타오르는 검은 연기를 바라보면서 좌절의 쓴맛을 본다.

소년들은 한 사람, 한 사람씩 배를 가르면서 할복해 간다. 또 신음하는 친구들의 고통을 덜어주는 가이샤쿠(대신 목을 쳐 주는 것)에 임하는 등 비장한 최후를 마친다. 무엇이 백호대의 소년들에게 이 같은 장렬한 죽음을 택하게 하였을까.

한마디로 청소년 교육의 결과였다. 아이즈 번에는 자라나는 소년들을 가르치는 학교가 있었다. 학교라기보다는 도장道場이라는 말이 더 어울릴지도 모른다. '일신관日新館' 이라고 이름 지어진 학교藩校에서는 오전에 '논어' 를 공부하게 하여 인간의 됨됨이를 가르쳤고, 오후에는 검술을 중심으로 궁술, 창술, 마술, 심지어 수영까지 가르치면서 일곱 가지 실천요강을 철저하게 점검하였다.

어른들의 말을 거역하지 말라, 거짓말을 하지 말라, 비겁하지 말라, 약한 자를 괴롭히지 말라, 문밖에서는 먹지 말라…등, 학문보다는 인간의 성정에 중점을 둔 실천교육이 소년 백호대의 열정을 만들어낼 수가 있었다.

내가 소년 백호대의 무덤을 취재하던 날은 눈가루가 흩날리는 추운 겨울날이었는데도 유치원 학생들이 참배를 와서 그때 스스로 자결하여 목숨을 끊은 소년 백호대의 묘비 앞에서 경건하게 머리를 숙이는 광경을 목격하면서 목구멍에 뜨거운 불기둥이 치솟는 것을 느꼈다. 아베 일본국 총리가 야스쿠니 신사를 참배하지 않는다고 하더라도 일본의 유소년들이 자신들의 선현들이 남겨 놓은 비장감을 몸에 익히고 있다는 사실에 유념해야 하지 않을까.

∷ 여정여담 7

명치유신의 완성

'야후 재팬' 으로 세계적인 명성을 얻은 손정의孫正義 씨가 모국을 방문하여 인터넷에 관한 강연을 할 때마다 사람들은 그에게 '가장 존경하는 인물이 누구냐' 라는 질문을 던졌고, 손정의 씨는 언제나 사카모토 료마라고 대답한 것을 계기로 요즘 벤처의 젊은 경영인들 사이에는 사카모토 료마 읽기의 붐이 일고 있다는 소식도 들린다.

일본국 근대화의 상징인 '명치유신' 은 19세에서 35세 안쪽의 젊은 청년들이 중심이 되어 조국의 미래를 위해 뜨거운 열정을 불태우고, 또 흔쾌히 목숨을 버리는 것으로 성공하였지만 혁명의 성공만으로 미개한 나라가 근대화되는 것은 아니다.

'명치유신' 이후의 일본이 나라의 제도를 어떻게 개편하였으며, 그 개편을 위해 무슨 노력을 하였는지에 대해 살펴보는 것도 역사를 온전하게 읽는 방법 중의 하나가 아닌가 한다.

1868년, '명치개원' 이 선포된 이후에도 일본국의 조야는 갈등과 반목으로 극도의 혼란을 겪고 있었다. 유신군과 유신을 반대하는 진영의 군대가

대포를 쏘면서 싸우는 '무진전쟁戊辰戰爭' 도 이때의 갈등에서 비롯된다. 헐리우드 블록버스터 영화로 일컬어지는 「라스트 사무라이」가 바로 이 무진전쟁을 소재로 한 영화다.

1871년 11월, 나라가 이같이 혼돈을 거듭하고 있을 때, 유신정부의 리더인 이와쿠라 토모미岩倉具視는 정부를 이끌어가는 핵심 참의(명치유신의 주역)를 비롯한 요직 46명을 거느리고 미국과 유럽시찰에 나선다. 여기에 장차 일본국을 이끌어갈 유학생 59명이 포함되었으니 무려 1백 5명으로 구성된 거대한 사절단인 셈이다.

이 사절단은 미국, 영국, 독일을 비롯한 11개국을 시찰하였고, 영국에서는 무려 1백 20일을 체류하면서 '산업혁명' 을 익혔고, 독일에서도 66일간을 체류하면서 일본국의 미래를 정하는데 도움이 되는 '바이마르 헌법' 을 연구하는 일에 열을 올린다. 만에 하나라도 이들이 구미지역에 머무는 동안, 일본국 내에서 명치유신에 반대하는 수구세력이 득세한다면 이들 사찰단은 고스란히 망명객이 될 수밖에 없다는 점에서 이와쿠라 토모미의 결단은 국가근대화를 상징하는 리더십으로 평가된다.

이들이 귀국한 후에 기술한 1,085권에 이르는 「특명전권대사 구미회람기特命全權大使 歐美回覽實記」라는 방대한 기록이 일본의 정신적, 물질적인 근대화를 이루는 기초가 되었다는 사실에 우리는 주목하여야 한다. 유신정부의 주역들은 일본국의 선진화를 꾀하기 위해 서양의 제도와 문물을 받아들이

이와쿠라 토모미의 인솔로 구미 시찰을 떠나는 일본 지도자들

고자 했어도 거기에 걸맞는 용기容器가 없었다. 이를테면 르네상스, 내셔널, 커머셜, 스피치, 로맨티즘, 달러 등 당장 필요한 서양용어를 일본어화하는 작업이 시급했다는 뜻이다.

경응대학을 설립한 30대의 후쿠자와 유키치福澤諭吉를 비롯한 선각의 지식인들은 이 어마어마하면서도 획기적인 작업에 도전한다. 이른바 정신적 근대화의 토양을 다지는 막중한 작업이었다.

르네상스는 문예부흥으로, 내셔널은 국가, 민족으로, 커머셜은 상업, 스피치는 연설이라는 새로운 일본어로 탄생된다. 뿐만이 아니라 인민, 공화국, 물리, 화학, 생물, 노견…, 어찌 그 수를 일일이 열거하랴만, 오늘 우리가 쓰는 일본어식 한자어의 대부분이 이때 만들어진 신조어新造語들이다.

로맨티즘은 마땅한 의역어가 없었던지 '로망' 이라는 소리를 그대로 한자로 적었던 탓에 '浪漫' 이 되었다. 화폐 단위 달러는 그와 유사한 한자인 弗자를 쓰고 ドル라 읽기로 했다. 이 괄목할만한 성과는 그대로 조선과 중국에 전해지면서 소위 일본어식 한자어가 한때 '대동아공영권' 을 건설하는 공용어가 되기도 했다.

남의 나라의 정신적 근대화를 몽땅 받아들인 우리의 처지는 어떻게 되었는가. 지금도 우리는 로맨티즘을 '浪漫主義' 라 쓰고, 소리나는 대로 읽고 있다. 일본어식 '로망' 을 '낭만' 으로 읽는다면 과연 그것이 로맨티즘과 관련이 있는가. 또 미국의 화폐 단위를 弗자로 적었다 하여 아직도 이 땅에서는 '달러' 를 '불' 이라고 발음하는 지식인들이 허다하다.

세계에서 달러를 '불' 이라고 발음하는 나라가 우리 말고 또 있는가. 게다가 법률용어는 어떤가. 기술 용어는 어떤가. 지금 쓰이고 있는 산림법山林法은 또 어떠한가. 그게 바로 조선의 강토를 황폐화 했던 조선총독부의 '산림법' 이 아닌가. 엊그제의 신문기사로는 아직도 일본인이나 동양척식주식회사東洋拓植會社와 같은 약탈기관의 명의로 된 땅이 여의도의 일곱 배나 된다는데 이게 어디 될 일인가.

나라가 일제의 사슬에서 벗어난 지 반세기를 넘어 60년이 넘었는데, 아직도 우리의 처지가 이런 지경을 맴돌고 있다면 과연 지금까지의 정부는 무엇을 하고 있었으며, 이 땅의 지식인들은 무엇을 하고 있었는지를 묻지 않을 수가 없다.

광복 후, 오늘에 이르기까지 여덟 사람의 대통령이 무소불위의 권세를 누리면서 통치자로서의 이름을 남기고 있었지만, 그 누구도 우리의 정신적 근대화를 생각하고 이끌어온 사람은 없다. 그들은 때로 '역사바로세우기', '과거청산' 과 같은 당연히 필요한 기치를 내걸면서도 그것을 국가적 차원이 아니라 정권적 차원으로 이용하려 하였기에 실패하는 것은 당연하다.

이웃나라 일본국의 '명치유신' 은 단순히 구각을 벗어던지고 근대화된 나라를 세우자는 의지가 아니라, 정신적인 근대화를 함께 꾀하였다는 점에서 우리에게는 반면교사가 된다. 그동안 우리는 이웃나라 일본국의 '명치유신' 을 거론하면서 그것이 단순한 혁명일 뿐, 정신적인 근대화를 함께 하고 있었다는 사실에 눈을 돌리지 못했다.

지금 우리가 참담하기 한량없는 '정신적 공황' 에 시달리고 있는 것은 정신적 근대화의 과정을 밟지 못해서다. 이 정신적 근대화의 과정을 생략하면 아무리 소득이 높아져도 선진국이 되지 못한다는 사실을 명심할 필요가 있다.

시고쿠에 스며 있는 우리 이야기

국민가수 조용필이 부른 히트 넘버에 '간양록看羊錄'이란 노래가 있다.

가슴 밑창에서부터 쥐어짜듯 치솟아오르는 격정의 응어리를 마디마디 풀어내는 카타르시스 때문인지, 조용필도 리사이틀 때마다 즐겨 부르는 노래다.

「간양록」의 저자 수은 강항 선생의 초상

> 이국땅 삼경이면 밤마다 찬 서리고
> 어버이 한숨 실은 새벽달일세
> 마음은 바람 따라 고향으로 가는데
> 선영 뒷산의 잡초는 누가 뜯으리.
> 아, 아아
> 피눈물로 한 줄 한 줄 '간양록'을 적으니
> 임 그린 뜻 바다 되어 하늘에 닿을세라.

작사는 신봉승으로 되어 있지만, 실상은 대부분 수은睡隱 강항姜沆 선생의 시에서 원용된 내용이다.

제2차 세계대전이 막바지에 접어들면서 조선총독부는 강항 선생이 일본 땅에서 겪은 얘기를 선조임금에게 올리는 보고서 형식으로 쓴 「간양록看羊錄」을 분서焚書로 지정하였다. 간행되어 있는 서책을 거둬 불태우는 일은 문화를 말살하는 가장 비열하고 저급한 광태라 진시황과 같은 전대미문의 폭군들이나 저지르는 일이지만, 간악한 조선총독부는 일본민족의 치부를 들추어냈다 하여 「간양록」을 불살라버리고자 하였다.

대체 「간양록」에 적힌 내용이 무엇이기에 조선총독부가 그토록 불태워 없애고자 하였을까. 그 진상을 살펴보기 위해서는 먼저 저자인 강항 선생의 행적을 더듬어 보아야 한다.

강항 선생은 세조 때의 큰 문장가였던 사숙재私淑齋 강희맹姜希孟의 5대손으로 1567년 전라남도 영광군 불갑면에서 태어났다. 자를 태초라 하고, 호를 수은이라 하였던 강항은 일곱 살 때 맹자 한 질을 하룻밤 사이에 읽어버릴 정도의 신동이었다.

강항 선생이 27세 때에 문과에 급제하여 공조좌랑을 거쳐 형조좌랑이 되었을 때, 임진왜란의 참상을 체험하게 되었다. 때마침 고향에 내려와 있던 강항 선생은 정유재란을 당하면서 두 사람의 형과 함께 왜장 도오토 다카도라藤堂高虎군의 포로가 되어 일본땅 이요 주伊豫州, 지금의 시고쿠 에히메현愛媛縣의 나가하마長浜로 끌려갔다가 곧 오즈 성大洲城으로 옮겨졌으며 그곳에서 포로생활을 하게 된다.

비록 고관대작은 아니었다 해도 조선조정의 관원이었고, 또 주자학에 통달한 기개있는 선비인지라 강항은 미개하고 보잘 것 없는 왜국 땅에서 포로생활을 해야 하는 것이 죽기보다 싫었다. 이에 강항 선생은 여러 차례 탈출을 시도하게 되지만, 실패만을 거듭하다가 2년 뒤인 1598년에는 교토京都

의 후시미伏見에 있는 번주의 별저로 이송되어 치욕의 포로생활을 계속하게 된다.

「간양록」은 강항 선생이 적지에서 보고 들은 왜국의 실상과 왜인들의 무지한 모습을 소상히 적어 주군인 선조임금에게 올리는 상소문 형식으로 된 글이다. 비록 1597년을 전후한 왜국의 실상을 적었다고 하더라도 그 내용이 워낙 소상하고 적나라하여 오늘을 사는 일본인들에게조차 수치감을 불러일으키게 할 정도라면, 당연히 한국인들에게는 자부심을 부추기는 내용이 될 수밖에 없다.

조선총독부는 바로 이점을 두려워하여 「간양록」을 거둬 불태우기로 하였

복원된 오즈성의 외경(왼쪽)
일본 주자학의 시조 후지하라 세이카가 조선유건을 쓰고 있는 초상(오른쪽)

다. 그러나 역사란 무심히 흘러가는 것이 아니어서 「간양록」의 초간본은 오히려 일본의 내각도서관內閣圖書館에 보존되어 있었으며, 아울러 그 귀중한 내용을 불태워 없애고자 하였던 조선총독부의 만행까지를 함께 적어서 전하고 있으니 아이러니가 아닐 수 없다.

강항 선생이 포로로 잡혀가 있을 때의 일본 문화란 문자 그대로 한심한 지경이었다. 사기그릇을 구워내지 못한 탓에 모든 그릇은 나무나 대나무로 만들어서 썼고, 학문의 고전이랄 수 있는 '사서오경' 까지도 정확하게 전해지지 않아서 학문이라는 개념조차도 성립되어 있지를 않았다. 따라서 인쇄술 등도 초보 단계를 벗어나지 못했다. 다만 오랜 전국시대를 겪으면서 살았던 탓에 무기를 만드는 기술만은 조선에 비길 수 없을 만큼 발달되어 있었을 뿐이다.

강항 선생이 옮겨와서 살게 된 교토의 후시미는 여느 시골과 달라서 식자들이 제법 있는 번화한 곳이었다. 비록 포로의 신분이었지만 강항 선생의 인품과 학덕이 알려지면서 그의 휘호를 받겠다는 사람과 글을 배우겠다는 사람들이 몰려들기 시작하였다.

바로 이러한 때 강항 선생의 문하로 입문을 청한 사람이 그 고장 묘수원妙壽院의 순 수좌舜首座라는 중이었다. 여기서 미리 밝혀두지만 바로 이 순 수좌라는 승려가 후일 일본 주자학의 개조開祖가 된 후지하라 세이카藤原惺窩이다.

후지하라는 조선주자학에 빠져들면서 승복을 벗어던지고 유학자로 변신하게 된다. 그는 몸소 조선 도포를 만들어 입고 서책을 대하는 것으로 조선 주자학의 진수를 온몸으로 터득하고자 하였고, 평소에도 유건儒巾을 쓰고 있을 만큼 명실상부한 조선주자학의 신봉자로 자처하더니 마침내 강항 선생이 친필로 써 준 「사서오경」에 왜인들이 읽을 수 있도록 '왜훈倭訓'을 달아서 '일본유학'을 싹트게 하였다. 또 그것은 일본땅에 심어지는 퇴계학退溪學의 싹틈이었고, 그것을 바탕으로 일본유학이 정립되는 알찬 결과를 거두게 된다.

백제 때 왕인으로부터 '천자문'을 전해 받아서 문자를 익힐 수가 있었던 일본이 이때에 이르러 강항 선생의 가르침으로 주자학을 배워서 일본유학을 싹트게 하였다면 그들의 학문적 근원이 어디에서 연유되었는지를 명백히 밝혀놓는 쾌거가 아닐 수 없다.

그런 일본을 바라보는 조선인 강항 선생의 역사인식은 「간양록」의 전편에 녹아흐르면서 왜인들의 참담한 생활까지 세세하게 기록하게 된다. 그 중에서도 도요토미 히데요시의 죽음을 기록한 대목에 이르러서는 일본인들의 복장을 끓게하고도 남을 내용을 담고 있다.

- 도쿠가와德川家康 등은 발상發喪하기를 꺼려하여 이놈의 죽은 사실을 꼭 덮어두기로 하였습니다. 죽은 놈의 배때기를 갈라 그 안에다 소금을 빽빽이 처넣고 아무렇지도 않은 것같이 꾸미기 위해서 평소에 입던 관복을 그대로 입혀 나무통 속에다 담아 두었습니다.

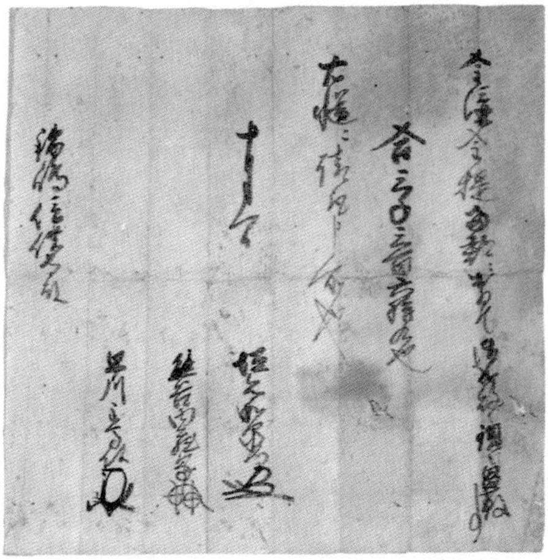

금구, 김제 양군에서 거둔 코를 벤 수는 그 합이 3,369입니다. 오른쪽과 같이 확실히 수령하였습니다.
10월 1일
가카미 이즈미노가미
구마가야 구라노스케
하야가와 슈메노카미

니베시마 시나노노카미 귀하

도요토미 히데요시의 죽은 시체의 배를 가르고 거기에다 소금을 빽빽이 처넣었다는 구절을 강조하는 것은 그럴만한 까닭이 있다. 도요토미 히데요시가 살아있을 때 조선으로 향하는 병사들에게 죽인 조선병사들의 코와 귀를 베어 소금에 절여오라는 명령을 내렸기 때문이다. 강항 선생은 그 명령을 이렇게 적고 있다.

– 사람마다 귀는 둘이요 코는 하나야! 목을 베는 대신에 조선 놈의 코를 베는 것이 옳다. 병졸 한 놈이면 코 한 되씩이야! 모조리 소금에 절여서 보내도록 하라.

조선 병사들의 코를 베어서 소금에 절여 보내라고 하였으니, 죽은 그의 뱃속에 소금을 처넣게 된 것은 당연한 것이라고 강항 선생은 생각하고 있다. 지금도 일본국 교토의 번화한 거리에는 조선병사들의 귀를 묻었다는 미미스카耳塚(귀무덤)가 옛 모습 그대로 있어 오가는 사람들의 마음을 상하게 한다.

일본국 교오토 중심가에 서 있는 조선병사들의 귀를 잘라서 묻은 귀무덤(耳塚)
도요토미 히데요시가 1597년 9월28일 한반도에서 보내온 조선인의 코를 묻고 코무덤이라 이름 지었는데, 그가 죽은 뒤 새통치자 도쿠가와 이에야스의 학자 하야시라잔 林羅山 이 코무덤 鼻塚의 잔인한 인상에 고민하다가 코무덤이라고 새겨진 비석을 없애고 귀무덤 耳塚이라고 불러 그 명칭이 바뀌었다.

오즈성에 있었던 언덕을 에워싸고 하지가와가 흐른다

도요토미 히데요시의 장사를 치른 다음 그의 위패가 있는 곳에 황금으로 장식한 전각을 짓고, 그 밑에 '대명 일본에 일세를 떨친 호걸, 태평길을 열었으니 바다는 넓고 산은 높다' 라고 글을 써 붙이었다.

강항 선생은 구경삼아 그곳에 갔다가 그 문구를 뜯어서 뭉개고 다음과 같이 써 놓고 돌아왔다.

반생 동안 한 일이 흙 한 줌인데
십층 금전은 울긋불긋 누굴 속이자는 것이더냐.
총알이 또한 남의 손에 쥐어지는 날
푸른 언덕 뒤엎고 내닫는 것쯤이야.

도오토 다카도라의
본거지인 오즈성

半生經營土一盃
十層金殿漫崔嵬
彈丸亦落他人手
何事靑丘捲土來

강항 선생의 제자 후지하라가 우연히 그 앞을 지나가다가 그 글귀를 발견하고는 황급히 강항 선생에게 달려와 목청을 높였다. 글귀를 보아서는 분명히 스승님이 지은 것인데, 왜 조심성이 그리도 없느냐고 항변을 겸한 충고를 거듭했다고 강항 선생은 적었다.

일본땅에서 포로생활에 시달리던 강항 선생은 잡혀간 지 4년만인 1604년에 꿈에 그리던 고국으로 돌아올 수가 있었다. 그가 살아서 고향땅을 밟을 수가 있었던 것은 애제자 후지하라 세이카가 스승의 은혜에 보답하기 위해 막부幕府의 대장군인 도쿠가와 이에야스에게 몸소 탄원하여 허락을 받아낸 때문이다.

지금의 일본땅 시고쿠, 에히메 현 오즈大州가 옛 이요伊豫 땅이다. 이요는 작은 교오토라고 불릴 만큼 아름답고 유서 깊은 고장이다. 우리 일행은 오즈 시에 들어서면서 강항 선생과의 인연을 소홀히 하지 않는 이 고장 사람들의 아름다운 마음씨와 만날 수가 있었다.

4백여 년 전, 강항 선생이 포로로 머물렀던 오즈성의 언덕에서 도보로 시내 한가운데로 내려오면 오즈 시의 문화회관에 이르게 되는데, 그 광장 왼편에 강항을 기리는 현창비가 우뚝하게 서 있다. 화강석으로 된 비면에는 「홍유 강항 현창비鴻儒 姜沆 顯彰碑」라는 비명이 새겨져 있고, 그 하단에는 검은 오석 판에 강항 선생의 연보가 간략히 소개되어 있다.

또 현창비 왼편에 두 개의 비문석을 따로 세웠는데 놀랍게도 똑같은 크기의 비면에 일본어와 한글로 비문을 새겼다. 일문의 제목은 「일본 주자학의 아버지 유학자 강항의 비」라고 적었으며 그 내용은 다음과 같다.

– 조선왕조시대의 뛰어난 학자 강항은 풍신수길이 조선에 재출병(정유재난)하였

오오즈시 문화회관 왼편에 우뚝 서 있는 「홍유 강항 현창비」

을 때 도오토 다케도라 군에 잡히어 두 형(준 · 환)및 가족들과 함께 이요 대주에 연행되었다. 십 개월에 걸친 대주성에서의 강항 선생의 생활은 학자로서 우대받고 금산 출석사金山 出石寺의 중들과의 교유하면서 한시의 창수唱酬로 나날을 보내는 자유로운 신분이었으나, 경도 후시미의 교토 별저로 압송되면서부터 에도 유학의 개조가 되는 후지하라 세이카, 용야성주 아카마쓰 히로미치, 해운왕 요시타 소앙 등과의 자유로운 교제 속에서 후지하라 세이카는 사서오경의 왜훈을 완성하였다.

강항 선생과 두 형 등 십여 명이 사서오경의 대자본을 필사하고 세이카가 거기에다 왜훈을 붙여서 간행한 것이다. 근세 일본사상사의 전환기에 강항선생과 후지하라 세이카의 우정은 일본사람들이 부러워할 정도였으며 세이카가 유학자로서 자립할 수가 있었음은 강항 선생에게 힘입은 바가 컸다.

강항 선생이 일본유학사상에 미친 영향은 지대하다.

1990년 3월 연파 김용석 필사

이 현창비가 세워지게 된 데는 일본의 오즈시 시민들과 한국의 영광군민들이 힘을 합쳐 건립기금을 모금한 탓도 있지만, 강항 선생의 인품에 매료된 무라카미 쓰네오村上恒夫라는 한 일본인의 헌신적인 노력과 봉사가 있었기 때문이다. 무라카미 씨는 오즈시의 호적과에 근무하는 공무원이었는데, 실로 우연히 오즈시에서 살았던 외국인 1호가 조선 유학자 강항이라는 사실에 착안하고, 그에 대한 사료를 조사하던 중에 「간양록」을 읽게 되었다. 그는 「간양록」에 적힌 강항 선생의 행적을 추적하면서 강항 선생의 고향인 한국의 영광까지 다녀오는 등 그의 학문과 인품에 매료될 만큼 한일양국의 문화교류에 열정을 쏟게 된다.

결국 무라카미씨는 자신의 직장인 오즈시의 호적과를 물러나와 「간양록」의 연구에 몰두하기 시작한다. 그는 강항 선생의 발길이 머물렀던 모든 곳을 완전하게 답사하는 것은 말할 나위도 없었고, 강항 선생이 오즈에서 탈출을 시도하던 행로까지 찾아내면서 해당지역에 표석을 세우는 등 지나간 역사를 오늘에 되새기는 일에 매진하였다.

우리 일행은 동행한 이규효 전 건설부장관을 초헌관으로, 이시형 박사를 아헌관으로 추대하여 강항 선생의 헌창비에 분향하고 잔을 올렸다. 함께 했던 사람들이 모두 잔을 올리기를 희망하면서 음복의 술잔이 끝없이 돌아가고 있을 때, 놀랍게도 무라카미 쓰네오 씨가 헐레벌떡 달려왔다.

"강항 선생님의 헌창비에 분향하시는 분들이 계시다기에 달려왔습니다. 무라카미 쓰네오입니다."

무라카미 씨는 내가 MBC-TV의 역사드라마 〈간양록〉의 작가임을 잘 알고 있다면서 반가움이 더하다고 한다.

강항 선생의 출생지인 한국의 영광과 포로생활에 시달렸던 일본국 에히메 현의 오즈시에 강항 선생을 기리는 현창비가 건립되고, 그 제막식에 두 도시를 대표하는 인사들이 교대로 참석하는 등의 아름다운 광경이 연출된 것은 그가 「수은 강항 선생 행적지 순례단」을 조직하여 한 · 일 양국의 방문객들에게 몸소 안내역을 자청하였기 때문임도 이때 알게 되었다. 또 무라

강항 선생이 탈출에 실패하였던 야쿠시다니에 있는 '이와토 폭포'

카미 쓰네오 씨가 쓴 「유학자 강항 선생」이라는 저서는 전문 학자가 아니면서도 「간양록」과 강항 선생 연구의 백미로 평가되고 있다.

우리 일행이 숙소에서 휴식을 취하는 동안 무라카미 쓰네오씨는 내게로 다가와 강항 선생의 탈출로를 살펴보자고 권하면서 「간양록」을 펼쳐보인다.

-판도板島에서 서쪽으로 십리 만큼 떨어진 곳에 한 대숲이 있었다. 그 안에 들어가 잠깐 쉬기로 했다. 웬 늙은 중 하나가 나이는 예순 살 남짓이나 될까 폭포에서 몸을 씻고 밥을 지어 해님께 제사를 모신다. 그리고선 바위 위에 올라 이울이울 낮잠을 자는 것이었다.

강항 선생이 단신으로 탈출을 시도하다가 실패하는 과정을 적은 구절이다. 무라카미 쓰네오 씨는 천신만고 끝에 이 지점을 확인했다면서 함께 가 보기를 청한다.

4백 년 전의 기록을 바탕으로 현재의 지점을 찾기란 결단코 쉬운 일일 수가 없다. 무라카미 쓰네오 씨는 핸들을 잡은 채 당시의 막막했던 기억을 입에 담는다. 듣기만 하는 내 처지로는 감동의 연속이 아닐 수가 없다.

우와시마 성宇和島城에서 남쪽으로 7킬로미터쯤 달렸을 때 야쿠시타니藥師谷라는 계곡에 이르렀고, 바로 거기에 동굴과 이와토다키岩戶瀧라는 폭포가 있었다.

"어떻습니까. 수은 선생의 체취가 느껴지지 않습니까?"

한 · 일 관계를 전문으로 연구하는 학자가 아니면서도 사재를 털어서 숨겨진 현장을 찾아서 확인하고, 그 결과를 책으로 엮어 한 · 일 양국 문화교류의 원류를 밝히려는 무라카미 쓰네오씨가 뿌린 열정의 씨앗에 싹이 트고 있음을 확인하면서 일본 사람들이 좋아하는 말인 '프런티어 정신'을 다시 한 번 생각하게 된다.

짧은 시간이었지만 무라카미 쓰네오씨와 함께 하는 동안 내 뇌리에는 수은 강항 선생의 생애와 조용필이 부르는 「간양록」의 절절한 가락이 끊임없이 이어지는 감동의 여정이 되었다.

III

일본을 파보면 백제가 나온다

1. 강한 자에게 약하고 …

시나리오 작가 야마타 노부오

내가 일본 영화계에서 첫손에 꼽힐 만큼 이름 있는 시나리오 작가 야마타 노부오山田信夫와 형제보다 더 친하게 지내게 된 데는 한 · 일관계의 개선을 상징하는 우여곡절이 있었다.

1960년대의 초반, 나는 한 · 일 영화교류를 이루어야 한다는 내 나름의 집념을 실현하기 위하여 함께 일할 일본인 시나리오 작가를 찾아보기로 하였다. 일본에서 간행되는 월간 '시나리오' 지, 혹은 '키네마 순보' 등을 섭렵하여 나보다 한 살 위면서 뚜렷한 작가의식으로 무장된 야마타 노부오를 찾아내게 되었다.

박정희 소장의 군사 쿠데타가 완전하게 자리잡지 못한 때라 여권을 내기란 하늘의 별따기보다 어려웠을 때지만, 상당한 우여곡절을 겪으면서 나는 일본땅으로 날아갈 수가 있었다.

먼저 그에게 전화를 걸었다가 질겁을 할 만큼 놀라운 반응을 들어야 했다.

"북에서 오셨습니까. 남에서 오셨습니까?"

"남에서 왔습니다."

"미안한 말이지만, 지금 당장은 시간을 낼 수가 없습니다."

최초의 한·일 합작드라마 「여자들의 타국」을 공동집필한 일본 시나리오 작가 야마타 노부오와 함께(1980)

나는 전화를 끊으면서 분노로 몸을 떨어야 했다. 식민통치에서 벗어난 지가 언젠데 이 같은 수모를 다시 겪어야 하는가. 그러나 나와 함께 한·일 영화교류에 앞장서야 할 그였기에 포기할 수는 없었다. 수소문 끝에 그에게 시나리오를 배우고 있는 한국인 여성을 찾아내고, 그녀를 앞세우고 야마타 노부오의 집필실을 방문하게 되었다. 그때 그는 온 벽에 인물구성표와 장면진행표를 걸어놓고, 당대의 화제작이면서 흥행에 대성공을 하게 될 「화려한 일족」을 쓰고 있었다.

나는 그가 쓴 작품을 소상히 거론하는 것은 물론, 일본 영화계에 알려진 그의 작가의식까지 입에 담으면서 열변을 토했다.

"지금은 한·일관계가 여의치 않지만, 곧 양국의 영화교류가 필요하게 되고, 나아가서 양국의 영화인들이 힘을 합쳐 아시아의 영상문화를 발전하게 해야 되질 않겠는가."

야마타 노부오는 전적으로 찬성한다는 반응을 보이면서도 가슴을 열어주지는 않았다. 물론 그날도 첫 전화를 끊었을 때와 같이 참담한 심정을 안고 그의 집필실을 나설 수밖에 없었다.

그 후에도 나는 여러 차례 일본을 방문하였고, 그때마다 야마타 노부오에게 전화를 걸어 그의 근작을 입에 담으면서 우리식 우정을 호소해 보았으나, 그는 끝내 다시 만날 수 있는 기회를 주지 않았다.

그리고 13년의 세월이 흐른 1978년의 늦가을 밤, 느닷없이 걸려온 연극연출자 이진순 선생의 목소리는 정말로 날 놀라게 하였다.

"신형, 야마타 노부오라는 일본인 시나리오 작가를 잘 안다면서요?"

"그렇습니다만…."

"여기 프라자 호텔이에요. 빨리 오세요."

마치 꿈속을 헤매듯 나는 허둥지둥 프라자 호텔로 달려갔다. 그는 왈칵 나를 포옹하면서 그간의 우여곡절을 날려 보내려는 심중을 드러내 보였다. 우리는 그날 밤을 꼬박 세우면서 술을 마셨다. 그런 와중에서도 나는 야마타 노부오의 무정한 오만을 나무라지 않을 수가 없었다. 그의 대답은 너무도 절묘하였다.

"그때 나는 신 선생을 KCIA의 요원으로 알았어요. 군사혁명이 진행 중인

때에 일개 신진 시나리오 작가가 해외여행을 할 수 있다는 사실…, 거기에 신 선생은 나의 모든 것을 일본 사람보다도 정확하게 알고 있었질 않았어요.”

아, 그랬던가. 그까짓 오해야 아무렴은 어떤가. 우리는 이미 백년지기가 되어 있었음에랴.

그날 이후, 나는 야마타 노부오와 함께 백제의 유적지를 비롯하여 휴전선 전망대 등을 둘러보면서 약간은 친북성향이었던 그에게 한국의 문화와 한국의 현실을 정확하게 이해시키면서 오랫동안 궁리하였던 내 속내를 털어놓았다.

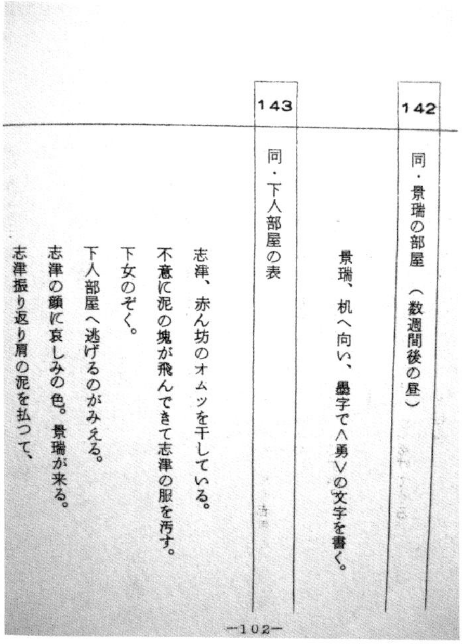
142
同・景瑞の部屋（数週間後の昼）
景瑞、机へ向い、墨字で＜勇＞の文字を書く。
143
同・下人部屋の表
志津、赤ん坊のオムツを干している。
不意に泥の塊が飛んできて志津の服を汚す。
下女のぞく。
下人部屋へ逃げるのがみえる。
志津の顔に哀しみの色。景瑞が来る。
志津振り返り肩の泥を払つて、
—102—

신봉승・야마타 노부오가 공동 집필한 한일최초의 합작 드라마 「여인들의 타국」의 시나리오

“자, 우리의 임무가 무엇인지를 확인하기 위해서라도 오늘 당장 한・합작영화의 기획과 제작을 추진합시다.”

“그래요. 신 선생에게 사과하기 위해서도….”

동년배의 작가들이라 간단하게 의기가 투합되었다. 당시 야마타 노부오의 작가적인 역량은 일본국의 TV방송사를 충분히 설득할 수 있는 위치에 있었고, 나 또한 한국의 방송사를 설득할 수 있는 처지였다.

그리고 1년 후, 야마타 노부오는 일본의 유수한 민간방송사인 「요미우리TV」를 설득하였고, 나는 한국의 MBC-TV를 설득하여 양국 최초의 한・일

합작 TV드라마의 제작을 추진하게 되었다.

임진왜란을 소재로 한 최초의 한·일합작 드라마 「여인들의 타국他國」은 이렇게 시작되었다. 등장인물의 균등한 배분, 한국어와 일본어의 사용 빈도, 실제 제작비의 부담, 촬영장소의 선택 등 전인미답의 조건을 우리 두 사람의 작가가 임의로 정하면 방송사는 우리를 신임하고 따라주는 정말로 아름다운 과정이 합작 드라마로 완성이 되었다.

일본에서는 요미우리TV의 제휴사인 NTV에서 방송하기로 하였으나, 한국에서는 일본배우가 출연한다는 이유로 군사정부의 방송부적격 판결이 내려지는 어처구니없는 사태에 우리는 땅을 치며 분노하였다.

야마타 노부오는 다른 일본인에 비해 코스모폴리턴한 사고를 갖고 있었기에 한국에 대한 편견이 없었다. 내가 일본에 대해 조금 아는 것이 있다면, 혹은 다른 사람에 비해 일본인들의 내심을 세세하게 살필 수가 있었다면 그 모든 것은 내 곁에 야마타 노부오와 같은 걸출한 일본인이 있었기 때문이다. 그는 일본에 관한한 나의 스승이었고, 나의 일본관을 확실하게 세워준 친구이기도 했다.

야마타 노부오는 경주에 있는 천마총을 구경하고 나오는 길에 눈앞에 우뚝한 또 다른 황남동의 고분을 건너다보면서 내게 물었다.

"신 선생. 저 무덤은 왜 발굴하지 않나요?"

"발굴을 한다해도 천마총에서 본 유물이나 다름이 없을 것으로 압니다."

"아니지요. 유물이 같더라도 발굴을 하는 것이 역사를 정확하게 보전하는 길입니다."

"꼭 그렇다면, 일본의 왕릉은 왜 발굴하지 않나요?"

이 대목에서 야마타 노부오는 잠시 주춤하는 모습을 보였다. 그리고 일본인이 입에 담을 수 없는 아주 소름끼치는 얘기를 했다.

"정말 몰라서 묻나요. 만일 일본 천황의 무덤을 발굴하였다가 거기서 신라나 백제라는 글자가 나온다면…, 일본이라는 나라가 무너지고 말 것인데, 신 선생이 일본 사람이라면 그런 위험을 무릅쓰고라도 발굴을 하겠습니까?"

아, 그 순간 나는 야마타 노부오의 양식 앞에 얼굴을 붉히고 말았다. 혹시 요즘 같다면 또 모른다. 지금부터 30여 년 전에 일본인 지식인의 입에서 이 같은 말이 나온다는 것은 상상도 못할 시절이기에 감동의 크기를 헤아릴 수 없을 정도였다.

야마타 노부오는 한국인도 입에 담기가 거북한 군사독재에 대하여도 혹독할 만치 자유롭게 비판하곤 하였다. 그런 그의 자유주의자적인 작품성향은 제도권에 대한 비판도 서슴지 않았다.

2차 세계대전이 한창일 때, 일본정부는 다이아몬드와 같은 보석류를 「제국은행」의 금고에 보관하게 하였는데, 전쟁이 끝난 혼란의 와중에서 예의 「제국은행」의 금고가 용접으로 열리면서 보관된 보석류가 모두 없어지는 사건이 있었다. 이른바 「데이긴지켄帝銀事件」이라고 불리는 이 어마어마한 사건은 아직도 미제사건(비록 범인이 잡혔지만 사형집행을 않고 있다)으로 남았는데, 야마타 노부오는 이 사건의 주범을 미국 CIA의 소행으로 상징하는 시나리오를 써서 사회정의에 호소하려 하였지만, 끝내는 영화화되지 못하는 고통을 겪기도 하였다. 일본의 은행들이 제작하고자 하는 영화사의 자금줄을 죄었기 때문이다.

야마타 노부오는 몇 번씩이나 내게 말했다.

"신 선생, 일본이라는 나라가 언론의 자유를 만끽하고 있는 것으로 보이지만, 아직도 미국을 비판하는 영화는 한 편도 제작된 일이 없어요. 이것은 미국의 방해가 아니라 강한 나라에 약하고, 약한 나라에 강한 일본인의 못된 성향 때문임을 신 선생을 알고 있어야 해요."

일본인 지식인들이 특히 한국인에게 우월감을 보이려는 판국에 그는 언제나 내게 바른 일본관을 심어주기 위해 애쓴 단 한 사람의 일본인이었다.

야마타 노부오는 나고야 시의 도요하시豊橋에서 살았다. 내가 일본에 머물게 되면 언제나 그의 집이 내 숙소가 되곤 했다. 일본인들은 한국의 친구들에게 값비싼 외식을 제공하는 경우는 얼마든지 있어도, 자기의 집에 초대하여 조촐하지만 가족과 함께 식사대접을 하는 예는 극히 드물다. 나는 일본을 안다는 사람들에게 곧잘 묻곤 한다.

"일본인 친구의 집에서 식사를 하거나, 잠을 자본 일이 있는가?"

만일 없다면 아직 마음을 주고받는 일본인 친구가 없기 때문이라고 잘라 말하곤 한다. 이 말은 지금도 유효하다.

내가 야마타 노부오의 집에서 머물게 되면 언제나 그의 자동차로 일본문화를 살피게 된다. 그는 나를 위해 충분히 공부를 해두었다가 누구보다도 세세하게 일본의 사정을 들려주는 내 스승이었다.

세 사람의 쇼군

일본을 말할 때 흔히 47도도부현都道府縣이라고 한다.

수도 동경도東京都의 도都, 북해도北海島라는 큰 섬의 도道, 오사카부大阪府, 교오토부京都府 등 2개의 부府, 그리고 43개의 현縣으로 구성되어있다는 뜻이다.

일본열도의 중부에 자리잡은 아이치 현愛知縣의 현청소재지인 나고야名古屋는 면적 326.35㎢, 인구 217만 1800명(2001년 기준)으로 이세 만에 접해 있는 아름다운 공업도시다. 동부의 대지와 서부의 충적지, 남부의 간척지 위에 펼쳐져 있는 나고야는 도쿄, 오사카와 함께 일본의 3대도시로도 손꼽힌다.

도쿠가와 바쿠후가 무너지는 명치유신이 끝나고, 폐번치현廢藩置縣(번을 폐하고 현의 제도를 세우는…)의 조처에 따라 새롭게 태어난 아이치 현의

5층으로 된 나고야 성은 도쿠가와 이에야스 만년의 걸작품으로 평가된다.

현청소재지가 되었다. 제2차 세계대전 때는 군수품공장이 많았던 탓으로 B29의 집중적인 폭격으로 시가지가 완전히 소실되었으나 전후 도시계획에 의해 근대도시로 재건되어, 오늘날 일본 중부권의 중심도시가 되었다.

나고야의 상징이라면 아무래도 나고야 성名古屋城을 들지 않을 수가 없다. 나고야 성은 일본에 있는 많은 성 중에서도 명성 높고 아름다운 성으로 평가된다. 임진왜란이 끝난 후, 도쿠가와 이에야스는 이른바 '세키가하라關ヶ原의 싸움'에서 승리하면서 도쿠가와 바쿠후를 발족하였다. 명실상부한 천하인天下人(이른바 정이대장군)이 된 셈이다. 그 여세를 몰아서 1609년에 가토 기요마사加藤清正, 후쿠시마 마사노리福島正則, 마에타 토시미쓰前田利光 등 축성의 명수들에게 명하여 나고야 성을 축성하게 하였다. 그리고 얼마 후, 자신의 아홉 번째 아들을 성주로 삼아서 번성하게 하였으므로 도쿠가와 어삼가御三家 중에서도 으뜸 가문인 오하리가尾張家의 거성이 되었다.

나고야 성 북쪽 용마루 끝에 장식된 길이 2미터 62센치미터인 '긴샤치호코'의 위용

나고야 성의 매력은 뭐니뭐니해도 남북 양쪽의 지붕 끝에 만들어진 금빛 찬란한 '긴샤치호코金魚虎'라고 불리는 괴물의 위용으로부터 시작된다. 몸통은 물고기의 형상을 하고 있으나, 머리통은 호랑이 상을 하고 있다. 그 크기도 어마어마하여 북쪽 지붕 끝에 설치된 수컷은 높이가 2미터 62센티미

괴팍한 성격으로 일세를 풍미했던 오타 노부나가의 초상

터, 무게가 1.27킬로그램, 몸통의 고기비늘이 112장으로 구성되어 있다. 남쪽 지붕 끝에 설치된 암컷의 높이는 2미터 57센티미터, 무게가 1.25킬로그램, 물고기의 비늘이 126장이다. 이 거대한 구조물을 18K의 금판으로 만들어 지붕 끝에 설치하게 된 것은 처음에는 화재를 방지하기 위한 일종의 비방이었으나, 세월이 흐르면서는 오하리 가의 위엄과 나고야 성의 상징물로 자리 잡게 되었다.

성에 오르면 일본을 이끌어 온 세 사람의 쇼군將軍을 설명하는 안내판과 만나게 된다. 그 세 사람의 쇼군이 우리에게도 잘 알려진 오타 노부나가織田信長, 도요토미 히데요시豊臣秀吉, 도쿠가와 이에야스이다.

미천한 신분으로 태어나서 천하를 통일했던 도요토미 히데요시의 초상(왼쪽) 참을성으로 요약되는 도쿠가와 이에야스상(오른쪽)

일본이 세계에 자랑하는 국영방송인 NHK가 매주 일요일 8시부터 45분간 방송하는 'NHK일요사극'에 세 사람 모두 단골로 등장하는 소재라는 사실 하나만으로도 그 존재가치는 충분히 입증된다. 결국 일본 사람들은 이들 세 사람의 이야기라면 아무리 들어도 싫어하지 않는다는 이야기가 된다.

똑같은 소재를 작가의 취향에 따라 스토리의 흐름을 잡고, 직설적인 제목(상징성이 없는)으로 시청자를 자극한다. 또 당시대의 인기배우를 총동원하여 화려한 코스튬 플레이를 펼치는 NHK의 대표적 겹치기 프로그램의 하나지만, 다른 언론에서는 같은 소재의 반복이니, 전파낭비니 하는 따위의 비판은 하지 않는다. 가장 일본적인 이야기가 일본인의 가슴을 휘젓고 지나가는 것을 정체성의 확립이라는 관점에서 보고 있기 때문이라고 나는 믿는다. 그런 까닭으로 나고야 사람들은 일본국의 근대사를 휩쓴 이 세 사람이 태어난 유서 깊은 고장에서 살고 있다는 사실을 긍지로 삼고 있을 정도다.

전국시대 이 후의 일본은 그 세 사람의 쇼군에 의해 지배되지만, 지배하는 쇼군의 카리스마는 서로 판이하게 달랐다. 일본 사람들은 그 판이하게 다른 세 사람의 쇼군의 캐릭터를 한없이 즐기면서 산다.

가령, 키우고 있는 꾀꼬리가 울지 않으면 어떻게 될까. 세 쇼군의 반응은 들어볼 만도 하지만 상징하는 바도 크다.

오타 노부나가, "울지 않은 꾀꼬리는 죽여 버려라!"

도요토미 히데요시 , "울지 않으면 울게 하라!"

도쿠가와 이에야스, "울 때까지 기다려라."

정말 재미있는 반응이 아닐 수 없다. 이 세 가지 반응이 그들 세 사람의 집권기간을 정하게 된다. 울지 않는 꾀꼬리가 울 때까지 기다릴 줄 알았던 도쿠가와 이에야스는 장장 2백 70여 년에 걸쳐 바쿠후를 이끌어갈 수가 있었고, 울지 않는 꾀꼬리를 강제로 울게 했던 도요토미 히데요시는 집권기간이 고작 10년을 넘지 못했다. 울지 않는 꾀꼬리는 죽여 버릴 만큼 성질이 급하고 괴팍했던 오타 노부나가는 천하통일을 눈앞에 두고 믿었던 측근의 반란으로 스스로 목숨을 끊어야 하는 비운의 쇼군이 되고 만다.

이들 세 사람에 대한 카리스마의 비유는 무진장한 모양이다.

이들 모두에게 가늘고 작은 바늘을 하나씩 주면서 코끼리를 죽이라고 한다면 어떻게 반응할까.

성질이 급한 오타 노부나가는 코끼리가 죽을 때까지 바늘로 찌를 것이며, 도요토미 히데요시는 바늘을 코끼리의 몸에 찔러 놓고 그 코끼리가 죽을 때까지 어디 가서 다른 일을 하다가 올 것이며, 도쿠가와 이에야스는 코끼리가 죽기 직전에 찌를 것이라고 일본 사람들은 말한다. 이 판이한 세 사람의 성격이 마지막 전국시대의 일본을 끌고 나가다가 마침내 도쿠가와 이에야스의 참을성 있는 기다림에 부응하듯 천하통일을 안게 되었다.

우리 한국에서도 베스트셀러가 되어 엄청난 독자를 가지고 있는 대하소설 〈대망〉이나, 〈도쿠가와 이에야스〉의 앞부분의 무대가 되는 곳이 바로 나고야 지역이다. 오하리尾張, 스루가駿河, 가이甲斐, 사가미相模, 미노오美濃와 같은 곳이 모두 이 근방에 있다. 버스의 창밖으로 낯익은 지명이 적힌 표지판이 흐르고 있을 때, 소설의 내용을 상기해 본다면 더 재미있고 유익한 여행이 되지 않을까 싶다.

:: 여정여담 8

일본 역사 쉽게 익히기

알기 쉬운 비유로 화두를 풀어가 보기로 하자. 한국에서 태어난 아기와 아프리카의 원주민의 아기를 서로 바꾸어서 키운다고 가정해 본다. 그로부터 10년이 지나면 두 아이가 문화적인 환경에 의해 성장하고 지배되고 있었음을 선명하게 알게 된다. 아프리카 원주민의 품안에서 자란 한국 아이는 국부만 가린 벌거벗은 몸으로 들판을 달리게 될 것이며, 그쪽에서 쓰는 말로 의사소통을 하면서 아프리카 원주민의 성정을 몸에 익히게 될 것이 분명하다. 반대로 한국의 가정에서 자란 아프리카 원주민의 아이는 한국어를 사용하여 의사소통을 하고, 한국 사람의 사고방식을 갖추면서 한국 문화에 익숙해질 수밖에 없다.

문화 환경은 관습과 관행에 의해 지배된다. 그러므로 관습과 관행이 합쳐지는 총체적인 덩어리가 문화환경인 셈이다. 역사는 그 문화환경을 조건으로 생성되고 또 흘러가게 마련이다.

오늘 우리가 머물고 있는 이 지역의 산 이름이 매우 특이하다. 야리가다케槍ヶ岳, 야리다케槍岳, 쓰루기다케劍岳와 같이 창, 칼과 같은 무기에서 따온 산 이름이 많다. 여기에 비한다면 우리 한국의 경우는 눈이 많아서 설악雪

岳, 꿩이 많아서 치악雉岳, 그리고 소가 누워있는 형상이라 하여 와우산臥牛山 등 자연현상에 연관된 평화스러운 이름을 쓰고 있음이 여기와 판이하게 다르다.

또 다른 에피소드지만, 초등학교 어린이들이 즐겨 부르는 전래동요에 달팽이를 노래한 것이 있다.

우리 한국의 어린이들은,

–달팽아 달팽아 손 내봐라 발 내봐라, 나는 장구 칠게 춤출게.

라고 노래하지만, 일본의 어린이들은,

–달팽아 달팽아 창 내놔라 칼 내놔라, 나오지 않으면 가위로 싹둑 잘라 버린다.

라고 노래 부른다. 이와 같이 어린이들이 부르는 같은 종류의 전래동요가 서로 다른 가사로 불리어 지는 것이 관습과 관행이 빚어내는 문화 환경에서 비롯되기 때문이다. 따라서 이러한 결과가 알게 모르게 민족성을 형성하는 바탕이 되기도 한다.

일본의 문화 환경을 빠르게 이해하는 방법은 일본의 역사를 살피는 것이 최선이다. 일본의 역사를 아주 세세히 살피는 것은 학문이 된다. 여기 모이신 여러분들이 일본의 역사를 학문으로 살필 필요는 없겠지만, 기왕 여기까지 왔으니 아주 쉽게, 아주 간단히 일본의 문화 환경에 접근할 수 있도록 안내해 드리겠다.

자, 여러분들이 자주 쓰는 말에 '그런 봉건적인 사고방식이 어디 있어요!' 라는 '봉건封建' 이라는 것을 실상 우리는 한 번도 경험한 일이 없다. 그러나 일본의 역사는 〈봉건적인 구조〉로 되어 있다. 지금의 일본에서 '지방자치' 가 잘 되고 있는 것은 〈봉건적인 구조〉의 역사가 700년이나 되기 때문이다. 반대로 우리 한국의 '지방자치' 가 잘 자리잡히지 않는 것은 민주주의를 몰라서가 아니라, '봉건제도' 를 경험하지 않고 중앙집권제만 경험했기 때문이다.

일본의 역사에 빨리, 쉽게 접근하는 방법은 그 〈봉건적인 구조〉의 핵인 바쿠후幕府와 번藩을 이해하는 것이 최선이다. 일본의 역사를 뼈대만으로 살펴본다면 야마토 시대大和時代를 고대사의 시작으로 삼는다. 그 다음이 아스카 시대飛鳥時代, 나라 시대奈良時代, 헤이안 시대平安時代로 이어진다. 여기까지는 바쿠후의 존재가 없었던 시절이다.

헤이안 시대가 끝나갈 무렵 양대 집권세력이었던 평씨平氏와 원씨源氏가 크게 싸워서 원 씨가 이기면서 평씨가 멸망하고, 원씨의 총대장격인 미나모토 요리토모源頼朝가 이른바 정이대장군征夷大將軍이 되어 정권의 중심에 서게 되고, 그가 지배하는 영지가 임금이 있는 교토京都에서 멀리 떨어진 가마쿠라鎌倉에 있었다하여 〈가마쿠라 바쿠후〉로 불리게 되었다. 이때가 1192년, 비로소 〈바쿠후〉라는 이름의 절대권력기관이 생겨나게 되었다.

이름뿐이라도 교토에 임금이 있고, 그 임금의 권한을 대신한 〈바쿠후〉가 여러 지방의 번주들을 지배하는 일을 쉽다고 할 수는 없다. 그러므로 〈바쿠후〉의 위엄을 과시하기 위해서는 크고 작은 전쟁을 치르면서라도 세력이 커질 기미가 보이는 지방의 장군들은 응징을 해야 하고, 확실하게 편이 되어준다면 친인척을 보내 혈연으로 동맹을 맺게 되는 것이 하나의 관행이 되었다.

〈가마쿠라 바쿠후〉의 세력이 흔들리기 시작한 것은 〈바쿠후〉가 시작된 지 150여 년 뒤인 1336년 경부터이다. 아무리 강한 〈바쿠후〉라고 하더라도 150여 년의 세월이 흐르고 나면 내부에서는 권력의 승계를 에워싼 분란이 생기게 되고, 외부에서는 지방의 번주가 세력을 키워 대항해 올 수도 있다. 또 최악의 시나리오로서는 교토에 있는 임금이나 그 측근을 포섭하여 〈바쿠후〉에 대항하는 세력이 생기게 된다.

아시가카 다카우지足利尊氏라는 장군이 바로 그런 사람이다. 그는 교토에 입성하여 새로운 임금光明天皇을 즉위하게 하고, 남북조南北朝로 분열된 조정을 장악하면서 권력의 상속투쟁으로 쇠약해진 〈가마쿠라 바쿠후〉를 압박하여 무너트린다. 이렇게 〈가마쿠라 바쿠후〉는 창업된 지 150여 년 만에 역사의 뒷장으로 넘어가게 되었다.

아시가카 다카우지에 의해 새로 세워진 바쿠후를 〈무로마치室町 바쿠후〉라고 한다. 바쿠후가 막강한 권한과 위엄을 과시하기 위해서는 힘이 있어야 한다. 물론 정치적인 수완도 있어야 하겠지만, 무엇보다도 막중한 것이 전투력과 경제력이다. 〈무로마치 바쿠후〉도 〈가마쿠라 바쿠후〉와 같이 처음 얼마동안은 바쿠후의 권한과 위엄을 잘 유지해 갈 수가 있었지만, 세월이 흐르면서 모든 권력이 그랬던 것처럼 '권력의 상속'이 심각한 문제로 등장하게 된다. 권력의 상속이 갈등으로 변질될 우려를 보이면 〈바쿠후〉의 위엄에 상처를 내게 되는 것이 역사가 주는 교훈이다.

〈바쿠후〉의 위엄에 상처가 날 기미가 보이면 여러 지역에 군웅群雄이 할거하게 된다. 〈무로마치 바쿠후〉가 발족한 지 130여 년이 지나면서 여러 지방을 다스리는 번주(장군)들의 힘과 명망이 전국으로 뻗어나가게 되면서 〈무로마치 바쿠후〉의 위엄이 급속도로 약화되기에 이른다.

이때 자신의 영지를 넓히면서 용명을 빛낸 장수들이 다케다 신겐武田信玄, 우에스기 겐신上杉謙信, 오타 노부나가織田信長 등이다. 이들 용명무쌍한 장군들은 이웃의 작은 성을 무력으로 점령하면서 영지를 넓혀갔고, 정복하기 껄끄러운 장수에게는 친인척을 보내 혈연으로 동맹을 맺는 등 일본국 특유의 이합집산이 계속되면서 일본 전역이 큰 싸움터로 변해가는 형국이 된다. 이때부터 세 번째 막부인 〈도쿠가와 막부〉가 출범할 때까지를 전국시대戰國時代라고 부른다.

15세기를 대항해시대大航海時代라고 한다. 스페인과 포르트갈에 의해 아메리카 대륙이 발견되고, 인도로 가는 항로도 발견(1497)된다. 스페인과 네덜란드에 의해 향신료 무역이 성해지면서 인도네시아의 식민지화가 급속도로 진행되기도 한다.

1543년, 일본의 다네가시마種子島에 포르투갈의 상선이 표착하게 되었을 때, 일본은 소총 2정을 사들이게 된다. 바로 이 소총 두 자루가 일본의 운명을 좌우하게 될 줄은 아무도 몰랐다. 바야흐로 전국시대로 접어들었던 때라 신무기의 수요가 급격히 늘어날 수밖에 없다. 히라토平戶나 사카이堺 등지에서 총포가 만들어지기 시작했는데, 본고장의 제품보다 성능이 좋았다고 평가될 정도다.

이 신종무기에 관심을 가졌던 장수가 오타 노부나가였다. 노부나가의 소총부대는 3000명이 넘는 적군을 눈 깜작 할 사이에 궤멸하는 괴력을 발휘하면서 주변 지역의 성주(장군)들을 하나하나 정복하면서 마침내 임금이 있는 교토로 진입한다. 1568년의 일이다. 이에 아시가카 씨들이 주도하던 〈무로마치막부〉는 230여 년의 영화에 종지부를 찍게 되었다.

오타 노부나가는 〈무로마치 바쿠후〉를 무너뜨리고 천하통일을 눈앞에 두고 있었으면서도 가신 아케지 미쓰히데明智光秀의 반역에 의해 혼노지本能寺에서 변을 당하게 된다. 믿었던 가신의 반란이면서도 중과부적을 느낀 오타 노부나가는 그의 마지막답게 혼노지에 불을 지르고 스스로 목숨을 끊었다. 향년 49세…, 이 지점에서 또 한 번 일본의 역사가 방향을 바꾸게 된다. 농민의 아들로 태어난 못생긴 도요토미 히데요시가 주군의 원수를 갚는다면서 아케지 미쓰히데를 응징, 도륙했기 때문이다.

오타 노부나가를 거론하기 위해서는 반드시 도요토미 히데요시와 도쿠가와 이에야스을 함께 논해야 한다. 이들 세 사람은 서로를 견제하기 위해 스스로 혈연으로 묶일 수밖에 없었던 비극적인 요인도 공유하고 있기 때문이다.

노부나가에게 이에야스는 사돈.

이에야스에게 히데요시는 처남.

히데요시에게 노부나가는 장인.

이렇듯 세 사람의 관계는 끊을 수 없는 혈연관계로 뭉치게 되었지만, 판이한 출신성분, 판이한 성격 등으로 융합이 어려운 라이벌 관계를 유지하면서도 특히 도요토미 히데요시와 도쿠가와 이에야스는 은밀하게 출세의 길을 개척해야 하는 힘겨운 삶을 살아야 했다.

오타 노부나가의 뒤를 이어 천하를 통일한 도요토미 히데요시는 교토의 조정으로부터 간파쿠關白이라는 천하제일의 벼슬을 받았어도 임진왜란이라는 7년 전쟁을 치르는 등, 극심한 마음고생을 거듭해야 하는 악조건을 극복하지 못했던 탓에 〈바쿠후〉를 열지는 못했다. 그가 비록 〈바쿠후〉를 설치하지는 못했지만, 그의 지배를 받는 지방정권인 번藩은 무려 270개나 있었다. 히데요시는 자신의 위력을 과시하면서 각 번의 병력과 재정을 관장하기 위해 조선침략을 단행한다.

7년 전쟁이라고 일컬어지는 임진, 정유년 간의 왜란은 마침내 히데요시

의 목숨을 앗아내고 만다. 조선에서 철병한 이시타 미쓰나리石田三成 등 히데요시의 신임을 받던 대명들은 이에야스의 야망에 제동을 걸고 나선다. 이 양군의 대결을 〈세키가하라關ケ原〉의 싸움이라고 한다. 온갖 우여곡절을 겪으면서 이 싸움에서 승리한 도쿠가와 이에야스가 히데요시의 뒤를 이어 천하를 통일하게 되면서 일본 역사상 세 번째 바쿠후인 〈도쿠가와 바쿠후〉를 출범하게 된다.

〈도쿠가와 바쿠후〉는 막강한 힘을 과시하면서 15대 265년간이라는 장구한 세월 동안 일본을 봉건통치하면서 정치, 경제, 문화적으로도 막강한 영향력을 행사하는 지배세력으로 군림한다.

1853년, 미국의 동인도지나 함대가 일본의 개항을 요구하면서 〈도쿠가와 바쿠후〉는 위기를 맞게 된다. 이른바 명치유신을 부르짖는 개항 · 개혁 세력들은 표면적으로는 '존황토막尊皇討幕'이라는 절묘한 캐치프레이즈를 내걸게 된다. 다시 말하면 유명무실해진 황실(임금)의 위엄을 다시 살리고, 부정과 부패의 독재집단인 〈도쿠가와 바쿠후〉를 타도하자는 뜻이다. 270여 년 동안이나 〈바쿠후〉의 핍박을 받아 온 백성(농민)들은 쌍수를 들고 유신군에 가담하게 된다.

1868년, 마침내 명치개원明治開元이 선포되면서 〈도쿠가와 바쿠후〉가 무너진다. 〈도쿠가와 바쿠후〉의 붕괴는 장장 700여 년 동안이나 이어졌던 세 번에 걸친 〈바쿠후〉시대에 종지부를 찍게 된다.

일본국의 근대화를 표방하는 유신정부는 〈바쿠후〉의 폐지에 이어 지방 정권의 대명사처럼 불리던 번藩을 폐하고 현縣을 설치함으로써 다이묘大名라는 쇼군에 의해 지배되었던 봉건시대를 끝냈다.

아스카의 '다카마쓰즈카高松塚'

비조飛鳥라 쓰고 '아스카'라고 읽는 것이 일본어의 매력이자 혼란이다. '새가 난다'고 쓰고 왜 '아스카'라고 읽는 것일까. 그렇더라도 아스카를 입에 올리면 어쩐지 백제 냄새가 나고, 그런 연유로 우리에게는 친근감이 도는 곳, 여유 있게 둘러보고 싶었던 곳이 아스카다.

우리 일행은 나고야 신공항에서 바로 가시하라橿原로 떠났다. 전 국사편찬위원회 위원장 이성무 박사를 단장으로 한 역사탐방이어서 각계에서 일가를 이룬 분들만도 30여 명, 당당한 면면들이어서 버스 안은 온통 역사세미나의 발표장을 방불케 한다. 더구나 방문지가 다카마츠즈카 고분古墳임에랴.

드디어 우릴 태운 버스는 나라 현 다카이치 군高市郡 아스카 촌明日香村으로 들어선다. '아스카 촌'이라는 안내판을 보는 순간 나는 무릎을 치면서 탄성을 뱉어냈다. '아스카'에는 '내일의 향기明日香'라는 의미가 담겨 있었기 때문이다. 일본 땅으로 건너온 백제 사람들이 모여 살았던 곳, 바로 여기서 일본의 불교문화가 싹트고 국가의 체계가 잡혔다면 그게 바로 '내일의 향기'

발굴 조사가 있기 전의 다카마츠즈카 고분이 발견된 곳.

가 아니고 무엇인가. 그로부터 1500여 년의 세월을 흘려보내고도 이 지역의 백제유적을 관장하는 행정구역의 명칭을 '내일의 향기' 라는 뜻으로 '아스카 촌明日香村' 라고 정했다면 얼마나 아름다운 후손들의 심성인가.

누군가가 버스에서 내려 걸어보는 것이 어떻겠느냐고 제안한다. 반대할 까닭이 없다. 버스의 창밖으로 흐르는 경관이 경주나 부여와 흡사하였기 때 문이다. 5월의 신록은 눈부시고 아름답다. 나라 현의 남쪽분지에 위치한 아스카지역은 구릉과도 같은 야산에 숲이 우거져 있다. 그 어딘가에서 백제인들이 달려 나올 것만 같은 감회 때문인지 모두들 무아경으로 걷기만 한다.

이 지역 아스카에 모여 살던 백제인들은 일본국의 모든 분야를 지도하는 지식인 집단이면서 고급인력의 집결지나 다름이 없었다. 그중에서도 우리가 꼭 유념해 두어야 할 세 사람이 있다. 소가노우마코蘇我馬子라고 불리는 백제인 대신大臣은 일본 왕실과 조정에 막강한 영향력을 행사한다. 그의 조카 딸이 일본왕실의 유일한 여왕인 스이코 천황推古天皇이고, 그의 외손자가 고대 일본국의 문물을 일으킨 성덕태자聖德太子이다. 이들 세 사람의 노고에 의해 일본불교가 융성하고, 바로 그 불교문화가 일본문화 전반에 막중한 영향력을 행사하게 되었기 때문이다.

2001년 12월 23일, 헤이세이 천황平成天皇 아키히토明仁는 일본의 조야가

발칵 뒤집힐 정도의 충격적인 말을 입에 담았다.

– 나 자신으로 말하면, 칸무恒武 천황의 생모가 백제 무열왕의 자손이라고 「속일본기」 역사책에 쓰여 있기 때문에 한국과의 혈연을 느끼고 있습니다.

마치 폭탄선언과도 같은 아키히토 천황의 이 공식 언급(기자회견)이 얼마나 충격적이었으면, 아사히 신문을 비롯한 몇몇 신문에서만 기사화 되었을 뿐, 요미우리 신문과 같은 대 신문에서조차 묵살했을 정도다.

30여 년 전에 내 친구 야마타 노부오가 〈만일 일본 천황의 무덤을 발굴하였다가 거기서 신라나 백제라는 글자가 나온다면…, 일본이라는 나라가 무너지고 말 것인데, 신 선생이 일본 사람이라면 그런 위험을 무릅쓰고라도 발굴을 하겠습니까?〉라고 했었다. 그런 위험천만한 말이 살아있는 천황의 입에서 발설되었다. 일본사회의 여러 정황으로는 천황의 말을 거부하거나 묵살하는 행위는 용인되지 않는다. 그럼에도 요미우리신문과 같은 일본을 대표할만한 유명 언론사에서조차 아키히토 현 천황의 말을 묵살하였다면 그 파장을 경계하고 있음이 아니고 무엇인가.

마침내 우리 일행은 꿈에 그리던 아스카 촌의 오오지히라타大字平田에 당도한다. 고분공원으로 잘 가꾸어진 오솔길을 따라 안쪽으로 한참을 들어가자 다카마츠즈카 고분은 하늘색 수리용 휘장에 가려져있다. 하필이면 대대

다카마츠즈카의 벽화관임
을 알리는 표지석

적인 수리기간에 찾아왔단 말인가. 현장 책임자의 설명에 따르면 다카마츠즈카 고분의 벽화가 국보로 지정되면서 아예 일반 공개를 불허하게 되었다고 하면서 바로 곁에 실물과 꼭 같은 크기의 '다카마츠즈카 벽화관'을 두어 방문객들의 편의를 돕고 있다고 한다.

다카마츠즈카 고분이 세간에 알려지기 시작한 것은 1955년, 이 지역 사람들이 농작물의 저장창고를 짓기 위해 땅을 파다가 모난 돌을 발견하게 되면서이지만, 정작 본격적인 발굴이 시작 된 것은 그보다 한 참 뒤인 1972년 3월 부터였다.

다카마츠즈카 고분은 동남쪽에서 서남쪽으로 퍼진 구릉의 능선에서 조금 내려간 남쪽 경사진 곳에 직경 18미터, 높이 5미터의 원분으로 축조되었다. 묘는 점토와 사리토를 겹쳐 단단하게 쌓아 올린 판축 공법으로 조성하였고, 석곽은 응회암을 조합시켜 만들었다. 석곽 내부의 길이는 대략 2.6미터, 폭 1미터, 높이 1.1미터이어서 관을 넣을만한 공간밖에 없을 정도로 좁다. 남쪽 돌에는 도굴당시의 흔적으로 구멍이 나 있다.

석곽 중앙에는 관이 놓여있고 회반죽 칠을 한 천장과 측면에는 벽화가 그려져 있다. 도굴로 석곽 내부는 황폐화되었어도 목관이 들어있었던 것으로 확인되었다. 목관은 구리 못으로 박았으며 포를 씌워서 칠을 했던 것으로 추정된다. 관엔 장식을 위한 각종 금구가 붙어있다. 일본에서 관에 칠을 한 경우는 10여 가지 정도의 예밖에 없기에 발굴 당시의 경이로움은 클 수밖에 없었다.

발굴 당시의 천황이었던 히로히토裕仁는 발굴에 참여하였던 스에나가 마사오末永雅雄 교수에게 물었다.

"벽화 속의 인물이 입고 있는 복장표현을 보고 무슨 생각이 드는가. 민족적인 견해가 떠오르지 않는가?"

스에나가 교수는 한국, 중국의 고분벽화에 있는 여성의 복장과 공통된 표현이라 즉각 민족판정은 어렵다고 대답하자, 히로히토는 다시 물었다.

"피장자는 천황 급인가? 그렇지 않으면 어떠한 신분의 사람인가."

히로히토는 조급해 하고 있었음이 분명하다. 무엇이 그렇게도 조급한가. 피장자의 신분이 백제 사람이나 신라 사람으로 판명되었을 때, 일본 황실이 처해질 난처함에 대한 불안감일지도 모른다.

그런 때문인가, 스에나가 마사오 교수의 견해는 애매모호하기 그지없다.

– 한국, 중국의 고분벽화에서 주제는 인물에 있는 것 같다. 천체현상과 사신을 동반하는 게 보통이다. 이것이 벽화묘사 기획의 3원칙이다. 이 3원칙은 중국 한나라 이래의 전통이고 인물상은 세계의 공통이라고 한다. 인물상의 표현이 많은 것은 피장자 생전의 업적을 표시하거나, 혹은 생애 중 무엇인가와 관련된 사건을 표시하는 것으로 생각된다. 특히 고구려 고분인 강서총, 무용총 등의 벽화에는 그러한 것이 보인다. 다카마츠즈카 고분도 이 3원칙을 기본으로 구성하였다. 인물상에는 외래의 복장양식이 보이는 데 그 얼굴 모습에는 아스카인이 표현되어 있는 것 같다. 인물들은 동서 양쪽 벽에 남녀 각 8명씩 모두 16명이다. 어느 쪽이나 청룡, 백호 전후에 남자는 정지된 자세를, 여자는 보행하는 자세를 표현하였다. 이 같은 표현법을 화공의 단순한 구도로 생각해야 하는 걸까, 아니면 특별한 의미를 갖는 것일까. 여성이 남쪽으로 향한 것은 피장자의 머리 위치와도 관련되고 남쪽을 의식한 묘사법이다. 복장의 묘사는 한국, 중국벽화의 영향을 받았다. 여성이 동일한 방향으로 보행하는 것은 한국, 중국에도 있으나, 이 벽화의 특색이다. 아스카시대에 있어서 이상적인 남녀의 용모와 궁정의 남녀 귀족으로 추측된다. 인물 중에 피장자가 있는지 없는지의 여부는 중요한 문제인데 나는 처음부터 피장자가 있는 것이 아닐까 하는 견해를 갖고 있다.

그런 사정이면 일단 벽화기념관에 들러서 내부를 확인해 보지 않을 수가 없다. 우리 일행은 바로 이웃에 세워진 '벽화관' 에 들어서면서 완벽에 가까울 정도로 복원되어 있음을 실감할 수가 있었다. 처음 도굴되었던 남쪽 입

벽화관 서쪽 벽에 그려진 여자 군상도.

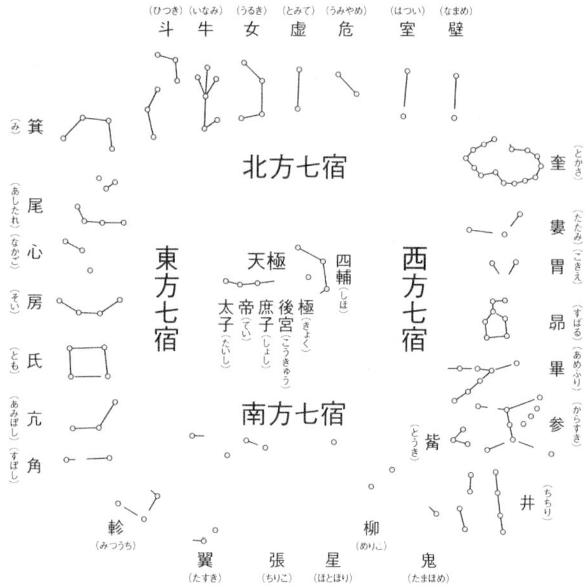

다카마츠즈카 고분 천장에 그려진 28숙의 성숙도

구로 들어서면 북쪽 벽에 현무玄武가 그려져 있고, 동쪽 벽의 가운데에 해와 청룡青龍상이 아래위로 배치되었다. 그 좌우에 네 사람의 여자군상과 네 사람의 남자 군상이 선명하게 그려져 있다. 가운데 관이 있었던 좁은 공간을 사이에 두고 서쪽 벽에는 아래위로 달과 백호白虎상이 배치되었고, 역시 좌우에는 네 사람의 여자군상과 또한 네 사람의 남자군상이 그려져 있다. 벽화의 채색은 컴퓨터 그래픽으로 재현하였기에 비공개의 원 벽화보다 더 선명하다는 설명이다.

천장에 그려진 성숙도星宿圖도 음미할 만하였다. 천장 가운데에는 천극天極이라 하여 황제, 태자, 후궁 등 황실의 구성을 상징하는 별 자리를 그렸고, 동서남북 사방에는 각각 남방칠숙南方七宿, 서방칠숙西方七宿, 북방칠숙北方七宿, 동방칠숙東方七宿 등 28숙의 성숙도를 정밀하게 그려 놓았다. 이 같은 화려한 고분의 내부라면 당연히 피장자에 대한 관심이 쏠리지 않을 수가 없다.

자, 이런 조건의 고분이라면 이 무덤에 묻힌 주인공은 누구인가. 이에 대한 해답은 아직 정확하게 나오지 않고 있다. 일본, 한국, 북한, 중국의 고고학자들이 모두 와서 현장을 확인하고서도 백가쟁명식의 다른 의견만 난무했을 뿐 구체적인 해답을 내놓지 못한 채 미완의 수수께끼로 남아있다.

일본 최고의 추리소설가로 일세를 풍미한 마츠모토 세이초松本清張는 〈다카마츠즈카 고분의 피장자는 한국의 귀인이다〉라고 천명하면서 한반도에서 건너왔어도 일본화 되지 않고 한국 본래의 지위를 그대로 유지하고 있었던 인물일 것이라고 추리하였다. 조선 문화에 대하여서만은 언제나 엉거주춤했던 역사소설가 시바 료타로司馬遼太郎는 역시 그답게 〈환상을 부르는 벽화고분, 피장자는 고구려 국사 고대 동아시아의 로망〉이라는 식의 애매한 문장을 쓰면서도 668년 고구려가 멸망되기 직전에 건너온 고구려 왕 약광若光이 아닐까하는 의견을 내놓았다.

한국인 역사학자 김원룡 박사는 현장을 답사한 후 다음과 같이 적었다.

> –다카마츠즈카 고분은 일본 재래의 전방후원분이 아니라 횡혈식 석분이라는 데서 우선 한국계의 묘제일 것이며, 사신도와 성수도는 기본적으로 중국의 것을 본뜨고 있다. 그러나 고구려의 벽화도 중기는 남녀 시종상을 주로 하지만, 후기는 사신도를 중심으로 하고 있으며, 그러한 의미에서 다카마츠즈카 고분은 고구려의 흐름을 이어받고 있다. 특히 중기와 후기를 합한 것이 특이하다.

우리 일행은 와서 보기를 잘했다는 점에서는 모두 한결같은 마음이었지만, 피장자의 신분에 대하여는 보다 명확하게 알고 싶었는데도 그 뜻을 이루지 못했음이 못내 아쉽다는 생각 또한 같을 수밖에 없다.

다카마츠즈카 고분이 축조된 것이 7, 8세기로 추정 된다면 그때 아스카 지역에서 살았던 사람들의 8,90%가 백제 사람들이었음을 부정하는 사람은 없고, 그 백제 사람들이 당시의 일본을 정신적으로 지배하였던 지도자였음도 부정하지 않는다. 또 아스카 지방에는 '키토라 고분' 을 비롯하여 천황의 무덤도 3기나 있는데도 다카마츠즈카 고분의 주인을 가려내지 못하는 것을 아무리 생각해도 불가사의 한 노릇이 아닐 수 없다.

다카마츠즈카 고분에서 동쪽으로 멀지 않은 곳에 피장자가 확실하게 알려진 돌무덤이 있다. 이름하여 '이시부타이石舞臺' 라고 불리는 거대한 바윗돌 무덤이다. 얼핏 보기에는 낮은 야산에 바윗돌 몇 개가 포개져 있는 듯한 인상이지만, 이름 있는 사람의 무덤을 '돌 무대' 라고 이름붙인 연유는 또 무엇일까. 그렇더라도 횡혈식으로 지어진 무덤 내부를 살펴보면 경이로울 정도로 크다는 느낌을 받는다.

고분 내부에 들어서면 한 변의 길이가 무려 20여 미터, 높이만도 7.7미터나 되고, 제일 큰 바윗돌의 무게가 무려 77톤이나 된다면 고대 백제인들의 석재건축 능력에 압도되고 만다. 내부에는 브리핑 차트까지를 갖춘 60대의

이름하여 '이시부타이石舞臺'라고 불리는 거대한 바윗 돌무덤과 그 내부. 고분 내부에 들어서면 한 변의 길이가 무려 20여 미터, 높이만도 7.7미터나 되고, 제일 큰 바윗돌의 무게가 무려 77톤이나 된다고 하니 고대 백제인들의 석재건축 능력에 압도되고 만다.

프런티어자원봉사자가 반백의 머리를 날리며 학술조사단의 설명을 방불케 할 정도의 멋진 해설을 들려준다. 일본의 문화유산과 접촉하는 과정에서 늘 볼 수 있었던 부러운 광경이지만, 이 날의 해설은 정말로 수준이 높았다.

'이시부타이' 라고 이름 붙여진 이 바윗돌 무덤의 피장자는 앞에서 설명한바 있는 백제인 대신으로 일본국 왕실과 조정에 막중한 영향력을 행사했던 소가노우마코蘇我馬子로 알려져 있다. 백제 땅에서 건너온 사람으로 아스카 지역의 지도자이면서 또 당시 왕실과 정부를 움직였던 권력자의 무덤이라면 백제인들이 구사할 수 있었던 석재건축의 진수를 드러내 보이는 것이 당연하다.

그렇다면 무덤 전체를 구성하였던 거대한 봉분의 흙은 모두 어디로 가고 볼품없는 바윗돌 무덤으로 남아있는 것일까. 프런티어의 해설을 요약하면 다음과 같다.

– 소아 가문이 망한 것은 645년, 반대세력의 준동에 의해서였습니다. 새롭게 권력을 장악한 후지하라藤原 가와 그를 따르는 세력들이 소가노우마코 시대에 당한 핍박에 대한 반발로 무덤을 파헤치고, 봉분의 흙까지 벗겨냈다는 설이 있고, 또 한 가지는 일복 국의 중세시대에 이르러 논밭을 만들기 위해 무덤을 해체하였다는 설이 있습니다.

어찌되었거나 백제인의 무덤이었기에 박해를 당했을 것이라는 생각을 떨쳐낼 수가 없다.

'새가 날아오른다.' 라고 적어놓고, 아스카飛鳥라고 읽는 곳, '내일의 향기明日香' 라고 적어놓고도 아스카로 읽은 곳은 백제 사람들이 모여서 살던 고장이다. 이 지역이 새로운 일본 문화를 창조하게 하고, 고대 일본국의 국가 구조를 자리 잡게 해 준 백제인 고급인력이 살던 고장이기에 주변 산천까지도 한국인 나그네의 마음을 안온하게 해준다.

우리 일행은 모두가 한결같이 아스카를 떠나가는 것에 미련을 느끼고 있음이 분명하다. 창밖으로 멀어지는 아스카의 들판과 신록의 야산을 바라보며 손을 흔든다. 다시 올 것이라고….

일본 목조 예술의 진수 '쿠타라간농'

일본인 관광객들이 한국을 방문하였을 때 경복궁, 창덕궁, 종묘 등을 살펴보면서 조선왕조의 역사를 음미해 보는 것을 나무랄 수가 없고, 조금 여유가 있는 사람들이 경주로 달려가 천마총, 불국사 등지를 둘러보면서 신라문화에 빠져들고, 부여나 공주를 방문하여 무열왕릉, 낙화암 등을 살펴보면서 백제문화와 접해 보려는 시도는 장려할 만한 일이다.

같은 맥락으로 일본을 방문한 한국인 관광객들이 가장 일본적인 문화와 접촉하기 위해서는 교토京都와 나라奈良지역을 걸어보는 것이 정상이다. 교토는 아주 오랫동안 일본국의 천황이 기거하였던 곳이어서 고대, 근세의 일본역사와 만나기가 극히 자연스럽다. 천황의 거처인 교엔御苑이 있고, 바쿠후幕府의 수장인 도쿠가와 가의 사람들이 천황을 만나기 위해 교토에 왔을 때 머물렀던 니조 성二條城의 규모는 평지에 지었어도 놀랍기 그지없다. 그렇게 사무라이들이 위세를 부리면서 활보하였던 거리에 기방과 유곽이 들어서는 것도 당연하다. 온 얼굴을 하얗게 분칠한 게이샤藝者(기생)들이 득실거렸던 기온祇園거리, 사카모토 료마가 피습되어 목숨을 잃었던 오우에야近江屋, 바로 이웃인 후시미伏見에는 그가 자주 머물던 여인숙 테라타야寺田屋도 있다. 금색 찬란한 아름다운 사찰 긴카쿠지金閣寺, 까마득한 절벽에 세워진 키요미즈데라淸水寺 등 들러 볼 만한 곳이 참으로 많지만, 우리 한국문화와의 연결고리를 찾기 어려운 그야말로 일본문화의 진수들이다.

나라는 일본 불교문화의 보고寶庫라 하여도 손색이 없을 만큼 거대하고 유서 깊은 사찰들로 즐비하다. 동양최대의 불상을 안치한 사슴공원 토오다이지東大寺를 비롯하여 골목마다 일본이 자랑하는 사찰과 하늘로 치솟은 빨간 목탑의 아름다운 모습이 눈에 들어온다.

우리 일행은 그 많은 유명 사찰 중에서 특히 코오류지廣隆寺와 호오류지法隆寺를 집중적으로 둘러보기로 하였다. 이 두 사찰은 모두 백제 사람들의 지도를 받아야 했던 아스카 시대에 창건되었고, 일본국 국보 1호로 지정된 세계적인 목조예술품이 보존되어 있기 때문이다.

교오토의 명찰 코오류지는 우즈마사 하리오카太秦 蜂岡 마을에 있고 지금으로부터 1천 4백여 년 전인 서기 603년에 건립되었다. 당시의 실력자 쇼토쿠 태자聖德太子가 세운 일본 7대 명찰 중에서도 세계 최고의 목조건물이라고 평가하는 호오류지 보다 4년이나 앞서 세워졌지만, 건립되는 계기까지가 확실하게 기록으로 남아있다. 「일본서기」 스이코천황推古天皇 11년 11월조의 기록은 다음과 같다.

쇼토쿠 태자가 여러 대신들에게 말하였다.

"내가 귀한 불상을 갖고 있는데 누가 이 불상을 얻어 공손히 예배하려느냐?"

고 물었다. 그러자 진하승秦河勝이 나아가 말했다.

"신이 예배하리다."

불상을 받아든 진하승은 곧 하치오카데라蜂岡寺를 세웠다.

진하승이 세운 하치오카 사는 지명을 딴 이름이었고, 그 후 하타노기미데라秦公寺라는 진하승의 존칭을 쓰기도 하였지만, 결국 진하승의 별호를 따서 코오류지로 확정되었다는 것이 정설이다.

일본의 국보 제1호로 지정된 세계적인 목조 예술품인 '미륵보살 반가사유상' 은 높이 85센티미터의 신라 불상이다. 그러나 많은 사람들이 코오류지가 아스카 시대에 창건되었다 하여 백제 불상으로 잘못 알고 있는 경우

세계 목조예술의 진수로 평가되는 일본국 국보 1호 '미륵보살 반가사유상'

한국불교조각사에 있어 최고의 걸작으로 꼽히는 '금동미륵보살반가사유상(국보 제 83호, 국립박물관)'

실존주의 철학자 야스퍼스를 감동하게 하였던 '반가사유상'의 얼굴 부분

가 많다. 이 착오에 대하여서는 미술사학자 미스자와 스미오水澤澄夫 교수가 확실하게 증언하고 있다.

– 진씨秦氏는 신라계 사람이다. 코오류지의 미륵상이 신라 양식이라는 것을 가지고 말하더라도 수긍이 가는 것이다.

일본 학자들은 코오류지의 이 목조 불상이 일본 고대 다른 불상에서는 전혀 찾아볼 수가 없는 적송赤松으로 만든 불상이라는 점을 들어 일본에서 만들어진 불상이 아니고, 한국에는 적송이 무수히 자라고 있다는 점을 들어 신라에서 건너온 불상으로 보고 있다. 국보 제1호가 남의 나라에서 만들어진 것이라는 데 대하여서는 다소 마음 내키지 않을 수도 있으나 목재의 산지産地로 보 아서는 어쩔 수 없는 노릇이 아닐 수 없다.

또 한 가지, 서울의 국립박물관에 소장되어 있는 불상인 '금동미륵보살반가상(국보 제83호, 90cm)'이 바로 코오류지의 목조 신라불상과 똑같은 형태와

양식을 보여주고 있다는 것은, 일본 학자들도 한결같이 인정하고 있다. 다만 한국의 금동미륵보살반가사유상은 신라의 것으로 알려져 있었으나, 그 발굴 장소가 충청도 지역이었다는 점이 제기되면서 백제의 불상이 아니냐는 논란이 있었고, 지금은 삼국 시대의 것이라는 애매모호한 표현을 쓰고 있음도 유념할 필요가 있겠다.

어찌되었거나 코오류지의 '미륵보살 반가사유상'이 세계적인 관심을 끌게 된 데는 독일의 실존주의 철학자 칼 야스퍼스Karl aspers(1883-1969)의 극찬이 크게 작용되었다. 그는 신라불상 '반가사유상' 앞에서 10여 분 동안을 꼼짝을 않고 서 있다가 극찬을 입에 담는 것으로 일약 세계적인 목조 예술품으로 평가받게 하였다.

- 나는 지금까지 철학자로서, 인간 존재가 최초로 완성된 모습의 표징으로서, 여러 가지 모델을 접해 왔습니다. 고대 그리스의 신들의 조각도 보고, 로마시대에 만든 수많은 훌륭한 조각도 본 적이 있습니다. 그러나 어느 것에도 아직 완전하게 초극하지 못한 지상적地上的 인간적인 것의 냄새가 남아있었습니다. 이 얼룩과 인간적인 감정이 아직 어딘가에 남아 있었습니다. 그리스도교적인 사랑을 표현한 로마시대의 종교적인 조각의 흐름에도 인간존재의 진실로 정화된 기품이 완전히 표현되어 있지 않았다고 생각합니다. 그 어느 것도 정도의 차이는 있어도 아직 지상적인 감정의 얼룩을 남긴 인간의 표현이지 진실로 인간 실존의 밑바닥까지 도달한 모습을 표징하는 것은 아닙니다. 그러나 코오류지의 미륵상에는 진실로 완성된 인간 실존의 최고의 이념이 남김없이 표현되고 있습니다.

이것은 지상에서의 모든 인간적인 것, 속박을 넘어서 도달한 인간 존재의 가장 맑고 깨끗한, 가장 원만한, 가장 영원한 모습의 심벌이라고 생각합니다. 나는 오늘까지 수십 년, 철학자로서의 생애 중 이처럼 인간 실존의 진정으로 평화로운 모습을 구현한 작품을 본 일은 일찍이 없었습니다. 이 불상은 우리들 인간이 갖고 있는 마음의 영원한 평화라는 이상을 실로 남김없이 최고도로 표징하고 있는 것입니다.

현존하는 어떤 예술품에 대하여 이만한 찬사를 보내기란 쉽지 않다. 더구나 실존주의 철학으로 세계를 뒤흔들었던 칼 야스퍼스의 언급이고 보면 그 파장이 크지 않을 수가 없다.

일본 안에서 가장 아름다운 미소…, 그 영원한 미소가 고통에 시달리는 많은 사람들의 시름을 덜어 줄 것이라는 염원과 함께 정갈하게 흘러내리는 선이 이루어 내는 단아하면서도 완벽한 '미륵보살 반가사유상'은 일본 땅에 건너가 있는 신라 문화의 정수라 한 들 무슨 반발이 있겠는가.

코류우지의 일본 국보 1호인 '미륵보살 반가사유상'과 나란히 안치되어 있는 또 하나의 목조 불상이 바로 '상투미륵상' 또는 '우는 미륵상'이다. 일본의 저명한 불교사학자인 다무라 엔초 교수도 그의 저서『쇼토쿠 태자』에서 코류우지의 두 국보 목조 불상이 신라에서 보내온 것임을 여러 각도에서 조명하고 있음도 음미해 볼 만하다.

세계 문화유산으로 지정된 호오류지 서원가람의 전경

호오류지法隆寺는 나라현 이코마군生駒郡 이카루가 쵸斑鳩町에 위치한 세계 최대, 최고의 목조건물임을 자랑하는 명찰 중의 명찰이며 서원西院가람과 동원東院가람을 아우르고 있다. 육중한 금당金堂, 높이 31.5미터의 정교하면서도 아름다운 오중탑五重塔, 중문中門, 회랑回廊 등을 거느린 서원 가람은 아스카 시대의 모습 그대로를 현대로 전해주는 대가람이어서 유네스코에서도 '세계문화유산'으로 지정하였다.

이 절은 586년 요메이천황用明天皇이 중병을 앓게 되자 그의 누님인 스이코천황과 아들인 성덕태자에게 절을 세우도록 하였는데, 결국 죽게 되자 그 뒤 두 천황과 태자가 그의 명복을 빌기 위해 창건하였다. 호오류지는 일본의 역사, 특히 아스카의 역사와 함께 진행되어왔던 불교 미술의 대보고大

고구려의 승려 담징이 그린 금당벽화

寶庫이며, 동서 양 가람을 합하여 무려 55동의 건물을 거느린 엄청난 규모의 대가람이기도 하다. 게다가 국보급 중요 문화재를 보유하고 있는 일본국 불교문화의 보고라고 평가되는 것도 과장이 아니다.

특히 고구려의 승려 담징曇徵이 그린 금당벽화金堂壁畵는 세계적으로도 진귀한 보물급 문화재로 평가되어 왔으나, 장장 1300여 년이나 잘 보전되어 오던 이 세계적인 문화유산이 안타깝게도 일개 전기공의 실수로 소실되고 만다. 1949년 금당의 내부의 수리 공사를 하던 중 전기합선으로 인한 화재가 액운을 부르면서 건물과 함께 '금당벽화' 가 소실되었기 때문이다. 참으로 안타까운 노릇이 아닐 수 없다. 그때 손실된 벽면은 불탄 그대로 보존하고, 현재의 벽화는 화가들에 의해 다시 그려진 화판畵板이 벽면에 끼워 넣어진 것들이다.

금당에 안치되어 있다가 1941년 금당 옆의 대보장전大寶藏殿으로 옮겨진 또 하나의 명품 '구타라간농百濟觀音' 이 액운을 면한 것이 얼마나 다행한 일인지…, 신장 210센티미터의 단아한 높이와 일본 불상에서도 드물게 보는 8등신의 날씬한 몸매와 자비로움 넘치는 자태를 뽐내는 '구타라간농' 은 코오류지의 '미륵보살 반가사유상' 과 함께 일본국에서도 쌍벽을 이루는 목조예술 품의 진수로 평가되면서도 코오류지의 '미륵보살 반가사유상' 은 목재가 적송이라 하여 신라에서 제작되어 일본 땅으로 건너 온 것으로 되어 있고, 호오류지의 불상은 한국에는 없고 일본 땅에서만 자생하는 녹나무로

깎은 작품이라고 주장하면서도 그 이름이 처음부터 '구타라관농' 이라고 명명된 것이 특이하기 그지없다.

어찌되었거나 일본인 목재연구가가 한국에서도 '구타라간농' 을 만든 목재인 녹나무樟木가 자생하고 있다는 보고서가 나옴으로써 이 '구타라간농' 도 신라나 백제에서 만들어 보낸 것이라는 논란이 다시 일기도 하였다.

'구타라간농' 의 완성도 높은 예술성에 대한 최정호崔楨鎬 박사의 찬사는 음미해 볼 만한 문장이 아닐 수 없다.

–우선 백제관음의 키 7척(2미터 9센티미터)의 그 날씬한 키로 백제관음상은 이미 그의 '본질' 을 가감의 에누리 없이 결정적으로 표현하고 있다. 거대한 불상이야 물론 얼마든지 있다. 석불이건 마애불이건, 사람 키의 몇 배나 되는, 인간적인 척도를 넘어서는, 사람을 압도하는 크기의 대불은 우리나라에도 다른 나라에도 많이 있다. 그러나

목조예술의 또 하나의 걸작으로 평가되는 호오류지의 '구타라간농' 의 아름다운 자태

'구타라 간농'의 얼굴과 손부분 세부 모습

백제관음의 훤칠한 장신은 초인간적인, 인간을 위압하는, 초절적인 크기가 아니다. 그것은 작은 사람이 큰 사람을 우러러보듯 볼 수 있는 크기, 그 앞에 다가가서 안기고 싶은 매우 인간적인 크기이다.

그 뿐만 아니라 그 큰 키에 비해 백제관음은 내가 여태껏 보아온 어느 불상보다도 몸매가 가늘고 날씬하다. 8등신의 몸매는 '고대적' 이라기보다 '고전적' 이요, 또는 차라리 현대적이다. 우리가 보아온 대부분의 불상은 5등신 내지는 기껏 6등신으로 몸매가 머리 부분의 대여섯 배밖에 되지 않는 것이 상례다. 그래서 머리가 크고 아랫배가 우뚝 우람하고 밑이 퍼져서 듬직한 안정감을 주는 불상에 대한 우리들의 선입관이라 할 것이다. 그러나 백제관음을 그러한 고정관념의 저편에서 초연히 저립佇立하고 있다. 그것이 나에게는 첫 만남에서부터 넋을 앗아가리만큼 아름다웠다. 백제관음의 그 가느다란 몸매, 8등신의 몸매에 나는 첫 인상에서부터 고혹되었던 것이다.

호오류지는 이 '구타라간농' 을 안전하게 보존하여 일본불교문화의 우수성을 만대에 전하고 싶은 것이 오랫동안의 숙원이었고, 그 숙원은 마침내 1998년 10월에 이루어져서 지진이 와도 화재에 휩싸인다 해도 손실을 방어할 수 있는 초현대적인 시설인 대보장원 백제관음당百濟觀音堂을 완공하여 '구타라간농' 을 옮겨 모셨다. 방탄유리 상자에 안치된 국보급 목재예술품 '구타라간농' 의 아름다운 자태를 전후좌우 전 방향에서 감상할 수 있도록 세심하게 배려하였다.

한편 같은 방에 전시되어 있는 백제의 아좌태자阿佐太子가 그린 성덕태자상은 일본에서 가장 오래된 초상화로 평가되고 있으며 힘에 넘치는 필체는 옛것이라고 하기에는 너무도 강렬한 인상이다. 초상화에 나타난 성덕태자의 복색은 아좌태자의 앞에 나갈 때만 입었던 것으로 전해진다. 이 같은 두 사람의 관계를 한 때는 동일인물일지도 모른다는 의구심이 떠돌면서 일본 화폐의 1만 원 권에 들어 있던 성덕태자의 초상이 슬며시 사라졌다는 마치 전설 같은 얘기가 나돈 때도 있었다.

〈이동인의 나라〉와 히가시 혼간지東本願寺

조선의 명찰은 대개가 깊은 산중에 있는데 일본의 사찰들은 사람들의 내왕이 많은 평지촌락에 자리 잡고 있는 경우가 많다. 진종본묘眞宗本廟임을 자랑하는 교토의 히가시 혼간지東本願寺도 교토 한 복판 히가시 로쿠조東六條에 자리 잡고 있다. 3만 평을 자랑하는 대가람인 히가시 혼간지의 주위는 일본식 축성의 특징이기도 한 이른바 해자로 불리는 도랑으로 둘러싸여 있었고, 물결이 잔잔한 도랑에는 아름답게 다듬어진 돌다리가 여러 곳에 걸쳐져 있다.

교에이토 문御影堂門이라고 일컬어지는 2층 정문을 뚫고 마당으로 들어서면 주신을 모신 거대한 목조건물 어영당御影堂과 마주하게 된다. 어영당 왼쪽에 세워진 아미타당阿彌陀堂에 석가여래 불상을 안치하는 것으로 불사 佛寺

교토 시내 한 복판에 위치한 히가시 혼간지는 조선 개화의 선각사 이동인 선사가 득도한 명찰이다.

의 규모를 갖추었다. 어영당의 안으로 들어서면 48개의 아름드리 거대한 기둥이 까마득한 천장을 떠받치고 있고, 두껍고 넓직넓직한 원목 판으로 바닥을 깔아서 고전적 분위기와 현대적 분위기를 함께 살려 놓았다.

'진종본묘' 는 역사가 깊어서 창건 연대가 무려 1272년으로 거슬러 올라간다. 각신니공覺信尼公으로 불리는 이가 동산대곡의 땅에 불당을 세우고 자신의 아버지인 친난성인親鸞聖人을 종조로 섬기면서 진종대곡 파를 탄생시켰으되, 물론 아미타불도 함께 모시는 종파로 발전해 왔다.

1905년, 을사늑약이 강제 체결되면서 일본국 공사보다 먼저 조선 땅 부산포에 상륙한 것이 바로 이 히가시 혼간지 부산별원釜山別院이라는 사실을 아는 사람은 그리 흔치 않다. 주지 오쿠무라 엔싱奧村圓心은 이혼 경력이 세

'진종본묘' 의 주신을 모신 거대한 목조건물 어영당

일본 불교 동본원사의 부산별원(1878년)

번씩이나 되는 미모의 여동생 오쿠무라 이오코奧村五百子와 동행하였다. 일본인 승려 남매가 부산포에 절을 지었다는 소문이 돌자 금강산에서 수도하는 조선 승려들이 부산포로 몰려오기 시작하였다. 이때의 사정을 주지승 오쿠무라 엔싱은 자신이 쓴 「조선불교 포교일지」에 다음과 같이 적고 있다.

– 1878년(고종 15) 1월에 동본원사의 부산별원을 찾아온 금강산 신계사新溪寺 보광암의 승려인 태묵당太默堂을 비롯한 수많은 조선 승려들의 이름을 방문한 날짜에 맞추어 적었고, 경남 일원의 유림들과도 '진종교지眞宗敎旨'에 관해 의견을 주고받았다.

뿐만이 아니라, 오쿠무라 엔싱의 보조승인 히라노 게이스이는 본국으로 돌아가 조선어를 배우겠다는 청년 세 사람을 데리고 왔으며, 그들을 위해 학당을 열고 조선어를 가르친 사실도 기록해 놓고 있다.

조선 개화의 상징과도 같았던 젊은 승려 이동인李東仁이 일본으로 밀항할 수 있었던 것도 오쿠무라 엔싱 남매의 호의에 의해서였다. 이동인은 1879년 6월, 부산포를 떠나 교토에 있는 본 찰 히가시 홍간지에 도착한다. 이동인은 그곳 승려들로부터 일본어를 배우는데 몰두하였고, 그리고 다음 해인 1880년 봄에 진종본묘眞淨本廟의 법리에 따라 승려로 득도得道하면서 도오쿄로 진출한다. 대하역사 소설 「이동인의 나라」를 쓰기 위해 여러 차례 히가시 혼간지를 답사하고 취재하였던 나는 가람을 둘러 볼 때마다 28세의 젊은 선각자 이동인 선사의 체취를 느끼곤 했다.

이동인

일본국의 수도 도오쿄로 진출한 이동

인 선사는 히가시 홍간지의 아사쿠사淺草별원에서 기거하게 된다. 바로 그 아사쿠사 별원이 조선에서 오는 사신들의 숙소로 제공된다는 점에서 이동인 선사에게는 큰 행운이 아닐 수 없었다. 조선 개항의 밀알임을 자처하였던 이동인 선사가 요코하마橫浜에 있는 주일 영국공사관으로 달려가 2등 서기관인 어니스트 사토Ernest Satow를 만난 것이 5월 12일이다. 1880년 5월이라면 한미수교조약이 체결되기 2년 전의 일인데, 그러한 시기에 조선의 개화승과 영국의 직업외교관이 마주 앉아서 일본어로 대화를 나누었다는 사실은 주목하고도 남을 일이지만, 답답하게도 우리 학계에서는 이 엄연한 사실조차도 외면으로 일관하고 있다.

도오쿄에서의 이동인 선사의 활동에서도 예사롭게 넘겨서는 안 될 부분들이 많다. 특히 게이오 대학慶應大學의 설립자이자 당시대 최고의 사상가이면서 일본 조야에 막중한 영향력을 행사했던 후쿠자와 유키치福澤諭吉(일본 만원권 지폐의 초상화)와 교유했다는 점이다. 물론 어니스트 사토의 주선일 것이라고 믿어지지만, 이를 계기로 후일에 이르러 김옥균 등이 후쿠자와의 후원을 받게 되었고, 유길준이 경응의숙에 입학을 하게 된다.

이동인 선사는 일본에 사신으로 온 김홍집을 도왔으나, 급격하게 변하는 국제정세를 조선에 알리기 위해 김홍집보다 한발 앞서 귀국을 단행한다. 그가 귀국할 때 가지고 온 수많은 서적을 김옥균, 박영효 등이 밤을 새우면서 읽었다는 기록은 무수히 많지만, 여기서는 서재필의 「회고문」을 인용해 보기로 한다.

–그가 가지고 온 서적이 많았는데 역사도 있고, 지리도 있고, 물리, 화학과 같은 것도 있었으며, 그것을 보기 위해서 3, 4개월간 그 절(봉원사를 말함)에 자주 들렀지만 당시 이러한 책은 적발되면 사학邪學이라 해서 중벌에 처해졌기 때문에 한 장소에서 장시간 독서할 수가 없어, 그 다음에는 동대문 밖의 영도사라는 절에서 독서하고 다시 봉원사로 옮겨가는 등, 이와 같이 되풀이하기를 일 년이 넘어서야 그 책들을 모두 독파하였다. 그 책들은 모두 일본어로 씌어 있었지만 한자漢字를 한자 한자 더듬어 읽으면 의미는 거의 통했다. 이렇게 해서 책을 완독한 바, 세계의 대세를 거의 알 수 있게 되었다. 여기에서 우리나라도 타국과 같이 민중의 권리를 수립해야겠다는 생각이 솟아났다. 이것이 우리로 하여금 개화파로 등장하게 하는 근본이었다. 바꿔 말하면 이동인이라는 승려가 우리를 이끌어주었고, 우리는 그러한 책을 읽어 그 사상을 몸에 익혔으니 봉원사가 우리 개화파의 온상인 것이다.

교토 한 복판에 우뚝한 대가람 히가시 혼간지에 이런 엄청난 이야기가 담겨 있다는 사실을 듣고 우리 일행은 감동에 젖는 모양이 완연하였다. 역사의 현장에 들어서면 살아 있는 이야기를 낚아 올릴 수 있는 즐거움이 있다.

일본국 건국 신화와 이즈모 대사出雲大社

역사가 깊은 나라에는 '건국신화'라는 게 있다. 건국신화의 내용은 그야말로 신화적神話的인 것이어서 태반이 황당한 것이지만, 그 나라의 국민들

고색창연한 '이즈모 다이샤'에는 수많은 참배객들이 몰려든다.

은 사실여부를 떠나서 대체로 긍정적으로 받아들이는 경우가 많다.

신화의 내용을 과학적인 방법으로 분석하거나, 실증적實證的인 척도로 사실여부를 따지고 들면 그 순간부터 신화의 가치는 소멸한다. 우리가 그리스신화를 읽으면서 감동하게 되는 것은 신화, 그 자체를 그야말로 신화로 보고 있기 때문이다.

일본의 건국신화에는 스사노오노미코도須佐之男命라는 폭풍의 신이 등장한다. 그는 일본의 국신인 아마테라스오미카미天照大神의 동생이다. 누님의

명을 받고 지상으로 내려온 스사노오노미코도는 머리와 꼬리가 여덟 개나 있는 '야마타노오로치ヤマタの大蛇'를 퇴치하여 구시나다히메櫛名田比賣의 목숨을 구해 주면서 그녀와 결혼하게 된다.

스사노오노미코도가 그녀와 결혼하기 위해 궁궐을 지을 때 불렀다는 노랫말에 이즈모出雲라는 지명이 나온다. 그로 인해 이즈모는 일본의 고대신화의 발상지이자 중심지가 되었고, 일본에서 가장 오래되고 가장 규모가 큰 '이즈모 다이샤出雲大社'가 일본인의 성지聖地가 되는 것은 당연하다. 그러므로 일본 사람들은 누구나 '이즈모 다이샤'에 가고 싶어 하고 또 거기서 결혼하고 싶어 한다. 다른 말로 바꾸면 일본국 국신國神의 보호를 받고 싶고, 그 국신이 지켜보는 데서 평생을 함께 할 동반자와 사랑의 맹세를 하고 싶어 한다는 뜻이 된다.

일본 문화에 관심이 있는 한국 사람들도 '이즈모 다이샤'에 관심을 갖게 된다. 일본의 학자들에 의하면 스사노오노미코도가 신라新羅에서 건너 온 신이라고 되어 있기 때문이다. 그러므로 한국 사람들이 '이즈모 다이샤'를 방문하는 감회는 단순히 일본의 건국신화에만 관심이 있는 게 아니라, 어딘가에 한국(신라)의 신화나 전설에 연결되는 부분이 있을지도 모른다는 막연한 기대를 갖게 된다.

그 단서를 「일본서기」에 찾아본다.

–스사노오노미코도는 그 아들 이소다케루와 신라국 소시모리에 내려와 살았는데 내흥乃興이 말씀하시기를 나는 이 땅에 살 욕심이 없다하시고, 마침내 흙으로 배를 만들어 타고 동쪽으로 건너가, 이즈모 나라出雲國 희강 위에 있는 도리가미 봉에 이르렀다.

여기서 말하는 '소시모리'가 강원도 춘천에 위치한 '소슬 뫼', 다시 말하면 우두산牛頭山이다. 이에 1925년경 춘천에 와 있던 일본인들이 스사노오노미코도와 그 아들이 강림한 성지聖地라 하여 신궁神宮을 짓고, 우두벌에 50만 인구의 대도시를 기획한 일이 있었다고 시인 이무상은 그의 역저 〈우리의 소슬 뫼를 찾아서〉에 소상히 적고 있다.

나도 그런 느낌과 기분으로 신화와 전설의 고장인 이즈모를 찾아가기 위해 작고 아담하면서도 옛 정취가 물씬하게 풍기는 시마네 현島根縣 마츠에시松江市에 여장을 풀었다. 뜨거운 온천물이 거침없이 솟아오르는 호텔 스이텐가쿠水天閣는 일본에서 일곱 번째로 크다는 신지코宍道湖의 호반에 위치하고 있었는데, 로비에 있는 메인 식당의 이름이 '시지미테이詩食味亭'이어서 식욕을 돋구기 보다는 여행의 낭만을 자극하였다. 과연 시詩의 맛은 어떤 것인지, 정말 시를 맛 볼 수가 있을 것인지….

창밖으로는 신지코의 낙조가 장엄하게 펼쳐지고 있다. 호수의 둘레가 44킬로미터나 된다니 호수라기보다 바다에 비교되는 것이지만, 낙조의 장관은 문장으로 형언하기가 어려울 만큼 아름다워서 일본 제일의 비경으로 평

둘레가 44km나 되는 바다같은 호수 '신지코'의 낙조는 너무도 환상적이어서 절경으로 꼽힌다.

가되고 있다. 이젠 그 장엄한 낙조를 바라보면서 시의 맛을 볼 차례다.

일본식 식단이야 대개가 알려진 그대로지만, 식당의 이름에 걸맞게 한 편의 시로 착각되는 생선회가 나왔다. 우리나라의 사발만한 크기의 그릇은 정교하게 조각된 얼음그릇이었고, 엷은 분홍색 화지和紙(일본 종이)가 덮여 있다. 화지 위에는 녹두 알만한 크기의 노란 야생화가 핀 꽃가지가 두 개 놓여 있다. 이건 음식이 아니라 한 폭의 그림이요 시가 분명하다. 분홍색 화지를 조심스럽게 벗기자 서너 종류의 생선회가 얼음사발에 놓여 있었는데 배치된 색상은 한 폭의 살아있는 그림이라 해도 손색이 없다.

먹기 아까운 생선회를 입 안에 넣었는데, 그것은 생선 맛이 아니라 잘 짜여진 시를 음미하고 있다는 느낌이나 다름이 없다. 창밖으로는 변화무쌍한 낙조의 장관이 파노라마처럼 펼쳐지고 있는데…. 아, 시의 맛이 이렇게 절묘하다는 것을 처음 알았다. 이제야 알겠다. 식당의 이름이 시의 맛을 보는 '시지미테이' 라는 것을.

마쓰에 시에서 '이즈모 다이샤出雲大社' 까지는 '이치바타日畑전차' 라는 사철私鐵을 이용하여 약 50분이면 갈 수가 있다. 전차에 오르면 모든 벽면과 천장에는 일본의 건국신화가 그려져 있다. 스사노오노미코도가 머리와 꼬리가 여덟 개라는 '야마타노오로치'를 물리치면서 나라를 세우고, 국토를 개척하는 건국신화가 연쇄화의 방법으로 그려져 있다.

전차에 탄 사람들은 그대로 건국신화의 한가운데 들어선 것을 실감하게 된다. 전차가 움직이면 용모 단정한 여성 가이드가 마이크를 잡고 자신을 소개하고, 이어서 흘러가는 좌우 창밖의 풍광을 건국신화에 접목하면서 흥미롭게 해설한다. 그것은 일본의 건국신화를 오늘을 사는 사람들에게 마치 현실의 일처럼 되새겨주는 아름답고도 뜻 깊은 광경이 아닐 수 없다. 그녀가 웃으면 승객도 웃는다. 그들의 건국신화는 어느 사인가 현실과의 일체감을 이루면서 아름다운 신지코의 호반을 달린다.

전차에서 내리면 곧 '이즈모다이샤' 의 입구임을 알리는 거대한 도리이鳥居를 지나게 된다. 그리고 이어지는 경내의 삼나무 숲은 태고의 신비와 연결되는 장엄하고도 엄숙한 광경을 연출한다. 숲속을 한참 걸어 들어가면

일본 국토를 형성하는 건국신화를 브론즈를 소재로 제작한 조소 작품이 입도 오른쪽에 설치되어 있다.

오른 쪽에 일본국 건국신화의 하나인 국토조성을 상징하는 스토리를 성난 파도와 건장한 남성상을 브론즈로 조각한 거대한 조소물이 있다.

이윽고 본전 앞에 이른다. 일본국 국보로 지정된 '이즈모 다이샤'의 목조 본전은 문자 그대로 고색창연하다. 본전의 건축은 이른바 신대神代까지 거슬러 올라가는 것이라지만, 지금의 본전은 1744년에 중건되었다고 한다. 다른 이름 있는 신궁神宮에 비한다면 기대에 미치지 못할 정도로 규모가 작다는 실망감을 안고 돌아서 나오다가 '이즈모 다이샤'의 옛 건물의 규모를 알려주는 거대한 실물 기둥을 만나면서 과연! 하는 탄성을 토하게 된다. 어른 두 사람이 안을 정도의 굵은 기둥이라면 적어도 10여 층 이상 높이의 본

전 건물이 있었고, 신관들은 까마득한 계단을 통하여 올라갔을 것이라는 모형도에서 비로소 '이즈모 다이샤'의 위용을 상상할 수가 있었다.

성지순례에 나선 일본 사람들은 모두 약속이나 한 듯 두 손을 가지런히 모아서 손 벽을 치면서 소망을 기원한다. 추호의 흐트러짐도 없는 엄숙하고도 경건한 모습이다. '이즈모 다이샤'에 모셔진 주신은 '오오쿠니누시노오오카미大國主大神', 다시 말하여 대국신大國神이라는 뜻이다. 그러므로 경내의 우측에 위치한 신전결혼식장神前結婚式場은 일본인 선남선녀가 가장 선호하는 예식장이기도 하다. 이 날도 결혼식이 거행되고 있었는데, 신화와 전설의 고장을 찾아 온 관광객들이 모두 하객이 된 셈이다.

일본에는 또 하나의 건국신화를 간직한 지역이 있다. 규슈의 미야자기현宮崎縣에 있는 사이토바루西都原가 바로 그곳이다. 글자대로 살피면 서쪽 도읍지의 벌판이라는 뜻이다. 그렇다면 도오토바루東都原도 있어야 마땅하지만 그럴만한 근거는 없고, 다만 '이즈모 다이샤'가 신화 상으로 본다면 동쪽 도읍지에 해당할 것이라는 게 통설이다.

미야자키 현의 사이토바루에는 엄청난 량의 고분古墳이 산재해 있고, 지금도 발굴이 진행되고 있다. 발굴된 고분에서 출토된 유물들을 모아서 전시하 는 박물관도 있다. 지금은 초현대식 건물의 박물관으로 신축하여 출토된 유품들을 현대적인 조명시설에 담아서 깔끔하게 전시하고 있지만, 10여 년 전에는 조그만 한 시골 박물관에 불과했었다.

유물의 대부분은 철제 갑옷과 검이었고 한국인의 눈으로 보면 어디서 본 듯한 조금도 낯설지 않은 가야伽倻 양식이다. 우리 일행은 대 전시실에 들어서면서 모두 약속이나 한 듯 고개를 끄덕이었다. 어떤 학문적 성과에 대한 확인이나 만족이 아니라, 그저 낯설지 않다는 사실, 왜 가야시대의 철제 갑옷들이 이렇게 많이 일본 땅에서 출토되었을까 하는 의구심의 발로였을 것이고 또 하나는 고대 한·일 관계는 인적, 문화적인 유통으로부터 시작되었다는 사실을 그대로 느끼고 있음이 아니겠는가. 그러나 곧 우리 일행의 아름다운 의구심을 산산 조각내는 불행한 사태가 생기고 말았다. 젊은 일본인 안내자의 터무니없는 해설 때문이다.

'사이토바루 고고박물관' 앞에 선 필자.(위) 발굴된 고분을 설명하는 조소물 뒤로 고분이 보인다.(아래)

–(전략) 여러분의 눈으로 보시면 이 철제 갑옷들이 틀림없이 가야의 갑옷일 것입니다만, 유품의 어디를 살펴보아도 '메이드 인 코리아' 라고 표시된 부분이 없으므로 이 유품들을 가야의 갑옷이라고 단정할 수가 없습니다.

일순 우리 일행의 숨소리가 거칠어진다. 어떤 불행한 사태가 생겨날지도 모른다는 생각이 내 뇌리를 빠르게 스쳐지나간다. 나는 젊은 안내자에게 발언할 기회를 줄 것을 청하는 손을 들었다. 그리고 말했다.

–여기 있는 우리는 아무도 이 갑옷이 가야에서 만들어진 것이라고 믿질 않습니다. 또 이 유물에 '메이드 인 코리아' 라는 표시가 있을 까닭이 없지를 않겠습니까. 그렇게 일방적인 설명보다는 '가야의 갑옷과 흡사한 이 유품들을 통하여 고대 일본과 한국의 인적, 문화적 교류가 얼마나 빈번하였던가를 확연하게 알 수가 있습니다.' 라고 상대편의 문화를 존중해 주시는 것이 당신이 해야 할 정도라고 생각됩니다.

젊은 일본인 안내자는 허리를 깊이 숙이면서 "제 공부가 부족한 탓입니다. 앞으로는 말씀하신대로 설명하도록 노력하겠습니다."라고 두 번, 세 번 사죄를 거듭하였다. 우리가 그 젊은이를 '사이토바루 박물관' 의 학예사로 보기에는 너무 젊었고, 그렇다고 공식적으로 유물 해설(프런티어)에 나선 순수한 민간인으로 보기에도 어리기만 하였다. 짐작컨대 채용된 지 얼마 되지 않은 젊은 직원이 아니었을까 싶었다.

사태는 씁쓰레하게 수습이 되었으나 우리 일행은 돌아가는 버스에 올라서도 그 젊은 안내자를 에워싼 화제에서 좀처럼 벗어나지 못했다. 내일 또 다른 한국인들이 '사이토바루 박물관' 에 들린다면 과연 그 젊은 안내자는 내 충고를 받아들여 줄 것인가. 참으로 신기하고 너무도 신기하다. 버스에 탄 많은 한국인 식자들 가운데서 그가 내 충고를 받아들일 것이라는 사람은 단 한 사람도 없었다. 그는 내일도 모래도 '메이드 인 코리어'를 입에 담을 것이라는 게 통일된 견해였다면, 바로 이점이 한일관계의 근본을 극명하게 보여주는 한 가지 사례일 것이라는 점에도 모두가 동의한 셈이다.

21세기는 다양성多様性을 존중尊重해야 하는 것이 가장 바람직하다는 화두를 안고 있다. 일본 사람들은 고래로부터 숟가락을 쓰지 않고 젓가락만 썼던 탓에 밥을 먹을 때면 밥그릇을 입가에까지 들어 올려야 먹기가 편하다. 한국 사람들은 이러한 일본 사람들의 습관을 '거지가 밥 먹듯' 한다하여 '고지키 구이こじき食い' 라고 놀려대지만, 한국 사람들은 밥을 국에다 말아 먹는 까닭에 머리를 국 사발에 들이대고 먹을 수밖에 없다. 이 모양을 일본 사람이 보면 '개가 밥을 먹는 것'으로 보여서 '이누 구이犬食い' 라고 놀린다.

'거지처럼 먹느냐.' 혹은 '개처럼 먹느냐.'의 두 가지는 문화의 차差일뿐, 우열優劣로 평가될 수도 없거니와 또 평가되어서도 안 된다. 이 기묘한 문화의 양식은 어느 순간에 정해지는 것이 아니라 오랜 세월동안 익어서 정착된 것들이어서 완벽한 독립성을 가지고 있다. 그래서 존중의 대상으로 존재한다.

가장 싫어하는 나라도 일본이고, 가장 배우고 싶은 나라도 일본이라는 이 이율배반적인 논리를 풀어가는 열쇠는 서로의 문화를 존중하는 마음이 자리 잡지 않고서는 영원히 풀리지 않을지도 모른다.

2. 신이 다스리는 나라, 일본

문제의 야스쿠니 신사

우리 또래의 나이 든 한국 사람과 일본 사람이 마주 앉아서 한 · 일간의 역사를 입에 담게 되면 곧잘 얼굴을 붉히게 되는 경우가 있다. 또 서로가 할 말을 다하지 못하고 어색하게 헤어져야 할 때도 부지기수다. 36년 동안이나 조선을 지배한 나라였던 일본 사람들은 되도록 그 때의 일은 얼버무려서라도 피해가려 하고, 지배를 당했던 우리 쪽은 조금이라도 진솔하게 화두가 흘러가기를 바라기 때문이다. 그러나 우리 또래보다 젊은 전후세대들이 만날 때는 그런 델리킷한 요인이 줄어들면서 미래지향적인 만남이 된다고 하기에 세월이 약이라는 생각을 한 때도 있었지만…, 젊어진 일본국 총리대신이나 혹은 각료들이 21세기를 거꾸로 사는 듯한 터무니없는 망언을 되풀이하여 인접한 나라들의 속을 뒤집어 놓는 무지를 보고 있노라면 아무

야스쿠니 신사

래도 이런 악순환은 더 계속 될 모양이다.

일본의 역사교과서 왜곡을 규탄하는 한국의 분노가 하늘을 찔렀던 때도 고이즈미 준이치로小泉純一郎라는 일본국의 젊은 총리가 8월 13일 야스쿠니신사靖國神社 를 전격 참배함으로써 한국은 물론 중국의 반일감정까지 들끓게 하였다.

문제는 야스쿠니신사인데, 거기가 대체 뭘 하는 곳이기에 그리도 말이 많은가. 1869년, 명치유신明治維新에 성공한 일본국의 유신정부는 나라를 위해 목숨을 바친 이른바 전몰자의 영혼을 위로한다는 구실로 도오쿄쇼콘샤東京招魂社를 설립한다는 왕명을 내린다. 그리고 10년 뒤인 1879년에 그 이름을 '야스쿠니신사'로 개칭하면서 이른바 일본신도日本神道의 성지가 되게 했다.

야스쿠니신사에는 〈러 · 일전쟁〉, 〈청 · 일전쟁〉, 〈제2차 세계대전〉 등에서 목숨을 잃은 군인들의 위패 246만 6000여 주가 봉안되어 있다. 나라를 위해 목숨을 잃은 사람들의 혼백을 위로하는 곳은 세계 어느 나라에나 있게 마련이고, 국가의 원수나 외국의 귀빈이 거기를 방문하여 헌화하는 것도 하나의 관례가 된 지 오래다. 그런데도 전몰장병의 넋을 기리는 야스쿠니신사가 예외의 장소가 된 데는 소위 전범자의 위패를 합사合祀하면서부터였다.

제2차 세계대전의 전쟁범죄자를 가려내기 위한 동경재판東京裁判에서 A

급 전범으로 단죄되었던 도조 히데키東條英機 전 총리 등 14명의 위패가 1978년에 야스쿠니신사에 합사되었다. 합사 당시의 천황이었던 히로히토裕仁는 '이 일로(합사하는) 인해 장차 큰 환란을 겪게 될 것'이라고 우려했다는 시종(비서)의 일기가 요즘 공개되어 화제가 되고 있다.

결국 2차 세계대전을 관장하였던 천황의 우려가 정확하게 들어맞은 셈이 되었다. 일본국의 총리대신이나 각료가 야스쿠니신사를 참배하는 것은 전쟁범죄자에게 경의를 표하는 것이 되고, 자칫 군국주의 일본을 다시 일으키고자 하는 저의를 의심받게 될 것임을 히로히토 천황은 그때 이미 간파하고 있었는데 비해 고이즈미 전 총리의 괴변은 답답하기만 하다.

"그분들 A급 전범도 사형이라는 형벌을 이미 받았는데, 그들이 왜 다른 전몰자와 구별이 되어야 하는가!"

정말 어린 아이 같은 투정이자, 짧은 소견이 아닐 수 없다.

또 야스쿠니신사에는 조선인 전사자의 위패도 무려 2만 1181주나 포함되어 있다. 강제로 징집되었거나, 징용으로 끌려가서 불경한 조선 청년으로 낙인찍힌 채 싸움터로 내몰렸던 조선인 청년들이 일본국 천황을 위해 목숨을 버렸다는 게 말이 되는가. 오리려 반일감정을 씹으면서 죽어간 조선 청년들의 위패를 야수쿠니신사에 모셔 두는 것은 논리의 모순이고도 남는다. 그러므로 이들의 위패를 조국의 품으로 돌려주기를 요청하는 것은 서로를 위해 너무도 당연한데도, 이 요구에 대해 일본 쪽의 답변은 궁색하기 그지

없다.

-전사 시점에서 보면 일본인이었으므로 그 영혼을 가리는 것은 일본의 권리며, 신도의 교의상 일단 '가미神'가 되면 인간이 넣고 뺄 수가 없다!

원시 신앙을 맹종한다 해도 이 같은 논법은 성립되기가 어려울 것인데도 '일단 신이 되면 인간의 힘으로는 뺄 수가 없다'는 일본 신도의 논리를 일본의 지식인들은 어찌 생각하는지, 정말로 궁금하다.

야스쿠니신사의 개편에 관한 논란은 일본의 내부에서도 문제가 제기된 때가 있었다. 첫째는 야스쿠니신사에 봉안된 전몰자의 위패를 따로 분리하여 무명용사의 묘역을 만들어서 외국의 원수들도 참배하게 하자는 안과 A급 전범으로 처단된 14기의 위패를 분리하여 다른 곳에 안치하자는 안이었다. 이 또한 종교 법인으로 등록된 야스쿠니신사의 신도 교의상 곤란하다는 논리를 펴면서 반대했다. 다시 말하면 신만이 정할 수 있는 일을 사람이 고칠 수는 없다는 논리다.

"고이즈미 총리님, 일본은 신이 다스리는 나랍니까?"

강제로 끌려간 종군위안부

야스쿠니 신사를 참배하고, 종군 위안부는 강제성이 없었다고 주장하는 것이 일본이라는 나라의 정체성을 확립하게 할 것이라는 생각은 짧은 단견

일본군 위안부 김순덕의 그림 「끌려감」

의 소치임을 깨달아야 할 것인데도, 대체 언제까지 이같이 상식 이하의 일로 국제사회에서 따돌림을 당할 것인지 딱하기 그지없는 노릇이다.

세월 탓이랄지, 혹은 우호의 관계가 호전될 기미가 보일 때도 아주 없지는 않았다. 그럴 때마다 무슨 약속이나 한 듯 일본의 정치지도자들이 망언을 쏟아내면서 새롭게 짜지려는 판까지 엎어버리는 악순환이 되풀이 되는 것은 안타깝기 그지없는 노릇이다.

전후세대의 선두 주자로 평가되는 아베 신조安部晋三 일본국 총리가 종군 위안부 문제에 관해 참의원 예산위원회에서 "광의의 강제성은 있었지만 협의의 강제성을 뒷받침하는 증언은 없었다."면서 "미국 하원에서 위안부 결의안이 가결되더라도 일본 총리로서 사과할 의향이 없다"고 말했다는 보도에 접하면서는 온 몸에 소름이 끼치는 불쾌감이 일었다.

"아베 총리님, 일본이라는 나라는 정말로 신이 다스립니까?"

전후에 태어나서 민주주의 교육을 받으면서 자란 젊은 총리가 이렇게 몰지각해지자면 그의 교양은 고사하고 양식을 의심 받아야 마땅하고, 일본인 특유의 혼네本音와 다테마에建前를 능란하게 구사하고 있다는 비난을 들어도 변명의 여지가 없어진다. 종군위안부가 강제로 끌려갔다는 사실은 불행을 체험했던 당사자들만이 입에 담을 수 있는 일이 아니다.

내가 식민지 치하의 국민학교 6학년(1944)일 때는 종군위안부라 하지 않고 '정신대挺身隊'라고 했다. 귀애하는 딸들을 정신대로 끌려가지 않게 하기 위해서는 15, 6세의 어린 딸들을 강제로 결혼을 시킬 수밖에 없었다. 관헌들의 지명이 강제가 아니라면 이렇게까지 피눈물을 쏟아야 할 까닭이 없지를 않겠는가. 미처 혼처를 정하지 못하여 정신대로 끌려가게 된 나이 든 국민학교 6학년짜리 소녀도 있었다. 그런 날이면 학교 운동장에 전교생을 모아놓고 거창한 환송식을 하기까지 했다. 그날의 운동장은 철모르는 아이들의 흐느낌 소리가 진동하는 눈물바다가 되곤 했다. 이 처참했던 이야기는 누구에게서 들을 것이 아니라 내가 국민학교 6학년 때 직접 체험했던 일이다. 이런 엄연한 사실을 전후의 일본국 지도자나 지식인들이 알 수나 있겠

종군위안부의 처참한 모습

는가.

결국 미국 하원에서 종군 위안부 결의안이 채택되었다. 아베 총리는 자신이 천명한대로 사과하지 않았다. 그러나 이 무반응이 일본이라는 나라가 알게 모르게 상처를 받게 되고, 장구한 세월동안 애써 쌓아올린 위신과 도덕까지를 훼손하게 하고 있다는 사실을 일본의 지식인들은 정녕 모르고 있는지, 피땀 흘려 쌓아올린 일본국의 엄청난 국력이 세계인으로부터 존경을 받지 못하는 까닭이 무엇인지…, 왜 일본이라는 나라에서는 이런 문제가 공론화되지 않는지…, 정말 일본이라는 나라는 신이 다스리기에 인간의 양식도 발붙일 틈이 없는지를 물어보면 개인적으로는 단호히 아니라고 하면서도 국가적인 일에 연관되면 입 다물고 마는 것이 오늘의 일본이라면 앞으로도 이 같은 불행한 일들이 끊임없이 반복될 게 분명하다.

참으로 우려되는 일이 아닐 수 없다.